D0838723

Le bonheur
est passé par ici

De la même auteure

ROMANS

Petite mort à Venise, Libre Expression, 2015.

Bonheur, es-tu là ?, Libre Expression, 2011 ; collection
« 10 sur 10 », 2014.

Cœur trouvé aux objets perdus, Libre Expression, 2009 ;
collection « 10 sur 10 », 2012.

Maudit que le bonheur coûte cher !, Libre Expression,
2007 ; collection « 10 sur 10 », 2011.

Et si c'était ça, le bonheur ?, Libre Expression, 2005 ;
collection « 10 sur 10 », 2011.

RÉCIT

Ma mère est un flamant rose, Libre Expression, 2013.

RECUEILS DE CHRONIQUES

D'autres plaisirs partagés, Libre Expression, 2003.

Plaisirs partagés, Libre Expression, 2002.

JEUNESSE

Marion et le bout du bout du monde, illustré de 21 œuvres
de Marc-Aurèle de Foy Suzor-Coté, Publications du
Québec, 2008.

L'Enfant dans les arbres, d'après l'œuvre de Marc-Aurèle
Fortin, Éditeur officiel du Québec, 2002.

Mon père et moi, Éditions de la courte échelle, 1992.

Des graffiti à suivre, Éditions de la courte échelle, 1991.

THÉÂTRE

Dernier quatuor d'un homme sourd, en collaboration avec
François Cervantes, Éditions Leméac, 1989.

Les Trois Grâces, Éditions Leméac, 1982.

NOUVELLES

« Madame Paquette, madame Tremblay », dans *Aimer,
encore et toujours*, Druide, 2016.

« *Un omicidio in la Serenissima* », dans *Crimes à la bibliothèque*, Druide, 2015.

Francine Ruel

Le bonheur est passé par ici

Libre Expression
Une société de Québecor Média

Catalogage avant publication de Bibliothèque et Archives nationales du Québec et Bibliothèque et Archives Canada

Ruel, Francine, 1948-, auteure

Le bonheur est passé par ici / Francine Ruel.
ISBN 978-2-7648-1211-2
I. Titre.

PS8585.U49B662 2018   C843'.54   C2018-940446-9
PS9585.U49B662 2018

Édition : Marie-Eve Gélinas
Révision et correction : Sophie Sainte-Marie et Julie Lalancette
Couverture et mise en pages : Chantal Boyer
Illustration de la couverture : Élisabeth Eudes-Pascal
Photo de l'auteure : Julien Faugère

Cet ouvrage est une œuvre de fiction ; toute ressemblance avec des personnes ou des faits réels n'est que pure coïncidence.

Remerciements
Nous remercions le Conseil des Arts du Canada et la Société de développement des entreprises culturelles du Québec (SODEC) du soutien accordé à notre programme de publication. Gouvernement du Québec – Programme de crédit d'impôt pour l'édition de livres – gestion SODEC.

 Canadä

Les Éditions Libre Expression
Groupe Librex inc.
Une société de Québecor
1055, boul. René-Lévesque Est
Bureau 300
Montréal (Québec) H2L 4S5
Tél. : 514 849-5259
Téléc. : 514 849-1388
www.edlibreexpression.com

Dépôt légal – Bibliothèque et Archives nationales du Québec et Bibliothèque et Archives Canada, 2018

ISBN : 978-2-7648-1211-2

Distribution au Canada
Messageries ADP inc.
2315, rue de la Province
Longueuil (Québec) J4G 1G4
Tél. : 450 640-1234
Sans frais : 1 800 771-3022
www.messageries-adp.com

Diffusion hors Canada
Interforum
Immeuble Paryseine
3, allée de la Seine
F-94854 Ivry-sur-Seine Cedex
Tél. : 33 (0)1 49 59 10 10
www.interforum.fr

Pour André Bastien,
l'homme qui n'a jamais lâché ma main
au fil de la trilogie du bonheur.

« Personne ne me volera ce que j'ai dansé. »
HÉLÈNE DARROZE

« L'instant est béni. Tout le reste est souvenir. »
JIM MORRISON

Prologue

Merde! Ils l'avaient quand même fait! Merde de merde de merde!

Ils étaient tous là, à me regarder. Les yeux brillants, la bouche en cœur, l'œil humide, ravis de la surprise qu'ils avaient organisée. Une quinzaine d'imbéciles heureux qui chantaient à tue-tête: *Chère Olivia, c'est à ton tour de te laisser parler d'amour…* Et de façon plus traditionnelle par les membres de ma nouvelle famille italienne: *Tanti auguri a te Olivia.*

D'instinct, je m'étais aussitôt plaqué un sourire sur les lèvres. C'est le même que j'ai utilisé jusqu'en soirée avec plus ou moins d'intensité. Il n'a quitté mon visage qu'au moment de ma toilette, essuyé par la débarbouillette. Il a ensuite pris la fuite par la bonde du lavabo. Mais en attendant de pouvoir faire ce geste libérateur, je leur ai montré ma joie, alors qu'à l'intérieur je bouillais. Je n'avais pas arrêté de leur répéter que je ne voulais pas de fête d'anniversaire, à l'homme de ma vie, à tous mes amis: «Pas de célébration, surtout pas de *surprise-party*. Rien, en fait. Cette année, je passe mon tour.» Mais mes amis et mon amoureux ne l'entendaient apparemment pas ainsi, puisqu'ils étaient là, réunis autour de la grande table, et entonnaient maintenant: *Happy birthday to you.*

À peine sortie du lit, ce matin-là, je m'étais sentie maussade, avec l'envie de faire la gueule toute la journée. Après tout, puisque c'était ma fête, j'avais le droit de faire ce qui me plaisait. Et si c'était la baboune, eh bien, ce serait la baboune! Je me rappelais trop bien que c'était le jour de mon anniversaire – je n'ai pas encore totalement perdu la mémoire malgré mon âge canonique –, mais les choses s'étaient gâtées davantage. J'avais eu le malheur de me regarder dans la glace en utilisant la partie grossissante du miroir pivotant. Geste dangereux s'il en est un. J'avais sursauté en me demandant qui était cette vieille plissée qui me fixait de la sorte. Tout était amplifié: les rides, les creux, les cernes, les plis et mon désarroi. Les lèvres de cette femme beaucoup plus âgée que moi étaient ultrafines, une ligne rouge; ses sourcils semblaient désertiques; sa peau tavelée de brun luisait dans la lumière; ses yeux gonflés étaient encerclés de traits, certes délicats, mais c'étaient les marques indélébiles du temps. Sans oublier le petit duvet du menton, transformé en horribles poils de sorcière sous l'effet de la loupe. J'avais fait disparaître cette aïeule d'un coup sec sur le miroir, qui avait oscillé avant de reprendre sa position initiale, celle qui n'accentue pas tout. L'image qui m'était alors apparue n'était pas beaucoup plus flatteuse, mais ne paraissait pas aussi ravagée par le temps. J'avais dû m'en contenter.

Les jours précédents, j'aurais donné n'importe quoi pour tracer un gros X au crayon noir sur cette date du calendrier ou, mieux, étaler sur ce chiffre maudit du liquide correcteur pour l'éliminer pour toujours de sa case et faire comme si cette date n'avait jamais existé. Cette année, le 13 août n'aurait pas lieu, un point c'est tout! C'est comme ça. Désolée pour ceux qui tenaient à cette journée. On nie bien l'existence du treizième étage dans les hôtels!

Je ne connais aucune personne sur terre, du moins aucune personne saine d'esprit, qui serait enchantée de festoyer pour souligner le fait qu'elle vient d'avoir soixante-dix ans. Soixante-dix ans ! Je n'arrivais même pas à y croire. J'avais soixante-dix ans et ça me mettait en rogne. Je sais que le temps passe vite, mais il y a des limites ! Je n'avais senti aucun signe avant-coureur de cette déchéance pourtant annoncée. Enfin, presque aucun. J'ai le cheveu blanc, certes, et je suis incapable de me relever avec élégance lorsque je jardine tellement j'ai mal aux genoux. Par temps humide, j'ai les articulations qui me font un mal de chien, mais rien de plus ! Dans ma tête, ça carbure encore à pleine vitesse. C'est sûr que parfois j'oublie des noms, je me demande où j'ai pu ranger mes lunettes, je n'entends pas avec autant d'acuité qu'avant, je ne fais plus les choses aussi rapidement, mais ça s'arrête là.

Je ne veux pas les avoir, ces soixante-dix ans. Surtout, je ne veux pas les célébrer. Je ne veux pas de ce cadeau empoisonné. Le présent a beau être enveloppé de bons sentiments : « Tu te rends compte de tout le chemin que tu as fait ! » « C'est formidable, tu es encore en bonne santé ! » « Wow ! Bien conservée pour ton âge ! La vie te réserve encore de belles années. » *Bullshit !* Je. N'en. Veux. Pas. De. Ces. Soixante. Dix. Ans. Est-ce que c'est clair ? J'en ai déjà, des années, inutile d'en rajouter ! Je ne demande pas non plus à « reculer mon kilométrage » et à me retrouver dans la trentaine. La soixantaine me suffirait amplement. Ce bel âge, gardez-le. Ils sont tout neufs, ces soixante-dix ans, ils ne sont même pas déballés, jamais utilisés. Je vous en fais cadeau. Vous hésitez ? C'est un âge formidable, à ce qu'on dit ! Ces soixante-dix ans vont changer votre vie ! Personne n'est intéressé ? Vraiment ?

Si au moins ce passage à l'âge « ingrat » s'était fait en catimini. Passé sous silence, l'âge vénérable ! Mais non… Il a fallu que mes amis et les membres de ma famille se présentent chez moi et qu'ils chantent à tue-tête, ravis de souligner avec moi cet anniversaire de malheur. Dans quelques instants, ils vont m'offrir des cadeaux «adaptés à mon âge», qu'ils auront pris le temps de choisir : un amplificateur pour la télé, ou encore un téléphone avec de très grosses touches. Un bracelet SOS au cas où je tomberais… Non, je l'ai ! Ils se sont cotisés pour m'offrir une baignoire à porte, de modèle Liberty, facile d'accès pour la vieille chose que je suis devenue. Et pourquoi pas des chaussures thérapeutiques aux jolis motifs, ou une pince de préhension pour ramasser tout ce que j'échappe ? Mieux : un chausse-pied télescopique ! Un enfile-bas de contention et son retire-bas ! J'en rêvais ! Un coupe-comprimé ? Une énorme loupe ? Des couches-culottes, tant qu'à y être ! Et ne vous attendez pas à ce que je m'exclame devant votre gâteau transformé en porc-épic à cause du trop grand nombre de bougies allumées !

Bernard Pivot le disait si bien : «Vieillir, c'est chiant parce qu'on ne sait pas quand ça a commencé et l'on sait encore moins quand ça finira…» J'ai beau sourire, je me sens tout à coup vieille, vieille… À compter d'aujourd'hui, je suis une septuagénaire ! Au secours !

1

— Mamou ? Ça va ?

Raphaëlle se tenait devant moi, jolie comme un cœur dans sa petite robe noire. Et dire qu'elle s'habillait dans les friperies ! Il faudrait que j'aille y faire un tour, moi aussi, au lieu d'être une super consommatrice… Elle sautillait d'un pied sur l'autre, sûrement incommodée par ses souliers à talons hauts − qu'elle avait dû piquer à sa mère, elle qui habituellement était une fervente adepte des espadrilles. Ma petite-fille scrutait attentivement mon visage, en plissant ses magnifiques yeux bleus, à la recherche de ce qui pouvait clocher chez moi. L'heure n'était pas aux explications. La fête battait son plein partout dans mon jardin, sauf en moi, mais Raphaëlle n'avait pas à être au courant du tumulte qui m'habitait. Pas aujourd'hui, en tout cas. Je l'ai rassurée d'une caresse sur la joue, lui précisant que je me remettais doucement de la surprise que ma famille et mes amis venaient de me faire. Elle m'a souri et a semblé soulagée. Elle jouait le jeu, elle aussi.

— Mamou ? Veux-tu que je t'apporte un autre verre de champagne ? Le champagne, ça fait tout passer, non ? En tout cas, c'est ce que tu dis.

Elle m'a arraché un sourire. Un vrai. Pas celui, sibyllin, que je m'efforçais de conserver pour camoufler mon irritation. Comme j'aimais cette enfant! Si fine, si vive.

— Très bonne idée, les bulles, ma puce.

Je ne me rappelais même plus qui, lorsque j'avais franchi la tonnelle qui sépare le parterre avant et l'arrière de la maison, m'avait enlevé de force mes sacs d'épicerie des bras – mon fils peut-être – et les avait déposés devant les grandes portes-fenêtres donnant sur la cuisine. Ensuite, on m'avait traînée avec vigueur vers la terrasse, et c'est là que j'avais vu tous ces gens réunis et que j'avais compris.

J'avais tenté de reconnaître ceux qui avaient participé à la trahison. Parce que, pour moi, c'en était une. Comment Vincent, mon propre fils, et sa blonde – pourtant la plupart du temps de mon côté – avaient-ils pu ignorer mon désir de taire mon changement d'âge?

Ma famille italienne n'avait guère fait mieux. Bernardo, sa fille Graziella, son mari Luigi et leurs trois enfants, Giulia et les jumeaux, étaient là eux aussi. Et que dire de mes précieux amis, mes complices de la première heure qui s'étaient greffés à la famille? François et Albert, Henri et Thomas, Lulu et Armand, et Allison sans son Jules. Il ne manquait que Massimo. Le seul qui avait respecté mes volontés.

Le petit juge qui loge trop souvent dans mon cerveau et qui me sert de conscience trouvait que j'exagérais un peu. Il avait peut-être raison. Je n'étais quand même pas rendue à ma dernière heure, et il ne s'agissait pas de mon enterrement, mais d'une fête à laquelle j'assistais, à mon corps défendant, il faut le dire, les mâchoires serrées. «Son honneur» en rajoutait une couche ou deux afin de s'assurer que la culpabilité accomplissait son travail de destruction massive. Il me répétait finalement que ce genre de sourire crispé n'allait pas faire bonne figure sur les photos qui ne manqueraient pas de circuler sur les réseaux sociaux auxquels ma famille et mes amis étaient abonnés. Ils étaient tous là, munis de leur téléphone intelligent, les jeunes comme les plus vieux, et me bombardaient telle une star de cinéma tandis que j'étais habillée comme la chienne à Jacques – après tout, j'étais sortie pour faire des courses – et que je ne me rappelais même pas si je m'étais coiffée ce matin-là. Tout un chacun se présentait sous son meilleur jour, alors que, moi, j'avais l'air de n'importe quoi. J'avais eu beau protester auprès des invités, ils m'avaient tous juré que «voyons-donc-t'es-belle-comme-tout-t'es-super-belle!».

Formule de politesse que l'on emploie avec quelqu'un qu'on aime, ou avec une personne âgée. La vieillesse rend beau, à ce qu'il paraît! A-t-on jamais entendu parler d'une vieille laide? Non! On la gratifie toujours de jolis compliments. Histoire de faire passer la pilule.

Sous les flashs répétés, j'avais tenté de me détendre. Il ne fallait pas que les souvenirs photographiques de cette fête surprise soient pires que la journée elle-même, qui était déjà difficile à digérer. J'essayais de prendre la chose à la blague. Mais cette pilule-là ne passait pas.

J'ai regardé Raphaëlle s'éloigner vers la table où s'agglutinaient la plupart des invités. Elle était jonchée d'une multitude de bouteilles et de verres. J'allais devoir en ingurgiter, des coupes de champagne, pour réussir à avaler mes maudits soixante-dix ans! Je continuais d'arborer mon sourire artificiel, que je tentais de rendre le plus spontané possible. Le sourire factice qui donne le change, qui fait croire que tout va bien. C'était Massimo qui m'avait appris à me servir de cet artifice. Il l'utilisait souvent. Une personne rencontrée par hasard, ravie de le revoir alors qu'il faisait tout pour l'éviter, un professionnel qu'il n'arrivait pas à blairer insistant pour travailler à ses côtés: il sortait de sa poche son sourire plein de dents, lumineux et enthousiaste, et se l'appliquait sur la bouche comme

17

on enfile un dentier. J'avais été quelques fois témoin de son manège et j'avais pu constater à quel point la personne en question n'y avait vu que du feu.

Mais Raphaëlle n'était pas dupe. Malgré ses dix-sept ans tout neufs, elle était perspicace, cette petite. Je l'ai vue tendre une coupe qu'elle venait de remplir à mon amoureux et lui chuchoter quelque chose à l'oreille. Bernardo s'est aussitôt avancé dans ma direction en tentant de ne pas renverser la coupe qui m'était destinée alors que les jumeaux, ses petits-fils Luca et Enzo, couraient autour de lui avec l'intention à peine dissimulée de provoquer un accident. J'aimais le voir ainsi, un peu malhabile mais si touchant, toujours aussi élégant sans le savoir, avec sa belle tête grisonnante, son teint basané légèrement souligné par le travail régulier au soleil et par les fines marques autour de ses yeux rieurs. C'est rare, un homme qui sourit en perma-nence. En général, ils deviennent bougons en prenant de l'âge. Tout semble les impatienter, les déranger. Pas Bernardo, qui affichait une humeur égale depuis les premiers jours. Je reconnaissais bien l'amoureux qui était entré dans ma vie grâce aux bons soins de Massimo et qui avait choisi de vieillir avec moi. Mon ami ne s'était pas trompé lorsqu'il m'avait dit, plus de quinze ans plus tôt, de ne pas le laisser filer, celui-là. « Je pense que c'est le bon. » Et je me souviens qu'il avait ajouté que Bernardo était un des deux seuls Italiens qui en valaient la peine, sous-entendant que l'autre, c'était lui, bien sûr. C'est ainsi que, durant toutes ces années, on avait, comme le disait si bien mon presque frère, formé un couple à trois.

Après m'avoir donné un baiser sur le front, Bernardo s'est accroupi près de ma chaise. Il s'est adressé à moi tantôt en français, tantôt en italien puisque je maîtrisais cette langue de mieux en mieux – il n'y avait que les jumeaux qui se moquaient encore de moi en imitant exagérément mon accent et en faisant exprès de parler à la vitesse du TGV Rome-Naples pour être certains que je me perde en chemin.

— *Bella*, tu ne m'en veux pas trop?

Tout en me tendant ma coupe, il m'expliquait qu'il avait tenté l'arrêt des préparatifs de cette fête dont je ne voulais pas.

— *Scusi, amore*. Mais Vincent a tellement insisté pour que la fête ait lieu… Il trouvait que ça aurait été un sacrilège de passer ça sous silence.

«De quoi il se mêle, celui-là!» me suis-je dit. La chair de ma chair, mon propre fils ne voulait absolument pas tenir compte de mes humeurs et de mes décisions. Encore heureux qu'il n'ait pas l'intention de me placer quand il jugera le temps venu de m'enfermer avec les autres vieux. S'il change d'idée, j'espère qu'il me restera assez de volonté pour empêcher la chose. Bernardo a ajouté, un peu penaud, que Graziella l'avait même menacé de l'empêcher de voir ses petits-enfants pour toujours s'il contrecarrait les préparatifs. Nos enfants respectifs étaient donc les instigateurs de ce… cette… J'étais tellement mortifiée que je n'arrivais pas à trouver le terme juste pour qualifier cette réunion dont j'étais l'invitée d'honneur.

J'ai caressé sa joue burinée avant de lui répliquer qu'il ne devait pas s'inquiéter. Non, je n'étais pas de très bonne humeur, mais ça allait passer. Et les enfants n'avaient sûrement pas préparé cette fête pour mal faire. Il m'a embrassée tendrement et s'est éloigné vers les autres invités. Je nous ai revus, un bref instant, dévalant main dans la main les marches de la *chiesa di San Francesco* où nous venions de nous marier.

J'ai fini ma coupe d'un trait et j'ai décidé de me lever. Lentement, il faut dire. Et mes vieux os n'y étaient pour rien. J'étais assise dans une chaise Adirondack et, quel que soit l'âge qu'on ait, ce n'est ni facile ni élégant de s'extirper de ce genre de siège. Après tout, ce n'est pas en restant assise à trôner comme une petite vieille que j'allais donner le change sur mon âge. Mes amis finiraient par penser que j'étais devenue grabataire. «En restant seule dans ton coin à ruminer ta colère, tu leur donnes raison, ma vieille, a précisé le juge. Finalement, ils ont bien fait de fêter leur "tatie Danielle" avant qu'il ne soit trop tard…»

J'ai obligé ces pensées à déguerpir et j'ai tenté de me raisonner toute seule avant que l'empêcheur de tourner en rond qui savait si bien peser le pour et le contre et logeait dans ma tête depuis belle lurette le fasse à ma place. «Calme-toi le bolo, Olivia! Après tout, on ne célèbre pas tes cent ans!» De toute façon, même si j'avais voulu prendre racine au pied de la chaise, impossible que ça m'arrive: Luca et Enzo, les deux bombes d'énergie de dix ans qui étaient devenus mes petits-enfants par alliance, n'arrêtaient pas de bondir comme des sauterelles devant moi. Comment leur mère faisait-elle? Deux mille volts en double, branchés en permanence! Ils n'avaient de cesse de crier qu'eux aussi voulaient être les héros d'un roman. Quelques années auparavant, j'avais écrit une histoire sur mesure pour leur sœur Giulia ainsi que pour Raphaëlle et son frère Batiste. Une promesse est une promesse, ils l'auraient, leur aventure, mais le temps m'avait manqué. Tout ce qui me venait en tête, pour le moment, c'était *La Légende de Tsunami et Ouragan dans la tempête*. Il faudrait que je creuse davantage.

*

Lorsque j'avais quitté la maison jaune et acquis celle que j'habitais maintenant depuis quinze ans, j'avais un peu délaissé mon premier métier de réviseure pour écrire les aventures de la «fameuse maison jaune».

Les gens de mon entourage avaient tellement ri de mes nombreux déboires que j'avais fini par prendre des notes afin d'aider de futurs acheteurs à ne pas commettre les mêmes erreurs que les miennes. Je ne savais pas trop quoi faire de tous ces textes colligés, et mon amie Allison, auteure de romans policiers, m'avait fortement poussée à troquer mon futur guide-du-parfait-acheteur-qui-fuit-les-arnaques-et-les-arnaqueurs contre une autofiction. Projet beaucoup plus rigolo, m'avait-elle répété. Tout au long de cette démarche, elle m'avait tenu la main pour que je ne m'égare pas dans les couloirs sombres de la création, que je ne m'évanouisse pas trop souvent devant la page blanche, en me faisant partager ses secrets d'auteure. À la suite de quoi je m'étais inscrite à des ateliers d'écriture au Pavillon des arts, annexe de l'Université Bishop's située dans mon village. C'est là que j'avais appris à ordonner mes idées, à structurer mon sujet, à raconter, à aiguiser ma plume, à trouver mon style.

Puis j'avais pris mon temps pour écrire les mémoires de la maison jaune ; c'était elle, le personnage principal. J'avais raconté presque tout ce qui avait trait aux travaux interminables, aux ennuis à profusion, aux complications sans bornes. Ça allait du riz trouvé entre les deux par quatre des murs de la cuisine aux ronds de poêle qui avaient mystérieusement disparu et qui étaient réapparus au moment où l'on venait de recevoir les nouveaux éléments commandés en Italie, à fort prix. L'histoire se baladait entre les tomettes qui n'étaient jamais arrivées, les tamias qui envahissaient le garde-manger, les fils électriques grugés par les souris, les planchers vernis pas encore secs le matin du déménagement, le branchement de la sécheuse au gaz exécuté par un électricien, la façon dont M. Piscine avait transformé le jardin en carré de sable lors du sablage du bassin, et j'en passe. J'avais insisté sur l'impossibilité de joindre un professionnel pendant la période de la chasse, sans oublier tous les ouvriers qui s'obstinaient à vouloir parler à « l'homme de la maison », et j'avais raconté, avec une joie non dissimulée, comment j'avais fini par me faire écouter d'eux en secouant mon chéquier bien en vue au-dessus de ma tête et en leur disant qu'il fallait qu'ils tiennent compte de mon avis puisque c'était moi qui payais. Autant de moments difficiles mêlés à d'autres plus heureux ou plus drôles. Marie qui avait perdu ses eaux durant le mariage d'Allison, la mort de Bouboulina, l'arrivée de Maxou et Rosie, la « minipause » en plein été, tous les écureuils et chauves-souris qui avaient forcé la demeure de l'héroïne.

Bien sûr, je ne pouvais pas parler des travaux sans inclure les ouvriers pas toujours compétents, qui s'appelaient dans l'histoire Plombier, Électricien ou Entrepreneur afin de préserver leur anonymat. Après la parution du roman, quand j'avais eu la chance de rencontrer des lecteurs, ces derniers étaient convaincus que nous avions fait appel aux mêmes professionnels alors qu'ils demeuraient à des kilomètres de mon village ! J'avais mélangé aux événements difficiles quelques moments de tranquillité et d'extase, même s'il y en avait eu peu ; j'avais parlé des repas formidables sur la terrasse en compagnie des amis, j'avais invité le lecteur à assister aux nombreuses fêtes dans le jardin et autour de la piscine. J'avais inventé une héroïne qui me ressemblait un peu, je lui avais trouvé des amoureux dans ses moments de grande solitude, je l'avais accompagnée dans cette aventure au quotidien en lui faisant porter mes états d'âme, en lui permettant de partager mes angoisses, mes chagrins et mes grands bonheurs. À tout cela, j'avais ajouté la présence de mes amis les plus proches en leur demandant de se choisir un prénom, et je leur avais créé une vie plus rocambolesque que la leur, qui les menait sur d'autres sentiers que ceux qu'ils empruntaient au quotidien.

J'avais écrit partout. Tant au Québec qu'à Pitigliano, tandis que mon homme sillonnait les villages à la recherche de nouveaux acheteurs pour son huile d'olive. Il m'était facile de traîner mon ordinateur où que j'aille. Et Massimo était devenu mon premier lecteur. Ayant hérité d'une petite maison à la mort de sa maman, voisine immédiate de celle de Bernardo à Pitigliano – c'est d'ailleurs là, à l'occasion d'un voyage avec Massimo, que j'avais rencontré mon amoureux –, et comme mon ami connaissait tout de ma vie, il avait pris un malin plaisir à scruter mon manuscrit à la loupe. Lorsque ma plume devenait trop sage, il répétait que la maison jaune, après tout, c'était une histoire de fous ! « *Principessa*, on va pas commencer à se prendre au sérieux et surtout pas à endormir le lecteur ! »

Au final, j'avais récolté un assez joli succès auprès d'un lectorat important, et les encouragements de mon éditrice m'avaient persuadée de poursuivre dans ce nouveau métier d'auteure. Quelques romans jeunesse avaient suivi les aventures de la maison jaune. Mes petits-enfants et ceux de Bernardo me servaient de modèle. C'est ainsi que j'avais écrit *La Fille aux yeux rayons X* spécialement pour Raphaëlle ; puis *La Petite Pomme amoureuse du grand poireau* pour Giulia qui, à l'époque de ses dix ans, se trouvait trop grosse pour qu'un garçon tombe un jour amoureux d'elle. Batiste avait eu droit au *Garçon qui voulait sauver le monde*. Et j'avais écrit l'histoire de *L'Enfant qui venait de loin* spécifiquement pour Miro, le fils adoptif de François et Albert dont mon personnage et moi étions la marraine. Albert m'avait secondée dans mes recherches sur le Tibet puisque, au cours des dernières années, il avait voyagé en Asie à titre de guide pour parents adoptifs. Et j'avais eu la chance de profiter des talents de dessinatrice de ma belle-fille Marie pour illustrer ces albums. Nous étions déjà complices, mais cette collaboration avait été formidable.

C'était au tour des « deux fourmis atomiques » de devenir détenteurs de leur propre histoire. Ils sautillaient sans cesse autour de moi en me pourchassant dans le jardin afin d'obtenir la garantie qu'eux aussi auraient un récit qui parlait d'eux. Je leur ai promis que ce serait pour très bientôt s'ils cessaient leur manège. J'en avais le tournis.

Nous avons finalement atterri – le mot n'est pas trop fort – sur la table où se trouvait le buffet. Il y a eu un tollé de la part des adultes. Giulia, leur grande sœur qui allait prochainement fêter ses seize ans, les a pris illico chacun par une oreille et les a écartés de la table où ils avaient renversé quelques verres dans leur empressement.

À bout de souffle – ce n'est plus vraiment de mon âge, pareilles chevauchées –, j'ai protesté qu'ils n'y étaient pour rien ; après tout, les jumeaux, qui affichaient tous les signes d'un trouble du déficit de l'attention avec hyperactivité alors que le diagnostic ne s'appliquait pas à eux, étaient adorables. Vifs, brillants, attachants, mais très bruyants. Ils en avaient dedans. On n'allait quand même pas leur reprocher leur enthousiasme débordant. Tant de jeunes sont amorphes, n'ont envie de rien et passent leur vie allongés sur un divan, le nez collé à leur portable…

Giulia, qui n'avait que quelques années de plus que les jumeaux, réussissait presque à tout coup à calmer leurs ardeurs. Elle affichait une autorité sans appel. Beaucoup plus que Graziella et Luigi qui, en bons parents débordés, n'y arrivaient pas toujours. Enzo et Luca protestaient tant qu'ils pouvaient, elle ne voulait pas céder. L'adolescente a accepté de les lâcher à condition qu'ils aillent sur-le-champ jouer dans la magnifique cabane que leur grand-père, leur père et leur oncle Tonino avaient construite juste pour eux au bout du terrain. Enzo a attrapé deux pointes de pizza au passage et a pris ses jambes à son cou derrière Luca. À moins que ce soit le contraire ; après dix ans, je n'arrivais pas encore à les différencier. Giulia m'a souri, contente d'avoir pu me libérer des monstres, comme elle les appelait. Elle avait bien changé depuis les aventures de *La Petite Pomme amoureuse du grand poireau* ! Elle avait laissé derrière elle ses rondeurs de fillette qui l'avaient tant attristée et qui avaient tant préoccupé ses parents, car, à cette époque, elle ne voulait plus manger. Et pour une *mamma* italienne, c'est le pire des cauchemars ! Elle devenait une fort jolie jeune fille. Une beauté italienne, une future Bellucci. Sans oublier qu'elle était studieuse, curieuse et enfin sûre d'elle.

J'en ai profité pour me préparer une assiette. Plusieurs invités me l'avaient proposé au début de la fête, mais j'avais décliné l'offre tellement j'étais assommée par cette surprise. Il y avait de tout sur la table sous la pergola, et en grande abondance, comme toujours. L'Italie était à l'honneur, et je soupçonnais Graziella d'avoir passé une longue période à ses fourneaux. Difficile de résister aux antipasti, aux salades de pâtes, aux moules et aux calmars farcis, aux morceaux de bruschetta de figues au jambon de Parme. François, qui m'accompagnait dans cette tâche ardue, m'a servi quelques tranches de carpaccio de bœuf aux copeaux de parmesan, des ravioles aux cèpes, de la polenta grillée, des tuiles de Parmigiano Reggiano. Un peu de *fritto misto*, des gnocchis, *arancini* et *polpettini*. Sans compter les fabuleuses olives de la famille Simonelli. Bernardo avait dû en faire provision lors de son dernier séjour en Italie. J'ai jeté un coup d'œil sur les desserts. Des biscuits moelleux au citron, de la panna cotta, des *baci di dama*, des *semifreddo* et, bien sûr, du tiramisu. J'ai levé les yeux. Mes amis semblaient se régaler. Je n'allais pas bouder mon plaisir. Soixante-dix ans, peut-être, mais encore gourmande !

Dans ce menu de fête, il n'y avait que des plats qui me plaisaient. De toute façon, il n'y a pas grand-chose qui me déplaît dans la cuisine italienne. Depuis toutes ces années, mon corps en portait royalement les effets collatéraux. Comme avait l'habitude de dire Simone, romancière française au franc-parler et belle amie disparue trop tôt : « Ah ! La bouffe ! Une seconde dans la bouche, l'éternité sur les hanches ! » Mais aujourd'hui, qu'à cela ne tienne. Ils avaient voulu me faire une fête, eh bien, j'allais m'empiffrer et boire comme une vieille dame indigne ! Ça leur apprendrait à ne pas m'écouter.

François et moi nous sommes mêlés à Albert, Henri et Thomas. Ils avaient l'air assez contents d'eux, même si je devinais dans leurs yeux une petite touche de culpabilité. Ils m'avaient tous entendue proférer des menaces à qui voudrait souligner mon anniversaire, mais ils avaient répondu présents lorsque l'invitation était arrivée. Je les ai regardés comme si j'avais devant moi des traîtres.

— Bravo, les gars ! Je pensais que vous étiez mes amis !

— Voyons, Coquelicot, s'est défendu Albert en prenant les autres à témoin. Pensais-tu vraiment qu'on allait passer sous silence cet anniversaire ?

Il a ajouté, pour se protéger de mon irritation :

— Anniversaire dont on va taire le chiffre, bien entendu ! Au fait, Massimo n'est pas là ?

— Il est en tournage, non ? a avancé Henri.

— C'est le seul qui a respecté mes consignes, ai-je répliqué.

François est venu à la rescousse de son chum.

— Olivia, on fait une fête, c'est tout. Pour le plaisir. Parce qu'il fait beau. Parce qu'on a la chance d'être à peu près tous présents, pour une fois. On n'en est pas à une fête près. J'y pense, Miro avait un match, il t'embrasse très fort.

Avec tendresse, Henri a encerclé mes épaules de ses bras.

— On ne pouvait pas décliner l'invitation de ton fils. Il est tellement fier de toi. Ça fait des mois qu'il travaille là-dessus avec Graziella. Il est où, le problème, Olivia ? Quand c'est notre anniversaire, on fête !

— Ça dépend de l'anniversaire, ai-je marmonné. Mettons que, celui-là, je l'aurais mis aux oubliettes.

— De toute façon, tu ne les fais pas, ces…

J'allais lancer à Thomas un regard noir, mais il a été précédé par ceux des hommes présents. Ce qui a eu pour effet de l'arrêter aussitôt dans son élan.

— Ces quarante ans ! a-t-il conclu avec élégance.

— Ben oui, ben oui. Beau parleur ! lui ai-je dit. Attendez quand ce sera votre tour. Même là, ce sera moins pire. La vieillesse, pour les hommes et les femmes, ce n'est pas pareil.

— Qu'est-ce que tu nous chantes ? Nous aussi, on s'abîme légèrement, pour ne pas dire cruellement, en prenant de l'âge, a déclaré Albert.

— Oui, mais pas de la même façon.

Je pensais à la réplique si juste de Simone Signoret à ce sujet : « Avec l'âge, les hommes mûrissent, les femmes vieillissent ! »

Durant le silence qui a suivi, j'ai observé mes quatre amis. Ils n'avaient pas trop changé avec le temps. Il faut dire qu'ils étaient, pour la plupart, plus jeunes que moi, mais ils « mûrissaient » bien. Les têtes blanchissaient. Albert avait pris un peu de ventre, François, un peu de rides. Henri avait perdu un peu de poids et Thomas, un peu de cheveux.

Personne n'avait vraiment été malade, à part Henri qui nous avait fait une peur bleue, quelques années plus tôt, lorsqu'il avait été hospitalisé d'urgence pour un sérieux problème avec ses artères. Mais il s'en était occupé. Changement d'alimentation, entraînement physique, repos. Il nous était revenu comme neuf. Oui, mes amis de longue date étaient les mêmes garçons si merveilleux. Plus aussi fringants, mais toujours aussi joyeux et fidèles. Il ne manquait que Massimo, retenu en ville pour le travail. Et je savais que, même s'il avait été libre, il ne serait pas venu.

Interrompant mes réflexions, Allison est arrivée, accompagnée de Lulu. Elles étaient un peu pompettes.

— Alors, les mousquetaires, ça va ? a demandé mon amie romancière.

Tout le monde s'est embrassé. J'ai fait la remarque à Lulu qu'Armand se tenait à l'écart. Je l'avais observé plus tôt. En bon ébéniste, il s'intéressait à la cabane construite pour les jumeaux, mais ne semblait pas se mêler aux invités. Elle a rétorqué, en balayant l'air de sa main, qu'elle m'en reparlerait.

— Tout va bien, tout va bien.

J'en ai conclu qu'elle faisait allusion aux différends qui les opposaient si souvent. Surtout l'été, où elle avait coutume de dire que, en cette saison qui réclame tant d'attentions au jardin, elle, elle travaillait alors que son chum, lui, s'amusait. Il était toujours parti à la pêche ou dans le bois, et elle se tapait tout l'ouvrage. Ils possédaient un domaine qui ne souffrait pas d'être négligé.

Lulu m'a tenue serrée contre elle un moment et est revenue sur le sujet du jour.

— Je sais, je sais, m'a-t-elle chuchoté à l'oreille. Moi non plus, je n'aurai pas envie de fêter ce chiffre fatidique dans quelques mois. Mais on ne peut pas empêcher les gens de nous aimer...

Elle m'a tournée vers l'ensemble des invités.

— Et ceux-là t'aiment. De ça, tu peux être sûre.

Allison s'est jointe à nous.

— Et tu devrais en profiter, ma belle. Moi, je n'ai plus de père, une mère qui se rappelle de temps en temps que j'existe, pas d'enfant, et mon Jules m'a laissée. J'ai personne pour me fêter, me soigner, ni même m'enterrer, quand ce sera nécessaire.

J'ai voulu rétorquer que ce n'était pas parce que son mec l'avait quittée pour une plus jeune que sa vie était terminée pour autant, et que ses amis étaient là pour elle. Elle ne m'en a pas laissé le temps. Avec autorité, elle m'a indiqué du regard mon fils et tous les gens réunis.

J'ai vu Vincent, qui veillait sans relâche au bien-être de tout un chacun. Il offrait des assiettes à ceux qui voulaient manger du dessert, remplissait les verres, caressait la tête des enfants au passage. Ça faisait longtemps que je ne l'avais vu si attentionné, il était toujours trop pris par son travail et sa famille pour être vraiment sociable. Là, il souriait, il discutait, il était partout à la fois, et moi je faisais la gueule.

— Tu as raison, ma Lulu. Je suis en train de passer à côté du meilleur.

Je me suis rendue près de mon fils, qui m'a accueillie avec un sourire timide et a tenté des excuses.

— Je ne t'ai pas écoutée, Mamita, je sais. Mais j'aurais eu l'impression d'être un fils ingrat si j'avais laissé passer ça. Tu m'en veux beaucoup ?

Comment rester de marbre devant un tel argument ? Bien sûr, mes yeux se sont embués et j'ai fondu en larmes en m'échouant dans ses bras. Mon grand m'aimait et, tout à ma colère, j'avais oublié ce fait indéniable.

— Ah non ! Pleure pas, je vais pleurer, moi aussi, m'a-t-il dit, les yeux pleins d'eau.

Puis, sans qu'on les ait vus s'approcher, Raphaëlle, Batiste, Giulia et les jumeaux nous ont encerclés dans une étreinte communautaire en sautant, en gesticulant et en hurlant mon nom de grand-mère.

— Mamou! Mamou! Mamou!

Nous avons tous ri de bon cœur.

— O.K., O.K. On se calme. C'est trop d'amour en même temps. Je ne vais pas résister.

Une fois de plus, Vincent a pris les choses en main en éloignant gentiment ses deux enfants, ses neveux et sa nièce par alliance. Mon fils était devenu un homme formidable. Sous ses dehors parfois bourrus, il restait un grand tendre.

Il a demandé aux enfants de se placer en rangée, puis a tapé dans ses paumes pour que les autres convives s'approchent. Graziella a apporté une feuille à ses jumeaux, qui pour une fois se tenaient tranquilles. Je lui ai fait un clin d'œil au passage pour lui signifier que j'étais touchée par tout ce qu'elle avait fait. On m'a avancé une chaise pour que je m'installe confortablement. L'image de ma marraine m'est venue en tête, elle qui m'avait seriné toute sa vie qu'une femme ne devrait jamais dire son âge. «Quand tu déclares ton âge véritable, surtout s'il est vénérable, les gens se précipitent aussitôt pour te tendre un siège; et là, ils se mettent à te hurler dans les oreilles même si tu leur répètes que tu es âgée, pas sourde!» Heureusement, les choses se sont passées autrement.

Raphaëlle a ouvert le bal avec un joli poème qui faisait mon éloge. Elle a été suivie de Batiste, qui avait préparé un discours enflammé à connotation politique où il était question du bien-fondé de ma présence dans leur vie et dans la société. «Il en faudrait plus, des grands-mères comme elle!» Ce qui a bien fait rire l'assistance. Quel orateur, ce Batiste! Giulia, pour sa part, m'a rappelé ses bons souvenirs d'enfance avec moi. Certains cocasses, d'autres plus touchants. Puis Enzo et Luca ont entonné la chanson que je leur chantais souvent, qui parle d'une étoile qu'on allume au pied de son lit. Beaucoup de mots doux, beaucoup de mots tendres. Lulu avait raison : beaucoup d'amour.

Bernardo m'a fait cadeau d'une fort belle alliance pour remplacer celle qu'il m'avait donnée quelques années plus tôt, lorsque nous nous étions mariés dans le village de Cortone. À cette époque, nous n'avions pas les moyens de nous procurer des joncs de qualité. Ma famille et mes amis m'ont offert, en plus d'un beau montant d'argent pour me gâter, un album photo dont la couverture était ornée de magnifiques dessins. J'ai reconnu le talent indéniable de Marie. Au fil des pages, j'ai revécu de grands pans de ma vie avec eux : les travaux dans la maison jaune, un ou deux méchouis, le passage trop court dans nos vies de Raphaël, le jeune protégé d'Albert mort du sida, l'inauguration de la piscine, la réfection des égouts alors que le jardin était dévasté, une photo de Bouboulina endormie au soleil, le mariage d'Allison et Jules, la naissance de Raphaëlle. Y figuraient aussi des instantanés de mon enfance et de mon adolescence, de celles de Vincent également, un voyage en Europe avec Lulu, le tout mélangé avec l'arrivée de Miro, puis celle de Bernardo et ses enfants, quelques clichés de nos séjours en Italie, la naissance des petits. Et des fêtes d'hiver, d'autres d'été ou d'automne sur la terrasse de la maison jaune. De grandes discussions entre amis. D'innombrables fous rires. Tandis que je feuilletais l'album, mon petit juge est intervenu : « Soixante-dix ans, c'est tout ça, ma vieille ! »

*

La fête s'est terminée tard, ce soir-là. J'ai accompagné mes invités à leurs voitures. Elles étaient toutes camouflées dans le tournant de la rue. J'ai envoyé les derniers bye-bye et les derniers bisous de la main, puis je suis retournée lentement vers la maison, légèrement grisée par le vent doux et par cette journée épuisante. Je me suis rappelé que les aventures de la maison jaune s'étaient presque toujours terminées par une fête. Cette fois-ci, c'était par une fête qu'elles commençaient.

« Un second début », a tranché le juge.

— On peut appeler ça comme ça, ai-je marmonné à mon médiateur.

J'ai levé les yeux et vu une voiture qui se garait dans l'entrée. Un oubli de la part d'un invité ? Je me suis approchée pour découvrir Massimo qui s'extirpait de son siège.

— J'avais l'impression que ça ne finirait jamais, cette maudite fête-là ! a-t-il dit d'un ton impatient.

— Comment ça ? Tu attendais que les gens soient partis ? Ça s'est passé beaucoup mieux que je le craignais, tu aurais pu… Tu…

Je ne comprenais pas. En même temps, je sentais bien que quelque chose clochait. Massimo avait le teint pâle, la peau luisante de sueur alors qu'il ne faisait pas si chaud ; ses mains tremblaient, son regard était fuyant. Puis il a murmuré :

— Bientôt, on ne me verra plus.

2

— On me voit, on me voit plus. On m'voit, on m'voit
plus…

Massimo faisait référence à ce personnage égyptien,
espion de son métier, que l'on pouvait apercevoir, dans
le film tiré de la bande dessinée *Astérix et Cléopâtre*, se
déplacer à la vitesse de l'éclair, pour ensuite se camoufler tantôt derrière les colonnes les plus minces qui
soient, tantôt dans les fines embrasures des portes
ou derrière des urnes filiformes, convaincu qu'il était
impossible de deviner sa présence. Mon ami me jouait
régulièrement cette scène, et cela nous faisait beaucoup rire. Il se dissimulait pour quelques secondes
derrière un bout de papier, une minuscule tasse à café,
ou, comme maintenant, derrière son verre de vin, et
il sortait aussitôt de sa « cachette ». Il exécutait des
allers-retours rapides et, avec une tête de demeuré,
livrait sa réplique.

Nous étions installés tous les deux au grand comptoir
de la cuisine. Je lui avais servi une assiette et un verre
de vin. Auparavant, Bernardo nous avait aidés à sortir
de la voiture les nombreux bagages de Massimo, qui ne
voyageait plus léger, même s'il n'était de passage que
pour une nuit. Avait-il peur de manquer de quelque
chose et s'assurait-il donc de tout transporter avec lui,
telle une tortue qui ne se déplace pas sans sa maison ?

Tout. Ordinateur, tablette et cellulaire, il va sans dire. Puis des articles de toilette en abondance, des vêtements de rechange, un manteau de pluie au cas où, des espadrilles ou de grandes bottes, alors qu'il n'allait jamais marcher. Sa musique. Des accessoires de coiffure, brosses, peignes, rasoirs, ciseaux, comme s'il se rendait sur un plateau de tournage où l'appelait son métier. Je ne comprenais pas sa nouvelle lubie. Craignait-il de prendre froid ? De n'avoir rien à lire ? De manquer de dentifrice ? De ne pas avoir la bonne brosse pour coiffer ses longs cheveux ? Pourtant, il pouvait nous emprunter la plupart de ces accessoires, à moi ou à Bernardo, si besoin était.

Les nombreux sacs de voyage avaient finalement été montés à l'étage par mon amoureux et placés dans la chambre d'amis. Chambre qui, dans cette maison comme dans la maison jaune à l'époque, portait le nom de Massimo. Bernardo avait prétexté une envie folle de dormir. La journée avait été passablement chargée. Après avoir échangé quelques mots avec Massimo, lui aussi avait constaté que notre ami n'était pas au sommet de sa forme, et il préférait nous laisser en tête à tête comme cela nous arrivait souvent, même lorsque nous séjournions à Pitigliano. Il savait l'attachement que j'avais pour mon presque frère, comme je me plaisais à l'appeler. Il m'avait longuement embrassée avant de s'éclipser discrètement.

Massimo a attiré de nouveau mon attention avec sa formule burlesque.

— On me voit… Et bientôt, on ne me verra plus ! a-t-il répété avec une certaine ironie.

Je savais que ce ton cachait quelque chose. Mais quoi ? Je l'ai regardé, à la fois curieuse et inquiète.

— C'est quoi, cette fois-ci ? Tu t'en vas tourner à l'étranger ? Non, tu repars définitivement à Pitigliano ? On ne te verra plus… Qu'est-ce que tu veux dire ?

Mais il ne répondait pas à mes multiples questions. Et je n'osais pas poser la seule qui m'effrayait vraiment. Ce que Massimo affirmait, même enveloppé d'un trait d'humour, ne présageait rien de bon.

Il a fini par cracher le morceau :

— J'ai eu les résultats. C'est pas bon du tout.

— Comment ça ? Les médicaments ? ai-je hasardé.

Il a fait un geste dans les airs avec ses mains comme pour me signifier que, tout ça, c'était maintenant chose du passé. J'ai attendu qu'il m'explique.

L'année précédente, Massimo avait reçu un diagnostic de cancer de la prostate. Mais comme le lui avait assuré son médecin, ce cancer était courant chez les hommes de son âge et tout à fait curable. Quelques séances de chimiothérapie aideraient beaucoup à la guérison. Mais Massimo avait refusé ce traitement. Il n'était pas question qu'un coiffeur – en cinéma de surcroît – perde ses cheveux tout en continuant à travailler sur des plateaux. J'avais trouvé que son argument manquait de poids et qu'il était un peu insouciant de balayer du revers de la main cette solution, alors que ces séances de chimio, même si elles étaient souvent douloureuses, incommodantes et provoquaient des effets secondaires, dont la chute des cheveux, pouvaient lui sauver la vie. Devant son refus obstiné, je lui avais vanté les avantages du port d'une perruque – il en fabriquait lui-même d'extraordinaires, sur mesure, qui faisaient fureur chez les acteurs –, mais rien n'y avait fait. J'avais alors essayé de le convaincre qu'un crâne lisse était très tendance et le rendrait fort sexy. J'avais évoqué les Yul Brynner, Sean Connery, Samuel Jackson, Bruce Willis, Billy Zane, John Malkovich de ce monde, tous plus craquants les uns que les autres avec leur boule à nu. Tout en approuvant d'un œil égrillard ma galerie de portraits, il n'en démordait pas. Pas de chimio. « Ah non ! m'avait-il lancé à la

blague, tu ne vas pas m'empêcher de me faire prendre violemment en me faisant tirer les cheveux! Grrrr!»
«Grand insignifiant!» lui avais-je envoyé.

Il demeurait convaincu que d'autres solutions pouvaient venir à bout de ce cancer. Son médecin l'avait rassuré. Effectivement, il y en avait. La prise de médicaments que le médecin proposait n'était pas un traitement aussi agressif que la chimiothérapie, mais elle pouvait contribuer à éradiquer la tumeur. Massimo était suivi de près: examens approfondis, prises de sang régulières. On lui injectait également de l'œstrogène, ce qu'il avait accepté avec amusement. Le fait de s'en aller tranquillement vers son côté féminin, même sur le tard, ne le dérangeait pas, au contraire. La quantité de pilules qu'il devait ingurgiter au quotidien était assez impressionnante. Il en faisait presque un jeu chaque matin et chaque soir, puisqu'il en prenait de toutes les couleurs, formes et grosseurs. Il ne se plaignait pas, personne dans son entourage n'était au courant de ces soins obligatoires, et les choses se passaient bien. Tout ce temps, le cancer était resté endormi, comme un volcan qui ne se manifeste pas. Mais plus maintenant. Voilà que le monstre s'était réveillé, et les radiographies de ses poumons et de ses os avaient clairement montré des taches suspectes.

Mon cœur s'est arrêté. Dans ma tête, une partie de machine à boules venait de commencer. Deux mains vigoureuses appuyaient sur les boutons rouges, bien décidées à gagner cette joute. Les boules s'entrechoquaient, les lumières fusaient de toute part, des sonneries assourdissantes se répondaient sans arrêt.

— Des petits points noirs, a-t-il précisé en balayant cette nouvelle donnée. C'est léger, mais c'est louche.

Un grand silence s'est allongé entre nous. Puis il a ajouté avec son sens de l'humour habituel que sa vie était dorénavant en pointillé et en suspens.

— On dirait que la bête prend de l'expansion. Qu'est-ce que tu veux ? m'a enfin confié Massimo tout en triturant, avec sa fourchette, le contenu de son assiette, l'appétit n'étant pas au rendez-vous. Fallait bien que ça arrive à un moment donné. Et puis, je ne suis pas le seul. Avec l'âge, on est des proies faciles. C'est une nouvelle réalité. C'est la maladie du siècle, qui touche presque un individu sur cinq. Si ce n'est pas moi, ce sera le voisin de droite ou de gauche. Ou la fille en face de moi. Je préfère que ce soit moi, a-t-il ajouté avec un clin d'œil complice.

Je ne cessais de me répéter : « Pas lui. S'il vous plaît, pas lui ! » Massimo a versé du vin dans ma coupe. J'avais l'impression qu'il tremblait encore. En moi, une main rageuse avait attrapé une des boules et me l'avait lancée en pleine poitrine. J'étouffais.

Il s'est resservi un verre, qu'il a calé presque d'un trait.

— Moi qui ai toujours cru que je mourrais du sida ! Eh ben non ! Pas aujourd'hui, ma belle ! se dit-il à lui-même en levant son verre.

J'étais au courant de quelques-unes de ses aventures sexuelles sans lendemain. Nous avions souvent abordé le sujet. Il n'avait aucun tabou. Sa vie, c'était sa vie. Comme il avait su très tôt qu'il était homosexuel, il comptait bien vivre comme il l'entendait. Il n'avait jamais vraiment eu à faire sa sortie du garde-robe. Il avait une sexualité assez active, mais protégée. Je savais qu'il consultait régulièrement pour faire des tests poussés. Et il n'aurait pas réellement mis sa vie en danger même si, en hétérosexuelle assez prudente, je trouvais qu'il prenait parfois des risques. Surtout les dernières années.

Je suis restée pensive à observer mon ami, amaigri de quelques kilos, mais aux traits toujours harmonieux et à l'humour percutant. Jamais marié, il avait eu, avant que j'entre dans sa vie, un compagnon pendant plusieurs années. Un très bel homme qui avait succombé à un cancer du cerveau. Massimo l'avait accompagné jusqu'à la fin, lui qui avait une sainte horreur des hôpitaux. Puis il avait tout perdu : son amoureux, sa maison et tout ce qu'ils avaient amassé au fil des années ensemble. Puisqu'ils n'étaient que partenaires de vie, la famille de son ami lui avait tout enlevé. À l'époque, les homosexuels n'avaient aucune loi pour les protéger.

Il avait réussi à partir avec quelques maigres souvenirs et beaucoup de chagrin. Et depuis, il n'avait plus vraiment eu de grand amour. Une fois, il avait été follement attiré par un homme rencontré dans un sauna. Ce dernier était directeur de chorale, avait énormément de charme et répondait en tout point aux critères auxquels Massimo accordait de l'importance. Un homme sensible, intelligent, riche d'une grande culture et amant fougueux. Mais la réciproque amoureuse n'avait pas été au rendez-vous. Il en avait été très attristé. À la suite de cette aventure, sa formule préférée était devenue : « Pourquoi je m'enticherais d'un gars qui va squatter mon appart, me briser le cœur, me dire comment vivre et vider mon compte en banque ? » C'était son mécanisme de défense. De cette façon, il gardait ses distances, ne s'éprenait de personne et protégeait son cœur d'une épaisse armure capable de contrer les blessures d'amour.

J'ai touché sa main et lui ai demandé tout doucement quand le nouveau traitement commencerait.

— *T'à l'heure.* Demain. Je ne sais plus. Ils vont m'appeler.

Il avait deux cents ans, tout à coup. Et l'instant d'après, il prenait ma main et la glissait dans sa tignasse pour me montrer l'état de son crâne.

— Belle boule, finalement. Pas de bosses. Tu vas être contente, je vais me faire raser la tête. J'ai un nouveau coiffeur, il est oncologue.

— Je ne suis contente de rien, lui ai-je dit en me retenant de pleurer. Mais je suis convaincue que ça va bien t'aller malgré tout.

— Wow! Sexy juste avant la fin! a-t-il déclaré, des sanglots dans la gorge.

Nos yeux se sont croisés, et ce que nous redoutions tous les deux est arrivé. Les chutes Niagara ont commencé à couler. Je l'ai serré fort dans mes bras et je me suis mise à lui dire n'importe quoi pour le consoler. Qu'il s'en sortirait, qu'il allait vite reprendre des forces, que ça ne serait pas fatal, qu'on avait tellement de belles choses à vivre encore. Que Pitigliano nous attendait cet automne. Des bêtises comme on en dit à un enfant mort de peur.

*

En me glissant sous les couvertures, ce soir-là, je me suis collée tout contre Bernardo. J'ai étouffé quelques sanglots et cris de rage dans mon oreiller. La vie était injuste. Pourquoi lui? Pourquoi maintenant? Je pouvais toujours m'accrocher à l'espoir de ces traitements de chimiothérapie qu'on lui proposait. Ils avaient fait des miracles chez certaines personnes. Mais à cet instant, je n'y croyais pas vraiment. Je n'avais personne à blâmer. Ce genre de bureau des plaintes n'existe pas. «Désolé, il n'y a personne au numéro que vous avez composé!» La médecine et la recherche en ont suffisamment sur les bras et font tout leur possible. Alors à qui adresser mes récriminations?

Je me suis tournée vers la seule connaissance à laquelle j'ai toujours donné foi. J'ai imploré non pas les dieux du ciel – je croyais de moins en moins à leur existence –, mais l'Univers entier. Il y avait bien une force plus grande que moi cachée quelque part qui pouvait entendre ma prière. Je lui ai suggéré, naïvement, de jeter un coup d'œil à ma liste. Je suis convaincue qu'on possède tous un recensement d'individus qu'on n'hésiterait pas une seconde à balancer aux autorités concernées par la mort. Un répertoire de noms qu'on sort des limbes lorsque la maladie s'empare d'un de nos proches ou que la mort s'avance trop près pour le cueillir. « Eux, plutôt qu'un membre de ma famille ! » Ce soir-là, je n'avais de cesse de dire au ciel que je connaissais plein d'insignifiants, de violents, de mesquins, de pervers, de bourreaux, de dictateurs, de morons qui ne méritaient pas de vivre.

— Vous pouvez les prendre, ceux-là. Personne n'en veut. Leur perte va soulager l'humanité. Mais pas Massimo !

Je répétais sans fin cette litanie : « Pas lui. Pas lui. S'il vous plaît, pas lui ! »

*

Des éclats de rire m'ont tirée du sommeil dans lequel j'avais finalement réussi à sombrer, aussitôt suivis des aboiements d'un chien. Je me suis rendue péniblement jusqu'à la fenêtre où j'ai observé deux hommes prenant le café en riant à gorge déployée à la table de la terrasse et, tout près d'eux, un petit chien blanc et gris, bondissant comme une puce poilue. C'était Bernardo et Massimo qui s'en donnaient à cœur joie, et je me suis rappelé tout à coup que Raphaëlle m'avait suppliée de garder son chien quelques jours.

Vincent et Marie avaient accepté qu'elle devienne la maîtresse de ce morkie, au demeurant mignon comme tout, à la seule condition qu'elle s'en occupe vraiment. Ce qu'elle faisait de façon exemplaire, sauf lorsqu'elle avait des compétitions sportives, comme cette semaine. Alors elle faisait appel à sa Mamou, ses parents ayant toujours refusé de devenir esclaves de cette bête et de servir de gardiens. Je trouvais qu'ils avaient bien fait d'encourager ma petite-fille à devenir responsable. Elle voulait ce chien, il fallait qu'elle en prenne soin. En de rares occasions, je servais donc de Mamou pour le chien aussi. Ça faisait mon affaire puisque cette petite Lola m'obligeait à aller marcher souvent, et Bernardo s'était entiché de la bête, qu'il gâtait beaucoup trop.

Je me suis dépêchée de faire ma toilette. J'ai réalisé que j'avais mal partout. Il n'y avait pas une jointure qui ne hurlait pas de douleur dans mon pauvre corps. Quand on prend de l'âge, c'est fou comme la moindre inquiétude se fait aussitôt sentir dans les os et les articulations. Après les nouvelles de Massimo, je m'étais couchée tendue au possible. J'en payais le prix ce matin-là. J'ai avalé deux cachets anti-inflammatoires qui, j'espérais, agiraient rapidement, et j'ai rejoint les gars qui m'ont accueillie avec un café et des croissants, et le chien avec des aboiements de joie.

Dans le jardin, il n'y avait plus aucune trace de la fête. «Tant mieux, c'est comme si mes soixante-dix ans avaient disparu dans les ordures ménagères et les bacs de récupération. Si seulement on pouvait faire ça! me suis-je dit en m'assoyant. Un vieux soixante-dix ans recyclé, ça devrait avoir un petit air de jeunesse!»

Massimo était de fort belle humeur, ou du moins il ne laissait rien paraître de sa détresse. Bernardo s'est levé, a pris la balle de Lola et, avant de s'éloigner de la terrasse pour jouer avec elle, m'a dit que Massimo lui avait raconté ses ennuis. J'ai regardé ce dernier, étonnée qu'il ait parlé de ce qu'il m'avait fait jurer de taire.

— C'est vraiment tordu, ce milieu du cinéma, a ajouté mon amoureux. Je ne crois pas que je m'y plairais. Je préfère de beaucoup mes olives à toutes ces stars d'Hollywood. Allez, viens, le chien fou… on va t'épuiser un peu.

Il a lancé la balle le plus loin qu'il a pu. Lola est partie immédiatement à la recherche de son trésor.

— Hum… a murmuré Massimo. Après les bébés, c'est les chiens! Grand-maman ne chôme pas.

— Non. Mère et grand-mère un jour, mère et… enfin… toujours!

Je lui ai souri. Il n'y avait plus aucune trace sur son visage des angoisses de la veille. Je reconnaissais bien mon ami. Il avait donné le change à Bernardo, il en avait parlé avec moi. Une fois suffisait. Il allait suivre le déroulement des événements à mesure. Je n'ai pas pu m'empêcher d'ajouter que, s'il avait besoin de moi pour les traitements, j'étais là.

— Olivia, moins j'en parle, mieux je me porte. Tu ne propages la nouvelle auprès de personne, tu n'interviens pas. Je veux gérer ça tout seul, et si jamais j'ai besoin, je te ferai signe. Est-ce que tu peux respecter ça?

Je lui ai fait signe que oui.

— La vie continue, *principessa*. Et comme François et toi avez l'habitude de dire: «Un jour à la fois, un pied devant l'autre, pis *Inch Allah*, tabarnak!»

Il a calé le restant de son café, s'est levé d'un bond et a annoncé qu'il repartait vers la ville puisque le travail l'y attendait.

*

J'ai mis quelques jours à digérer ce que m'avait avoué Massimo. J'étais atterrée. Comment je réagirais si j'étais à sa place? Me connaissant, j'alerterais tout le monde, c'est sûr. Ça prend un coupable. Il faut dénoncer, accuser, punir. Comment vivre autrement? En laissant aller les choses? En se résignant? Très peu pour moi. Après la peine arriverait la colère. Et je voudrais ménager les membres de ma famille. Je leur éviterais de trop s'angoisser, je tenterais de les protéger. C'est sûrement ce que Massimo essayait de faire. Nous mettre à l'abri, nous épargner du chagrin. Mais la peine viendrait quand même.

Lorsqu'il m'avait annoncé la terrible nouvelle, j'avais voulu en apprendre davantage : qu'est-ce que l'oncologue lui avait dit ? Aurait-il de l'aide psychologique ? Connaissait-il ses chances de guérison ? Il avait refusé d'en parler. Sa seule réponse avait été que pour l'instant il en savait suffisamment. J'avais l'impression qu'il baissait les bras. Peut-être préférait-il ne pas savoir... ou du moins le moins possible, et avait-il décidé de laisser faire le destin ? J'ignorais comment lui venir en aide. En même temps, je devrais respecter les décisions qu'il allait prendre par rapport à cette tragédie. Puisque c'est cela dont il était question. On a beau dire que la médecine fait tout en son pouvoir pour guérir les patients, que la recherche a évolué et trouve chaque jour de nouvelles avenues pour éradiquer ce fléau, il n'en demeure pas moins que la plupart des gens atteints vont y laisser leur vie. La chronique nécrologique des journaux est pleine de gens qui-ont-combattu-avec-courage-et-jusqu'au-bout-cette-terrible-maladie. Encore un peu de temps et on ne les verra plus...

« Pas lui, pas lui. Mais pas lui, s'il vous plaît ! »

Je me mordais les lèvres pour ne pas partager ce secret avec Bernardo. Massimo m'en voudrait à mort si je le faisais. Alors je gardais ça pour moi.

Puis un matin, un appel d'Henri m'a sortie de ma torpeur. Il me demandait la permission de venir cet après-midi-là, en compagnie de deux membres de son équipe de tournage.

— Euh... Pourquoi ?

— J'ai besoin de ta maison.

— Besoin? Dans quel sens?

— Je t'expliquerai sur place, je peux venir?

Je l'ai rassuré : il était toujours le bienvenu, même si cette fois-ci je ne comprenais pas en quoi je pouvais lui être utile.

Je l'ai appris très vite. Henri, à titre de concepteur visuel, voulait louer ma maison pour les besoins d'un tournage cinématographique. Je lui ai servi ainsi qu'à ses collègues un petit apéritif qu'on a pris sur la terrasse. Ils se sont régalés des olives au citron, production de Bernardo et de son frère.

— À se rouler par terre, m'a affirmé l'un d'eux.

Henri s'est étonné de ne pas voir mon amoureux.

— Il est parti faire des courses en voiture, avec le chien de Raphaëlle qu'on garde pendant quelque temps encore. Il le traîne partout avec lui !

Mon ami en est venu rapidement au vif du sujet. L'histoire que l'équipe s'apprêtait à tourner était magnifique, d'une grande profondeur, et illustrait bien la vive sensibilité du jeune scénariste. Le réalisateur et le directeur photo possédaient tous deux la même qualité.

Le genre de film que j'aimerais, qui me ressemblait. C'était une sorte de huis clos. Peu d'acteurs, pas beaucoup de déplacements. Il m'a donné à titre d'exemple le récent film de Xavier Dolan, *Juste la fin du monde*. Il s'est fait convaincant.

Il m'a expliqué que, d'habitude, c'était l'équipe des décors qui repérait des emplacements qui réunissaient le plus de critères inhérents au projet, prenait les clichés, les présentait ensuite au concepteur visuel qui les analysait en tenant compte du scénario, du budget, des changements à apporter aux lieux, de la disponibilité des propriétaires en fonction du calendrier de tournage, préparation comprise. Le concepteur faisait part à son tour de ses choix au réalisateur et au directeur photo, et la décision finale se prenait en équipe.

— Mais ta maison, je la connais par cœur. J'ai préféré venir en personne pour te parler du projet. Ta maison, c'est LA maison qu'il nous faut, Olivia. La vue, le jardin, la terrasse, le boisé derrière, l'emplacement des pièces, les dimensions. Même la décoration… Ça fait des semaines qu'on cherche ce tout-inclus et on ne trouve pas. En plus, chez toi, on n'aura presque rien à changer. Les couleurs, les meubles, même les planchers blancs… Une maison aux allures de bord de mer, à la campagne. Un camaïeu de crème, de gris, des accents noirs. Et un paysage d'arbres matures, peu de maisons aux alentours, pas trop de bruit…

— Et ça implique quoi ? lui ai-je demandé. C'est pour combien de temps ? Est-ce que je vais retrouver ma maison telle qu'elle était, une fois que vous l'aurez utilisée ?

J'ai posé une myriade de questions. Je savais qu'avec Henri je serais protégée, et la maison également, mais j'avais quand même quelques craintes. J'avais souvent entendu parler de gens qui avaient offert leur demeure en location pour un tournage et qui le regrettaient encore amèrement.

Henri m'a demandé la permission pour que ses collaborateurs commencent à faire les photos extérieures pendant qu'il continuait son laïus. Ça ne m'engageait à rien pour le moment. Ils n'auraient qu'à faire disparaître les clichés si ça ne me convenait pas.

On a pris le temps de boire un autre verre. Il m'a expliqué comment se préparait un long métrage.

— Les jours de tournage, on peut facilement trouver une trentaine de techniciens sur place. Même pour un film à petit budget. Et ça ne comprend pas les comédiens, les figurants et ceux qui travaillent à l'élaboration du film à l'extérieur des plateaux de tournage.

Il faisait référence aux producteurs, coordonnateurs de production, comptables et aides-comptables, à toute l'équipe des décors, concepteurs, techniciens, assistants, sans oublier l'équipe des costumes.

Je n'avais jamais pensé qu'il pouvait y avoir autant de monde sur un plateau. Henri a délaissé l'aspect technique du film pour se concentrer plutôt sur le scénario. Il avait été séduit par l'histoire et espérait que je serais aussi touchée que lui.

J'adorais l'écouter quand il se passionnait pour un projet, une image, une idée. À vrai dire, je l'aimais tout le temps, puisqu'il ne faisait rien sans enthousiasme. J'aimais ses mains qui dessinaient des explications, en trois dimensions, ses yeux qui riaient en même temps et son fameux bloc de papier qui ne le quittait jamais et sur lequel il avait échafaudé tant de projets. Tout en me parlant, il traçait des espaces, faisait des plans, gribouillait des formes pour rendre son propos encore plus clair. C'était un pur plaisir de le suivre, pas à pas, dans de longues pérégrinations au pays imaginaire.

L'histoire allait en émouvoir plus d'un. Helen, une femme de soixante-quinze ans, mère de trois enfants, souffrante, doit subir une transplantation rénale. Mais pas de donneur en vue. Ses deux aînés, Martha et Frank, n'étant pas compatibles, ils font des recherches pour retrouver leur plus jeune frère, Aidan, parti de la maison familiale depuis plusieurs années. Ce dernier a beaucoup voyagé, a fait tous les métiers sans réussir à en conserver aucun, a consommé toutes sortes de drogues, a fait les quatre cents coups, a perdu sa blonde, ses amis et son travail, a fait le vide autour de lui avant de se retrouver à la rue. Ce n'est pas de gaieté de cœur qu'ils le contactent. Les ponts sont brisés entre ces trois-là depuis trop longtemps pour qu'une réconciliation semble possible. Martha est notaire et Frank est pharmacien, tous deux sont responsables, ont une vie ordonnée et ont veillé toutes ces années au bien-être de leur mère ; ils en veulent à leur frère cadet de lui avoir causé tant de chagrin et d'avoir déserté la famille. Ils le retrouvent finalement et lui demandent de passer les tests pour savoir s'il est compatible afin de sauver la vie de leur mère. Ce dernier accepte. Dans l'attente des résultats, la mère, tenue au courant des démarches de ses aînés, veut revoir Aidan malgré les avertissements répétés de Martha et Frank, qui sont convaincus qu'il va tenter de lui soutirer de l'argent avant de repartir et lui faire encore plus de chagrin. Mais elle insiste. Elle veut comprendre par où son fils est passé et pourquoi sa vie a basculé de la sorte alors qu'il a reçu la même éducation et le même amour que ses autres enfants. Quand les résultats positifs arrivent, alors que tout le monde se réjouit de la nouvelle, Helen renonce à l'opération. Elle a fait la paix avec son fils délinquant. Elle lui redonne sa vie, en quelque sorte, puisqu'elle ne pourra rien y changer. C'est sa vie, il doit la vivre comme il l'entend. La sienne s'achève. C'est comme ça.

Je suis restée quelques instants songeuse. C'est vrai que la démarche de ce personnage avait quelque chose d'émouvant. J'étais curieuse de savoir comment cette histoire allait tourner avec l'arrivée du fils prodigue. Henri n'en connaissait pas tous les rebondissements.

Grâce à mon ami, le scénario n'existait plus que sur papier ; il devenait réel et se déroulait sous mes yeux. Au fil du récit qu'il en faisait, je pouvais suivre les personnages dans ma maison, dans mon jardin. Les moments intimes comme les affrontements. La vie, quoi !

Et lorsque Henri m'a dévoilé le nom de l'interprète du rôle principal, toutes les hésitations que j'avais pu avoir sont tombées d'un coup. L'actrice anglaise issue de la Royal Shakespeare Company, oscarisée pour une présence de huit minutes à l'écran, celle qui s'est glissée dans la peau de tant de personnages avec finesse, dont celui de la célèbre M aux côtés de James Bond, celle qui a participé à plus d'une soixantaine de films, qui a été récompensée à maintes reprises dans divers festivals, et qui a reçu d'innombrables nominations dans sa carrière, celle que j'admirais depuis longtemps viendrait tourner dans ma maison ! J'étais sans voix. Cette femme m'avait toujours fait penser à Simone, mon amie française, décédée beaucoup trop tôt. Celle de qui j'avais reçu en héritage la somme qui m'avait aidée à faire l'acquisition de la maison jaune. Chez ces deux femmes, on retrouvait le même charme, une douceur identique, la grâce incarnée, un tempérament bien trempé ajouté au même grand talent. Henri m'a promis de faire en sorte que nous nous rencontrions.

— Je ne peux rien te garantir, même moi, je ne suis pas sûr de pouvoir la croiser… mais je vais tout faire pour que ça arrive.

La venue de cette femme dans ma maison et dans ma vie coïncidait avec les questions que je me posais sur la capacité que l'on a à se renouveler malgré la vie qui continue à gruger nos énergies. Cette actrice semblait braver les intempéries et faisait face à l'adversité de belle façon. Aucune chirurgie pour estomper les marques du temps, aucun artifice. À la place, une élégance innée, un charme fou, et sûrement beaucoup d'humour. Elle était anglaise, après tout ! La côtoyer, même de loin, m'aiderait peut-être à comprendre ce vers quoi je m'en allais.

Henri m'a précisé toutes les choses auxquelles j'allais devoir m'engager. Il s'agissait bien d'un contrat en bonne et due forme, et une somme d'argent assez importante était prévue en compensation. Une généreuse indemnité quotidienne s'ajoutait au montant pour la location de la maison et devait me servir à me loger. Bernardo et moi ne roulions pas sur l'or, et cette maison de même que celle qu'il partageait avec son frère à Pitigliano coûtaient pas mal d'argent à entretenir.

— C'est pas toi qui rêves d'un agrandissement ? m'a demandé Henri. L'espace pour créer une vraie salle à manger pour recevoir toute ta famille deviendrait possible. J'ai encore les plans qu'on avait élaborés ensemble. C'était un beau projet, cette véranda donnant sur le jardin.

Il m'a laissée voyager dans mes pensées.

— Et puis, tout le monde va avoir envie de vous héberger, toi et Bernardo.

J'ai réalisé que les dates du tournage coïncidaient avec le séjour le plus long de Bernardo en Italie. C'était une période capitale pour son commerce, et comme c'était le moment de l'année où son frère et lui travaillaient le plus, je ne l'accompagnais que très rarement.

Henri m'a appris que je devrais quitter ma maison pendant un bon bout de temps.

— D'abord, il y a la période de préparation, et ensuite celle du tournage. Puis après, on remet tout en place. Je dirais un mois et demi, peut-être deux. Qu'est-ce que tu en penses ?

Les choses allaient très vite dans ma tête. Il y avait bien sûr mon fils qui pouvait m'héberger. Je savais que Raphaëlle serait ravie que je loge chez elle. Il m'arrivait à l'occasion d'aller m'occuper de ma petite-fille et de son frère quand Vincent et Marie devaient s'absenter, mais je ne me voyais pas les envahir tout un mois. J'adorais la vie avec les adolescents, mais à petite dose. J'ai songé à Lulu et Armand. Mon amie me ferait sûrement une place chez elle, ce qui nous permettrait de rattraper le temps perdu. On se voyait si peu. Il y avait également Allison, que je ne dérangerais pas trop maintenant qu'elle était célibataire. Je l'avais déjà dépannée lors de travaux majeurs effectués dans sa maison en les hébergeant, elle et son mari. Mais, après réflexion, je me suis dit que je ne supporterais pas de l'entendre se plaindre à longueur de journée de son Jules, ce salaud qui venait de la quitter pour une femme « moins vieille, mais pas mal plus conne » et à qui elle en voulait toujours autant. Je pourrais séjourner à l'hôtel. Ça me ferait une sorte de vacances…

Massimo ! Comment n'y avais-je pas pensé plus tôt ? Je pourrais faire d'une pierre deux coups, sans que cela paraisse suspect à ses yeux. L'équation était simple : d'un côté, il y avait mon ami, que je trouvais si vulnérable dans cette période difficile et, de l'autre, ce même ami qui ne voulait pas d'aide. En lui demandant l'hébergement, je pourrais être présente, le seconder, l'accompagner à ses traitements s'il acceptait, ou juste l'écouter. Il n'y verrait que du feu. Mais pour arriver à mes fins, je savais que j'allais d'abord devoir subir ses foudres. « Louer ta maison pour un tournage ! Es-tu tombée sur la tête ? »

*

C'est à peu près ce qu'il m'a dit. Puis il a ajouté que j'étais complètement folle, qu'il n'y avait que les gens qui ne connaissent rien de cet univers pour croire que louer sa maison pour le cinéma était une chose formidable. Et j'ai eu droit à plus de reproches encore.

— Bien sûr, il y a l'argent, mais c'est tellement peu en comparaison des inconvénients. À quoi t'as pensé ? Et comment Henri a-t-il pu t'embarquer dans une aventure pareille ? Il devait vraiment être mal pris pour te faire signer ce contrat. Il sait que personne du milieu n'accepterait de faire ça. Tu as perdu la raison, c'est sûr. Et Bernardo, qu'est-ce qu'il dit de tout ça ?

— Rien, lui ai-je répondu. En général, il ne se mêle pas des questions domestiques de ma maison, tout comme je ne me mêle pas des problèmes de celle qu'il partage avec son frère à Pitigliano. C'est l'entente qu'on a eue au départ et on s'y est toujours tenus. Ça ne l'empêche pas de me donner des conseils quand c'est nécessaire, mais la plupart du temps il me laisse libre d'agir à ma guise. Il m'a juste dit : « *Perché no ?* »

— « Pourquoi pas ? » a répété Massimo, totalement découragé. C'est parce qu'il ne sait pas dans quoi tu t'embarques.

— De toute façon, c'est sa grosse saison, il part en Italie dans cinq jours.

Et j'ai ajouté, pour que la situation ne paraisse pas trop suspecte, que je ne pouvais pas l'accompagner parce que j'avais un conte à écrire et que Raphaëlle avait besoin de moi. Pieux mensonges.

— En tout cas, ne viens pas te plaindre s'ils abîment tes magnifiques parquets blancs, ton beau jardin, ta terrasse toute neuve, tes comptoirs en béton ciré, et j'en passe.

J'ai tenté de le calmer en évoquant le fait que j'avais Henri pour nous protéger, ma maison et moi ; peine perdue. Il boudait. Il était déçu de mon attitude. Comment avais-je pu être aussi naïve, moi qui fréquentais des gens du milieu, grâce à lui bien sûr et à Henri, qui cette fois avait agi selon Massimo comme le plus grand des idiots ? Je le laissais dire. J'avais peur qu'il découvre mon stratagème. Dans mon histoire, c'est moi qui avais besoin de lui, et surtout pas lui qui réclamait mes soins puisque, de toute façon, il s'obstinait à « vivre ça tout seul » selon son expression. Mais je tenais à être près de lui. En louant ma maison pour ce tournage, je trouvais que la vie m'offrait une occasion rêvée de passer cette période auprès de lui sans qu'il se rende compte de mes véritables intentions, et j'étais très consciente que cette possibilité ne se représenterait pas de sitôt. Je lui avais affirmé – malgré ma peur qu'il découvre cet autre mensonge – que personne dans mon entourage ne pouvait m'héberger. Et comme je l'avais moi-même secouru à plusieurs reprises, c'était un juste retour d'ascenseur qu'il m'accepte chez lui.

Mais il n'en démordait pas et tentait par tous les moyens de bousiller mon projet. Finalement, à bout d'arguments, j'ai prononcé un nom.

— Judi Dench.

— Quoi, Judi Dench ? Qu'est-ce qu'elle vient faire là-dedans ?

— C'est elle qui joue le personnage principal du film qu'on va tourner chez moi, ai-je lancé, l'air indifférent.

— Ah oui ?

— Hum, hum !

— Judi Dench ? m'a-t-il interrogée de nouveau.

— Ben oui !

C'est comme si ce nom avait eu la même force qu'un « Sésame, ouvre-toi » et venait de lui libérer l'esprit de toutes les objections qu'il me servait depuis plus d'une heure.

— Judi Dench. Quand même, Judi Dench…

J'en ai rajouté.

— Eh oui ! Judi Dench. En personne. Pendant plus de trente jours. Chez moi.

Une lumière est apparue dans ses yeux.

3

C'est comme ça que je me suis retrouvée à séjourner, plusieurs semaines, chez mon vieil ami Massimo. Ce n'était pas la première fois que nous logions à la même enseigne. Lorsque son appartement avait brûlé, plusieurs années auparavant, il avait habité chez moi à Montréal. Je possédais à l'époque une petite maison sur le Plateau-Mont-Royal. Mon fils venait tout juste de quitter le domicile familial, trop heureux à dix-huit ans d'emménager avec des copains. J'avais eu à me battre pour qu'il ne vide pas entièrement la maison. Il était parti avec le mobilier de sa chambre et la promesse que je lui donnerais les meubles du salon lorsque j'en changerais. Une fois la pièce libérée, je l'avais réaménagée en chambre d'amis et j'avais pu ainsi secourir Massimo, qui en avait grandement besoin. Il aurait très bien pu séjourner à l'hôtel durant la période que nécessitaient les travaux après l'incendie, mais nous n'aurions pas eu autant de plaisir.

Je l'avais d'abord hébergé quelques nuits, afin qu'il se remette de ses émotions. Au moment de l'incendie, il venait tout juste de repeindre les murs et les planchers de son appartement. Il avait enduit lui-même les murs de plâtre, avait travaillé sans relâche afin de leur donner cette patine unique que l'on peut trouver dans les maisons usées tendrement par le temps en Toscane, région de son enfance qui lui manquait cruellement. «Italien un jour, Italien toujours!» se plaisait-il à répéter. Tout était maintenant à refaire, et les travaux de réfection allaient prendre des mois. On avait tellement ri que Massimo avait décidé de rester chez moi durant cette attente, même si les assurances lui permettaient de loger à l'hôtel. À partir de ce jour, ma vie avait changé. La sienne également, je crois. Nous étions tous deux célibataires à cette époque et nous partagions presque tout. Je n'étais plus seule. J'avais un véritable ami à demeure. Une tendresse qui nous était inconnue jusque-là s'était installée, nos liens d'amitié s'étaient renforcés; on avait mis à la porte une certaine réserve qui nous empêchait d'être véritablement nous-mêmes. Nos vraies natures avaient éclaté au grand jour.

Après seulement deux nuits à loger dans ma maison, n'y tenant plus, Massimo avait décidé de changer la disposition des meubles du salon, m'assurant que «tout gai qui se respecte a le compas dans l'œil; il sait d'instinct où doit se trouver chaque pièce du mobilier». Il n'avait pas tort. Le salon s'en était trouvé plus aéré, plus fonctionnel.

Nous avions déjà voyagé ensemble aussi; d'abord à Paris, en logeant dans de petits hôtels, puis chez son amie Juliette. Et à Venise, et à Positano lors de courts séjours, et par la suite nous étions devenus voisins à Pitigliano grâce à ma rencontre avec Bernardo.

Je ne savais pas de quoi serait faite cette nouvelle cohabitation qui aurait lieu chez lui cette fois. Les temps avaient changé. Nous aussi. Il était toujours célibataire, j'étais mariée depuis plus de dix ans, je partageais moins de moments avec lui, moins de voyages également, moins d'intimité. Mais tout cela serait différent dans les jours qui suivraient puisque je débarquerais avec mes valises. Histoire d'avoir un toit, mais surtout pour veiller sur lui. Une fois de plus.

Durant la période de préparation en vue du tournage, nous avions pu garder notre maison, malgré les multiples visites d'Henri et son équipe. Mais là, il était temps de partir. Bernardo prenait la direction de Pitigliano, et moi, celle de Montréal. Mon amoureux n'avait pas été dupe très longtemps de mon manège. Dans un premier temps, il n'avait pas compris pourquoi je refusais systématiquement toutes les propositions qu'il me faisait en vue de me loger durant cette période où l'on perdait en quelque sorte notre maison. Il suggérait que je l'accompagne en Italie, que je loge chez sa fille Graziella ou chez mon fils, qui seraient très heureux de m'accueillir, ou encore chez Lulu ou chez Allison qui m'ouvriraient tout grand leur demeure.

— Pourquoi te retrouver toute seule chez Massimo alors qu'il va travailler comme un fou sur son nouveau projet ? Qu'il va être irritable ? Qu'il va partir aux aurores et revenir tard en soirée ?

Je ne savais pas quoi répondre sans briser ma promesse de silence sur la maladie de mon ami. Mais mon homme avait deviné qu'il se passait quelque chose. C'est pourquoi il m'avait laissée gérer la location de la maison pour le tournage et, surtout, il n'avait plus insisté pour que je l'accompagne en Italie pendant ces quelques semaines.

La veille de son départ, lors de notre dernière nuit ensemble, il m'a serrée dans ses bras et m'a fait jurer de faire attention à moi.

— Tu as encore beaucoup de choses à finir avant de partir ?

— Pas trop. Le plus gros est fait.

Je devais sortir de la maison tout ce qui était personnel. Henri m'avait indiqué que les photos, les bibelots, les tableaux et les objets précieux devraient idéalement prendre le chemin du grenier. Avec l'aide de Bernardo, j'avais déjà vidé les placards, les tiroirs et une partie des bibliothèques. Ensuite, je ferais mes valises.

— C'est presque un déménagement, cette location. Est-ce qu'on avait vraiment besoin de ça ?

Je suis restée sonnée par sa question.

— Moi non, a-t-il insisté. Mais toi ?

Je n'arriverais peut-être pas à lui cacher la vérité longtemps. J'avais pourtant promis à Massimo de ne mettre personne au courant que le cancer était de retour. Je cherchais mes mots.

— Euh… Non. Mais Henri, lui, a un besoin urgent de notre maison. Et ça va nous faire un peu de sous. Depuis le temps qu'on veut construire une véranda…

Je savais que ce dernier argument ne passerait pas facilement auprès de Bernardo. Certes, on rêvait tous les deux de cet agrandissement, on en parlait souvent quand tout le monde se retrouvait coincé dans le minuscule espace qui nous servait de salle à manger, mais il n'y avait pas urgence. On avait tenu tout ce temps sans véranda, on pouvait le faire encore. On se posait régulièrement la question : « Aurait-on vraiment besoin de cet ajout, même si cette somme d'argent nous tombait du ciel ? » En vieillissant, nos priorités ne sont plus les mêmes. On est plus prudents dans nos décisions. On pense à l'avenir. Aux sous dont on aura besoin pour assurer nos vieux jours. Alors un spa ou une véranda, ce n'était pas impératif.

J'ai fait diversion.

— Et puis, c'est quand même formidable. Tu te rends compte ? lui ai-je dit. Judi Dench va venir ici. Jusqu'à maintenant, les choses se passent bien. Toi, tu dois partir pour ton travail, et moi…

Il a terminé ma phrase.

— Et toi… Tu avais besoin de ce prétexte pour être avec Massimo. Je me trompe?

Mon amoureux me connaissait bien. Je n'arrivais pas à lui cacher grand-chose. Je me suis défendue mollement.

— Personne d'autre ne peut m'accueillir. Tes enfants n'ont pas de place. Vincent et Marie sont débordés avec leurs ados et leur travail. Je ne m'imagine pas vivre avec eux aussi longtemps. J'adore les enfants, mais je préfère les voir un à la fois. Il y a Allison, mais je ne crois pas que je serais capable de l'entendre répéter jour après jour sa litanie sur son Jules qui l'a abandonnée il y a plus de deux ans. Elle n'en démord pas. Ça, c'est au-dessus de mes forces. Alors, oui, chez Massimo, c'est possible, il y a toutes ces chambres disponibles. Et comme il n'est pas là très souvent, je pourrai aller voir les enfants à ma guise…

Bernardo a saisi délicatement mon menton et a dirigé mon regard vers le sien. Il a souri. Avec ses yeux, il me disait qu'il ne croyait pas à mes arguments. Il a caressé mon visage. Devant tant de tendresse, j'ai éclaté en sanglots.

Il m'a bercée doucement.

— Massimo est à nouveau malade, c'est ça, *tesoro*?

J'ai hoché la tête. Il m'a laissée verser mon chagrin au creux de son épaule.

— J'ai bien senti, lorsqu'il a débarqué le soir de ton anniversaire, que ça n'allait pas du tout. Il était pâle, amaigri. Au petit-déjeuner, il était trop joyeux. Il essayait par tous les moyens de noyer la baleine. J'ai fait celui qui ne s'était aperçu de rien.

— Le poisson. On dit « noyer le poisson », ai-je corrigé en souriant à travers mes larmes.

Mon amoureux faisait encore quelques erreurs de langage malgré toutes ces années passées au Québec. Mais son français demeurait bien meilleur que mon italien.

Je lui ai tout raconté. La récidive. Le stade avancé du cancer. La chimio qui commencerait sous peu, à condition que les médecins trouvent le bon traitement. Le désir obstiné de Massimo de vivre cette épreuve seul.

— *Cara mia,* c'est ton plus grand ami. Tu ne peux pas l'abandonner. Surtout pas maintenant. Tu fais bien d'y aller. Mais rappelle-toi…

Je l'ai coupé aussitôt.

— Tu comprends que la location de la maison tombe pile. Comme ça, il est obligé de me prendre chez lui, alors qu'il refuse toute aide.

Puis je me suis justifiée de ne pas l'avoir mis au courant de mon projet.

— Tu le connais, Massimo. Peut-être pas aussi bien que moi, mais tu sais comment il est indépendant. Italien et têtu.

J'ai senti mon amoureux sourire dans la pénombre.

— Il voulait que personne ne sache. Tu es le seul à qui j'en ai parlé. Il faut à tout prix garder ça secret. Il m'en voudrait tellement !

Nous nous sommes serrés très fort dans nos bras. Aucun de nous ne disait mot, mais on n'en pensait pas moins. La maladie était dans nos vies plus que jamais. Nous avions tous peur de ce fléau, sans l'évoquer trop souvent. Des membres de nos familles, des amis s'en allaient subitement. Bernardo avait perdu sa belle-sœur, quelques années plus tôt, à la suite d'un cancer foudroyant ; un de ses collaborateurs, ouvrier spécialisé dans l'huile d'olive comme lui, avait subi un quadruple pontage avant de succomber, cette année-là, à une crise cardiaque. Moi, je croisais les doigts. Personne de mon entourage immédiat ne m'avait été enlevé. Pas encore. Henri nous avait bien effrayés, ainsi que Lulu avec un cancer du sein, mais ils allaient bien maintenant, et leurs jours n'étaient plus comptés. Aujourd'hui, il y avait Massimo à qui la mort faisait signe. Mais je ne voulais pas penser au pire. Je me suis remise à prier silencieusement pour qu'on ne vienne pas le chercher.

« Pas tout de suite, s'il vous plaît. Ne me l'enlevez pas tout de suite. » Puis j'ai ajouté, pour être certaine que mon message soit compris : « Ni Bernardo, ni les enfants, ni personne que j'aime, s'il vous plaît. Laissez-les-moi encore un peu. »

*

Ce n'était pas réellement un déménagement que je m'apprêtais à vivre. Je savais que je retrouverais ma demeure bientôt, mais au lieu de simplement quitter les lieux, valises à la main, je laissais les clés de ma maison à d'autres gens qui n'y habiteraient pas, mais qui l'empruntaient pour des fins de tournage. Sensation étrange.

Je suis allée conduire mon Italien à l'aéroport. Bernardo m'a fait promettre à nouveau de prendre soin de moi, pas seulement de Massimo.

— Olivia, jure-moi que tu vas aussi faire attention à toi. Je n'ai pas oublié comment tu as été avec ma belle-sœur quand elle était malade. Tu t'en es occupée jusqu'à la dernière minute, et tu étais épuisée. Elle était impossible à soigner. Je me doute que Massimo ne sera pas plus facile. Il a le tempérament volcanique, lui aussi. *Stai attenta, bella.*

Moi non plus, je ne pouvais pas oublier cette période de ma vie. Lorsque Nicoletta avait reçu son diagnostic de cancer de l'intestin, ses os et son cerveau étaient déjà atteints. Bernardo et moi étions à Pitigliano, chez Ernesto, son frère. Les deux hommes étaient souvent sur les routes pour rencontrer les représentants de leur compagnie, *Produzione dell'Oliveto Simonelli.* Leur affaire était de plus en plus florissante et ils devaient faire le suivi annuel. Au lieu de les accompagner comme auparavant, je m'étais proposée pour rester auprès de Nicoletta, qui n'en menait pas large entre les traitements, les effets secondaires et les nuits d'insomnie. Elle préférait savoir son mari occupé par la routine au lieu de le voir se morfondre à son chevet.

Elle ne voulait pas plus m'avoir auprès d'elle, mais je ne sais pas pourquoi, je ne pouvais pas l'abandonner alors qu'elle avait besoin de soins. Je savais que ce ne serait pas facile ; Nicoletta ne me portait pas dans son cœur, même si cela faisait plusieurs années que je vivais avec son beau-frère. Il faut dire que nos débuts en tant que belles-sœurs n'avaient pas été très heureux. Nicoletta ne semblait pas pouvoir me blairer. Elle m'en voulait terriblement de prendre la place de Fiorella, l'épouse de Bernardo, et s'assurait que cette dernière demeure éternellement présente bien qu'elle soit morte et enterrée depuis des lustres. Je n'étais pas la seule qui subissait les foudres de Nicoletta. Elle en voulait et faisait la vie dure à quiconque s'approchait de Bernardo. À l'époque où j'étais arrivée dans sa vie, elle faisait de la défunte la Sainte, la Parfaite, l'Inoubliable Belle-Sœur qu'elle chérissait et pleurait tant depuis son départ pour l'autre monde. Mais comme j'aimais Bernardo, je m'étais accrochée. Nous nous étions mariés et avions fait la navette entre le Québec et l'Italie. Nicoletta m'en voulait toujours. Malgré cette animosité à mon égard, je ne pouvais pas la laisser seule alors qu'elle vivait ses dernières semaines. Heureusement, Ernesto et Bernardo revenaient régulièrement à la maison quelques jours avant de repartir pour les urgences professionnelles.

J'avais donné à Nicoletta toute l'attention dont j'étais capable. Je l'avais veillée, soignée, bercée, souvent sans son consentement, et ce, jusqu'à son dernier souffle.

J'avais croisé l'intransigeance, l'impatience, parfois la haine, mais surtout la peur dans ses yeux. Elle m'avait offert le plus beau des cadeaux, un jour que je l'aidais à faire sa toilette : un immense fou rire qui nous avait prises toutes les deux à cause d'une bêtise dont je ne me rappelle même plus la teneur. Ce n'était qu'à la toute fin de sa vie, alors qu'elle rendait l'âme, qu'elle m'avait enfin acceptée.

Mon amoureux avait raison. Il m'avait fallu beaucoup de temps pour me remettre de cet épisode.

Il est parti, ce jour-là, avec l'engagement formel de ma part de le joindre, par Skype ou FaceTime, tous les soirs. Je l'ai regardé s'éloigner et j'ai songé que j'avais fait la chose la plus formidable de ma vie en tombant amoureuse de cet être merveilleux en qui j'avais toute confiance. Vieillir, ça avait au moins ça de bon ! On avait des certitudes, on doutait moins de soi et des autres. Il était loin derrière moi, le temps où je remettais sans cesse en question ma capacité de plaire, d'être aimée. Moi qui me suis sentie si souvent inapte. Quand Harris m'avait quittée pour refaire sa vie loin de moi en Angleterre, où il avait accepté un poste de professeur sans m'offrir de le suivre, j'en étais arrivée à croire que tout était de ma faute. Je n'avais pas su assez bien l'aimer, le combler, faire son bonheur. Comment avait-il pu désirer une femme comme moi ? J'avais longtemps considéré son éloignement comme un échec. Comme j'étais naïve et un peu folle de m'imaginer tout ça ! À l'image de nombreuses femmes de ma génération, j'ai donné moi aussi trop de pouvoir aux hommes dont j'étais amoureuse. On avait beau se dire qu'on était féministes, qu'on gérait nos carrières et nos vies comme on l'entendait, qu'on était les seules maîtres à bord, il n'en reste pas moins qu'on aimait à la manière des midinettes qui attendent tout de l'amour.

Heureusement, elle était révolue, cette période. J'aimais un homme qui me le rendait au centuple. On pouvait s'abandonner à l'autre sans tout remettre tout le temps en question, on pouvait se faire entièrement confiance. « Oui, je sais, je sais, ai-je murmuré au magistrat censé faire office de juge de paix installé en permanence dans mon cerveau, c'est aussi ça, vieillir ! »

*

J'ai quitté l'aéroport en pestant contre les nouvelles indications pour sortir de cet imbroglio de bretelles et de détours. « Vive le progrès ! » Tous les changements apportés à grands frais n'ont réussi qu'à créer un véritable labyrinthe, un cauchemar dans lequel il n'est pas plus facile d'entrer que de sortir.

Je me sentais irritée par ce parcours du combattant. En fait, j'avais le cœur gros. Bernardo allait me manquer. J'avais fait ma brave en le laissant partir, fière d'avoir organisé ce déménagement pour être auprès de Massimo, mais je savais pertinemment que la présence de Bernardo m'aurait été tellement salutaire. Il était toujours de bon conseil, savait me retenir quand j'en faisais trop – je n'avais souvent aucune limite quand je m'investissais à fond dans un projet –, il m'aurait consolée quand j'en aurais eu besoin. Parce que je savais que j'en aurais besoin. Voilà que je me retrouvais seule pour une longue période, aux prises avec une réalité terrible. Un « pourquoi ? » trop gros pour moi. Comment retenir la vie qui fuit, qui veut prendre la poudre d'escampette ? Comment donner du souffle à quelqu'un qui n'en a pas beaucoup ? Comment le persuader de lutter de toutes ses forces pour survivre à la maladie ?

J'ai serré le volant et les mâchoires. Ne pas pleurer, tenir le coup. Massimo avait besoin de moi.

Avant de me rendre chez lui, j'ai eu envie de voir Raphaëlle. On s'est rencontrées dans un café, près de son cégep. Elle avait une heure à me consacrer avant son prochain cours. Chaque fois que je me trouvais en présence de ma petite-fille, mon cœur bondissait de joie dans ma poitrine. Elle était si belle, si touchante. Elle possédait le charme discret de sa maman, Marie, la même lumière qui en émanait, mais elle avait aussi, dans l'œil, cette ardeur, cette flamme que je connaissais bien chez mon fils.

On a jasé de tout et de rien autour d'un café. Elle m'a donné des nouvelles de la famille. Vincent travaillait beaucoup. L'été s'achevait, et les jardins des nombreuses propriétés dont il s'occupait demandaient du temps pour la fermeture saisonnière. Marie était également fort occupée avec un nouveau contrat d'illustration. Elle passait beaucoup d'heures à son atelier. Quant à Batiste, il s'impliquait énormément dans le journal étudiant de son collège, était de toutes les contestations et négligeait un peu ses études, aux dires de sa sœur.

— Papa, ça le rend fou. D'un autre côté, il comprend sa démarche politique. Il dit tout le temps qu'on doit s'engager dans ce qui nous tient à cœur. Mon frère suit cette théorie à la lettre.

J'ai souri. « Tel père, tel fils », me suis-je dit. Vincent, qui lui-même m'avait donné quelques sueurs froides durant son adolescence, n'était pas au bout de ses peines avec Batiste.

J'ai promis à Raphaëlle qu'on se verrait souvent étant donné que je séjournerais tout un mois en ville. Elle était contente.

— J'aimerais ça que tu rencontres mon amoureux. C'est Miro qui me l'a présenté. Il s'appelle Antoine. Je crois qu'il va te plaire. Indépendant, pas macho, gentil et très drôle. Il joue au football et réussit ses études. Pas mal, hein ?

Elle avait les joues en feu, même si elle tentait de cacher son trouble. J'avais du mal à croire qu'on était déjà rendus là. Ma petite Raphaëlle avait dix-sept ans! Je ne pouvais que me réjouir pour elle. Dix-sept ans, c'est un bel âge pour tomber amoureuse. J'ai essayé de me remémorer les miens. Oh! C'était si loin, mais si proche encore. Le premier amour, c'est tellement important. Même si, avec le recul, on réalise que ce garçon qui nous avait chavirée, qui nous coupait le souffle, qui nous empêchait de dormir était un grand efflanqué qui ne savait pas quoi faire de ses longs bras, qui était un peu malhabile, qui ne savait pas parler d'amour... Ça ne s'oublie pas. J'avais hâte de rencontrer le sien, en espérant qu'il ne lui briserait pas le cœur.

*

Puis, après avoir viré et reviré dans toutes les directions à cause des rues fermées et des nouveaux sens uniques, et mis un temps fou à trouver un stationnement, j'ai abouti au pied de l'immense escalier qui menait à la maison de Massimo avec ma valise, telle une touriste fraîchement débarquée à Montréal. Le magnolia qui trônait devant la somptueuse propriété n'arborait plus sa majestueuse robe de fête comme il le faisait chaque printemps. Cet arbre m'avait toujours mise en joie, c'est pourquoi j'en avais planté un dans le jardin de la maison jaune et dans celui de la maison que j'habitais présentement. Mais la période de floraison est timide. Et lorsque les fleurs en boutons osent se pointer le nez, elles sont souvent dévorées par les chevreuils avant même de se déployer. J'avais beau protéger les arbres, les arbustes et les platebandes de fleurs contre ces bêtes voraces, elles s'approvisionnaient quand même au buffet gratuit que je leur offrais, bien malgré moi.

Lorsque j'ai la chance de venir chez Massimo au printemps, je savoure l'explosion fabuleuse du magnolia avec délices. Je ne sais pas pourquoi je trouve cet arbre si émouvant. Et dans ce cas-ci, la joie est encore plus grande parce que ce grandiflora est gigantesque. Je rêve de la même prestance pour le mien qui est bien jeune. Peut-être que je ne vivrai pas assez longtemps pour pouvoir m'asseoir devant lui afin d'assister à ce spectacle de courte durée, mais qui procure tout de même un soulèvement d'âme.

Quelques années auparavant, Massimo avait décidé de déserter les plateaux où son métier de coiffeur l'accueillait ; le manque de budget avait eu raison de son enthousiasme et de sa passion pour les tournages cinématographiques. Le plaisir n'était plus au rendez-vous. Il avait liquidé son appartement, quitté le milieu du cinéma et avait déménagé en Angleterre pour suivre une formation chez un célèbre perruquier de Londres. Après avoir constaté qu'il avait un réel talent pour la chose, il avait décidé de s'installer à Pitigliano pour exercer son art nouvellement acquis. Plutôt que d'avoir à se lever aux aurores, à satisfaire tout un chacun, à rogner dans le maigre budget qui lui était alloué, à se plaindre du matin au soir parce qu'il n'arrivait pas à accomplir ce qu'il rêvait de faire, il travaillait dorénavant à son rythme, n'avait aucun patron, aucun horaire de fou, et fournissait les coiffeurs d'un peu partout dans le monde avec ses perruques qui étaient de plus en plus populaires. Il était minutieux, livrait la marchandise à temps, et ce travail de moine, dans le calme de la campagne toscane, lui suffisait amplement. Jusqu'à ce que… Jusqu'à ce que le silence et la solitude deviennent trop lourds. Un matin, il avait décrété qu'il étouffait, que le chant des petits oiseaux lui tombait sur les nerfs, que les champs de coquelicots lui donnaient des boutons, que les Italiens étaient trop désorganisés, que l'action lui manquait et qu'il avait besoin de nouveaux défis. Un réalisateur américain lui faisait de l'œil professionnellement parlant ; mon ami – quoiqu'un brin déçu que ce dernier ne lui fasse pas également de l'œil personnellement – avait tout de même entendu ce chant de sirène, avait fait ses bagages et accepté l'offre de ce réalisateur avec qui il avait toujours rêvé de tourner.

Donc, retour à la case départ, retour à Montréal. Tout en cherchant un appartement sur le Plateau – quartier qu'il aimait tout particulièrement –, il était tombé amoureux d'une maison du début du siècle, entièrement rénovée, immense et immensément chère. Il m'avait demandé de l'accompagner lors de sa première visite. Je n'avais jamais rien vu de tel. À la fois labyrinthe sans fin avec ses passages secrets à l'intérieur des placards et véritable splendeur avec ses hauts plafonds, ses lambris, ses lustres gigantesques, ses colonnes et ses portes ouvragées. Sa très grande baie vitrée était un ravissement puisqu'elle offrait une vue imprenable sur le parc La Fontaine. On trouvait de la soie rouge tendue sur les murs du salon et de la vaste salle à manger, un bar en bois précieux près de la cuisine, un four à pizza dans cette dernière pièce. Les chambres à l'étage étaient spacieuses, certaines possédant une loggia qui regorgeait de plantes vertes, et leurs salles de bain attenantes étaient d'un goût exquis. Les vendeurs avaient transformé ce petit hôtel particulier en *bed and breakfast* et logeaient dans un studio, charmant, mais qui demandait encore un peu d'amour, à l'arrière de la maison. Massimo n'en dormait plus. Il voulait cette demeure, qui coûtait une fortune.

On avait tout fait pour le retenir. Tous les amis s'y étaient mis, convaincus qu'il allait y laisser sa chemise et que le métier d'hôtelier n'était pas du tout son truc.

Il était difficile de l'imaginer accueillant des visiteurs et surtout leur servant le petit-déjeuner, lui qui n'aimait pas, mais vraiment pas, cuisiner. Certes, cette maison serait extraordinairement décorée et tenue avec soin, mais pour le service à la clientèle, tout le monde en doutait, moi la première. Lors d'un souper réunissant presque tous les amis, Bernardo, Henri, Lulu, Albert et François avaient tenté de l'empêcher de faire cette folie. J'avais ajouté mes réticences et ma peur à l'ensemble. Albert avait renchéri en disant, pour amuser la galerie, qu'il comprenait que le fantasme de servir les petits-déjeuners seulement vêtu d'un minuscule tablier habitait Massimo.

— Mais il y a le reste aussi. On est pas dans *La Cage aux folles*!

Massimo voulait tellement cette maison qu'il avait présenté à chacun de nous, entre l'entrée et le dessert, des arguments de poids. Il était prêt à faire toutes les concessions pour obtenir l'objet de son désir. Il suivrait un cours sur l'entretien des *B & B*, se ferait aider lorsqu'il serait en tournage, aurait une femme de ménage, servirait des déjeuners de type continental qui ne demandent pas de présence, louerait la maison entière s'il le fallait. Et puis, il aurait un locataire en or pour alléger l'hypothèque. En effet, la demeure comptait plusieurs étages; trois d'entre eux étaient réservés à la maison, mais le rez-de-jardin était constitué d'un grand espace de type commercial. Une école d'ostéopathie louait depuis plusieurs années ces locaux, et l'intention du directeur était de l'occuper à long terme. Aucune présence les week-ends; en semaine, on pourrait compter sur un silence respectueux puisque les cours se donnaient dans ce contexte. Des locataires de rêve qui contribueraient largement à faire baisser les charges de la demeure. À bout de souffle, il avait conclu qu'avec tous ses contacts dans le milieu cinématographique il arriverait facilement à attirer des clients qui s'arracheraient les chambres à louer.

Il y avait eu ce soir-là bien des discussions enflammées, des engueulades historiques, des remises en question notoires. Au moment du digestif, tous avaient admis que, en fin de compte, ce n'était peut-être pas une idée si farfelue que Massimo trouve, à la fois, à se loger et à gagner de l'argent. Il connaissait plein de monde dans divers milieux, ce ne serait pas difficile pour lui d'attirer les amis et les touristes. Et je savais que Massimo en ferait quelque chose d'extraordinaire et qu'il réussirait, comme tout ce qu'il touchait.

J'avoue que je n'ai jamais rencontré dans ma vie un garçon si talentueux. Il s'est intéressé à tellement de sujets et il a excellé chaque fois qu'il s'est aventuré dans un nouveau domaine. Il n'y a rien à son épreuve. Il a appris la coiffure, la fabrication des perruques, le dessin, le chant, la couture, le tricot, la décoration intérieure, le rembourrage et la patine des meubles, le trompe-l'œil, et j'en passe.

Ce qui avait été rêvé et discuté fut fait. Massimo était devenu propriétaire de cette grande demeure de prestige. Après le déménagement, je l'avais aidé à tout mettre en branle et à faire l'achat de literie, de linge de maison, de tissu pour les rideaux, de vaisselle, de couverts. Le plaisir qu'on avait eu à arpenter les magasins ! Le budget pour l'installation était serré, mais mon ami était arrivé à décrocher ses quatre soleils, et Le Magnolia avait vu le jour. Les premières années avaient été assez prolifiques. Mais comme il y avait eu des périodes difficiles pour le tourisme, et qu'une majorité de propriétaires louaient leur logement par Airbnb, la popularité des couettes et café avait diminué sérieusement. La publicité coûte très cher et demande un suivi constant, ce que Massimo avait négligé de faire au fil des saisons, ne croyant plus trop à son projet. Et lorsque le travail sur les tournages avait exigé tout son temps, il avait dû engager du personnel, ce qui avait considérablement affaibli les revenus inhérents à la maison. Certains mois, il ne parvenait pas à joindre les deux bouts.

«Vive les marges de crédit!» disait-il, encore confiant. Et puis l'arrivée d'un gros contrat, la location de nouvelles perruques contribuaient à renflouer la caisse. Il s'en sortait, les fesses serrées, et payait l'hypothèque, les taxes et les assurances de plus en plus gourmandes pour ce type de propriété.

Mais maintenant qu'il était malade, affaibli et en traitement, je me doutais bien qu'il n'allait pas pouvoir reprendre le travail avant longtemps. Je pouvais le seconder auprès des clients – de plus en plus rares –, mais je ne pourrais le faire que durant mon séjour. Après, qu'adviendrait-il de cet éléphant blanc? Peut-être devrait-il vendre cette magnifique demeure faute de pouvoir l'entretenir?

En cet après-midi d'automne, l'immense escalier m'est soudainement apparu comme une colline infranchissable. Je me suis armée de courage et j'ai gravi les marches, une à une, une main appuyée sur la rampe et l'autre tenant la poignée de ma valise. Mes genoux hurlaient de douleur à l'unisson. Lors de ma dernière consultation, ma médecin m'avait dit qu'un kilo perdu, c'étaient cinq en moins sur les articulations. Je suis tout à fait d'accord avec le principe. Mais ça ne peut fonctionner qu'à une condition: celle de ne pas partager sa table et sa vie avec un Italien!

À mi-chemin de l'escalier-sans-fin, à bout de souffle, j'ai su exactement ce que je demanderais au père Noël cette année-là: une paire de genoux neufs, bien emballés et prêts à l'emploi. J'ai précisé mon vœu. Il faut faire gaffe: c'est très dangereux d'être flou avec ce genre de demande. Lorsque j'étais enfant, et bien naïve, je m'étais retrouvée avec une poupée-nourrisson à Noël alors que c'était un vrai bébé que j'avais demandé à mes parents. Et pour un de mes anniversaires, on m'avait offert le kit du parfait petit jardinier comprenant des outils nains, alors que je rêvais d'un vrai râteau, d'une grosse pelle et d'un véritable sécateur. Cette fois-ci, on ne m'y reprendrait pas. Je ne voulais pas des genoux en caoutchouc qui protègent lors des séances de jardinage, non, non, non. Des vrais genoux, qui fonctionnent en permanence, sans aucune trace d'arthrose, aux articulations légères et bien huilées.

Vieillir, c'est chiant. Mourir aussi, finalement.

4

Ma nouvelle vie s'est organisée dans la maison de Massimo. Je ne pensais pas trop à la mienne, que j'avais abandonnée aux mains d'une équipe de tournage. Je savais par Henri qu'on y avait fait peu de transformations. Quelques murs avaient changé de couleur en un temps record, mais j'avais la certitude qu'ils retrouveraient leur teinte initiale une fois la production terminée. Certaines pièces de mobilier et quelques accessoires avaient aussi pris le chemin d'un garde-meuble pour être remplacés par d'autres plus adaptés aux besoins du scénario.

Quitter ma maison, c'était comme partir en vacances. J'aime voyager parce que j'adore découvrir d'autres univers, expérimenter d'autres façons de vivre et, je dois l'avouer, j'adore tellement les maisons que souvent la mienne ne me suffit pas. Si j'avais eu les moyens, j'en aurais acheté plusieurs juste pour avoir la possibilité de les aménager, de changer régulièrement d'environnement, de style, de vivre entourée de couleurs nouvelles, dans des décors différents. Peut-être que c'est le métier de designer d'intérieur que j'aurais dû choisir! Je me serais amusée comme une petite folle à suggérer un univers adapté aux goûts des clients.

Comme je n'ai eu ni les moyens ni le métier pour le faire, au fil des années, lorsque j'ai eu à séjourner à l'étranger, même pour de courtes périodes, j'ai invariablement préféré louer des maisons ou des appartements plutôt que de demeurer à l'hôtel. En plus du plaisir immense de me retrouver dans un nouveau décor, j'y voyais des avantages importants, entre autres la découverte d'un espace qui m'est totalement inconnu, puis la possibilité et le plaisir de vivre comme les gens de l'endroit en faisant mes courses dans les commerces environnants et en cuisinant à la maison.

À présent, je me retrouvais dans une demeure que je connaissais pour l'avoir fréquentée à maintes reprises, mais également pour avoir participé à son aménagement. Les surprises ne seraient pas au rendez-vous, mais le plaisir d'habiter une telle maison serait grand. Tout, absolument tout, était fait pour ravir l'œil. Les meubles, les tableaux, la déco… Tout. Massimo avait préparé à mon intention la chambre «loggia», élégant camaïeu de gris-bleu et de grège. C'était celle que j'avais l'habitude de partager avec Bernardo lorsque nous devions séjourner à Montréal. Ce n'étaient que de courts séjours puisque nous nous dépêchions d'accomplir les tâches obligatoires. Nous avions toujours hâte de «rentrer dans nos terres», trop heureux de retrouver notre campagne, son silence, sa fraîcheur. Cette fois-ci, j'aurais le temps de flâner un peu plus, tout en veillant sur mon ami.

Cette chambre appelait au farniente. On y trouvait de gros coussins – faits de ses blanches mains – sur le lit, qui invitaient à la sieste, un coin salon où était lovée une banquette en fer-blanc pour lire ou pour boire un thé, deux lampes anciennes, de jolis tableaux, et cette loggia vitrée qui permettait au soleil d'éclabousser les murs de ses rayons, espace rappelant les galeries italiennes ou tunisiennes débordant de plantes vertes jusqu'au plafond, où il fait bon prendre et perdre son temps. Le tout complété par une salle de bain moderne.

Et, commodité supplémentaire, la porte qui donnait accès au petit studio dans lequel Massimo logeait se trouvait au bout du *moucharabié*; on n'avait qu'à se faufiler dans la forêt de plantes, mais – fait étonnant – on pouvait également s'y rendre en empruntant la porte dissimulée dans la garde-robe de la chambre. De quoi s'inventer une histoire mystérieuse digne de Lewis Carroll, ou de celle des enfants de Narnia traversant un placard pour aboutir dans un autre monde!

Tout dans cette maison respirait la personnalité de Massimo. Je le reconnaissais dans chaque recoin, dans le choix des immenses miroirs, des tableaux, des accessoires. J'avais également partagé son univers unique lorsqu'il avait fait l'aménagement de la minuscule maison de Pitigliano, qu'il avait héritée de sa maman. Elle possédait maintenant une mezzanine qui servait de chambre d'amis, il avait quelque peu modernisé la cuisine, ajouté un coin bureau au rez-de-chaussée, changé les couleurs de la chambre principale, qui en avait grandement besoin. Cette propriété était d'un tout autre style que la maison du parc La Fontaine; les dimensions y étaient plus modestes, les couleurs plus apparentées à celles de la Toscane, mais, là encore, ça lui ressemblait.

Je réalisais que cet amour des maisons que nous partagions avait quelque chose de singulier. Nous constations, lors de nos conversations passionnées sur la décoration, à quel point nous étions amoureux fous des demeures. Cette attirance particulière au quotidien, qui nous poussait à rendre notre environnement harmonieux, agréable à l'œil, pratique certes, mais surtout terriblement inspirant. D'aussi loin que je me souvienne, ce goût immodéré des maisons qui nous unissait avait toujours été présent dans nos vies. On n'arrivait pas vraiment à s'expliquer notre engouement. Massimo me décrivait le peu d'intérêt de sa mère pour la décoration. Si c'était bien tenu, ça allait. Lors de mes voyages en Italie, j'ai pu constater ce point commun dans la plupart des demeures italiennes, qu'elles soient du sud ou du nord. Comme je fréquentais surtout les petits villages et la campagne, je pouvais comprendre leur penchant à faire dans l'efficace, le peu coûteux. À l'inverse, certains palaces en mettaient plein la vue.

Pour ma part, j'avais de mon enfance des souvenirs d'appartements propres, mais bruyants, bordéliques, encombrés. Était-ce parce que nos maisons de jeunesse nous avaient déplu à ce point que nous voulions nous rattraper sur nos habitations d'adultes? Ou était-ce plutôt parce que nos demeures ne nous servaient pas seulement de lieu de vie, mais également de lieu de travail? On connaissait des gens qui achetaient un appartement ou une maison qu'ils conservaient toute leur vie, parfois tels quels. Ça leur suffisait amplement. Ils désiraient que cet espace soit propre, efficace, fonctionnel. Point barre.

Je crois que Massimo et moi avions tous les deux besoin de diversité. Pourquoi passer toute sa vie dans le même décor? De nombreuses personnes le font, parfois faute de moyens, mais également par sécurité, comme d'autres ont le même type de métier avec un horaire fixe jusqu'à leur retraite. Très peu pour nous. Nous avions besoin de nous entourer de beauté, quitte à faire de grands trous dans notre budget. Qu'à cela ne tienne, nous étions heureux et c'était le principal. Et même si nos demeures semblaient aménagées pour de bon, cela ne nous empêchait pas d'avoir constamment envie de faire des réajustements, des changements, des améliorations. Lorsque j'avais rédigé l'histoire de la maison jaune à des fins de publication, la première phrase que j'avais tracée était la suivante: « Les histoires de maisons, c'est comme les histoires d'amour, ce sont toujours des histoires sans fin!» Et ça restait vrai encore aujourd'hui.

*

Les choses ne se sont absolument pas passées comme je le redoutais. J'étais inquiète pour Massimo. J'avais le cœur serré en permanence, je ravalais mon chagrin et me cachais pour qu'il ne voie pas mes yeux mouillés. Je savais que la série de traitements particulièrement invasifs qu'il s'apprêtait à subir ne serait pas de tout repos. Je parlais en connaissance de cause. J'avais suffisamment assisté Nicoletta, la belle-sœur de Bernardo, et suivi de près mon amie Lulu qui avait eu un cancer du sein pour savoir de quoi il s'agissait. Ça n'a pas toujours été facile, j'en conviens.

Au retour du premier rendez-vous avec son oncologue, il a très peu parlé. Comme à son habitude lorsque quelqu'un était de passage chez lui, il a préparé des cafés au lait que nous avons pris en silence, assis de chaque côté du comptoir de la cuisine. Il m'a seulement dit que les traitements commenceraient dans deux jours, qu'il en ignorait la durée et que ça allait sûrement bien se passer. Il a ajouté que tout ça l'avait un peu fatigué. Je n'ai pas voulu insister pour savoir davantage ce qui l'attendait. Il ne semblait pas y tenir. On aurait d'autres occasions pour qu'il aborde le sujet. Il s'est précipité dans son studio pour dormir. Longtemps. J'ai même vérifié à quelques reprises si tout allait, croyant le trouver roulé en boule et mouillant son oreiller de ses pleurs. Il dormait. Il a dormi presque toute la journée, entouré de ses deux chats. Bijou – la colleuse, nouvellement arrivée dans sa vie –, lovée dans son cou, et le gros Rocco – à qui on ne devait pas dire qu'il était gros –, plus sauvage, mais tout de même endormi sur les pieds de son maître. Ils avaient saisi le drame qui se jouait dans la maison. L'atmosphère n'était pas exactement comme au moment des jours heureux.

Puisque tout un chacun sommeillait, j'en ai profité pour m'occuper. Ménage, lavage, repassage. Au moins, Massimo aurait des vêtements propres et doux à enfiler, m'étais-je dit. J'ai fait des courses et lui ai concocté un plat de pâtes qu'il adorait. À son réveil, il était reposé, presque de bonne humeur. Une musique vivante enveloppait les lieux. Massimo avait instauré cette coutume dans chacune de ses demeures, y compris Le Magnolia. Le matin, lorsqu'il descendait dans la cuisine de la grande maison, il allumait la radio. Il syntonisait presque toujours un poste qui diffusait, sans pub ni blabla intempestif, des airs des années 1950, du jazz, des musiques dansantes. Grâce à des haut-parleurs savamment dissimulés à chaque étage, la musique emplissait tous les espaces communs, rendant leurs occupants souriants même les jours d'orage ou par temps gris et tristounet. Moi la première. C'est lui qui m'avait appris cet usage. J'étais plutôt du genre à vivre dans le silence. Bernardo également. Pour toute musique, on s'était habitués au chant des oiseaux et au ronron de nos chats. Je dois avouer que cette routine changeait tout. Un geste tout simple qui habillait l'atmosphère, qui réconfortait aussitôt les cœurs chagrins, qui donnait envie de danser. Nos vies sont parfois si tendues, si stressées ! Un petit air rythmé, et voilà l'existence différente.

J'avais appris, grâce à lui, à apprécier d'illustres musiciens de jazz. Nous étions déjà *fans* des Nina Simone, Billie Holiday, Ella Fitzgerald, Duke Ellington, Benny Goodman et Keith Jarrett de ce monde ; il m'avait appris à aimer Shirley Horn, Diana Krall et surtout Cole Porter, que je ne me lassais pas d'écouter. En échange, je lui avais fait apprécier la musique de Glen Miller, sur laquelle dansaient mes parents, Suzie Arioli et ma préférée, Melody Gardot, que j'écoutais en boucle. Venaient se joindre à ce cocktail musical divers artistes qui nous mettaient en joie : Leonard Cohen, Julien Clerc, Rufus Wainwright, Yves Montand, Serge Reggiani, Sylvain Lelièvre… Et, bien sûr, une panoplie de chanteurs italiens.

Nous dansions souvent sur ces airs sortis tout droit d'une autre époque. Il me tendait la main et voilà que nous étions enlacés, prêts à glisser en harmonie sur le plancher de la cuisine. Ça ne durait pas longtemps, quelques mesures tout au plus, mais ces moments de rire et de tendresse nous ramenaient toujours à l'essentiel. Nous nous aimions. Malgré nos divergences d'opinions, notre différence d'âge et de nationalité, malgré la disparité de nos vies.

Durant toute cette période pas évidente, Massimo, au lieu de s'occuper uniquement de la catastrophe qui s'abattait sur lui, allégeait l'atmosphère. Belle leçon de vie : moi, je voyais les moments difficiles sous des aspects sombres et terriblement tristes, lui les repoussait d'un revers de la main et avançait, tête baissée et dorénavant chauve.

Il m'avait demandé de lui raser le crâne. Pour me faciliter la tâche, dans un premier temps, il avait pris soin de couper sa longue tignasse. Cette coupe courte ne lui allait pas du tout.

— Pas vraiment ça, hein ? avait-il demandé, connaissant déjà la réponse.

J'avais dû avouer qu'il avait raison.

— Pour moi, ce sera une coupe de fille ou complètement chauve.

Je l'avais toujours connu avec une chevelure longue, lui qui prenait un soin particulier de sa toison. Presque quotidiennement, il lissait ses cheveux trop frisés à son goût – il avait une sainte horreur de l'humidité qui lui faisait une tête hirsute qu'il détestait au plus haut point. Ensuite, il les attachait à l'aide d'un ruban, d'une baguette ouvragée rapportée d'un tournage en Orient, ou encore il les entortillait dans un savant chignon à la chinoise. Ce qui lui seyait à ravir. Mais maintenant, c'était autre chose. Il n'était pas dupe. La chimio allait faire ses ravages. Avant que ses longues mèches restent emprisonnées dans les poils de la brosse, meurent sur son oreiller ou restent coincées entre ses doigts chaque fois qu'il se passerait la main dans les cheveux – ce qu'il faisait souvent –, il préférait devancer la chose.

Je suivais donc ses explications à la lettre ; après tout, c'était lui, le spécialiste. J'y allais doucement, je n'avais pas envie de taillader la peau de son crâne et de le blesser davantage. Son orgueil en prenait déjà un sérieux coup.

— Des cheveux, pour un coiffeur, c'est capital, disait-il. C'est sa marque de commerce. Aurais-tu envie, toi, de te faire maquiller par une fille qui s'est grimée comme un char volé ? Non, hein ?

Le résultat avait été assez déconcertant. Alors qu'on s'attendait à ce qu'il ait l'air encore plus malade, le visage encore plus amaigri, il s'était avéré que cette « boule à zéro » lui allait parfaitement. Ça lui donnait même un certain éclat. Ce soir-là, il avait souri au miroir, presque heureux de cette nouvelle tête.

Les séances de chimio se suivaient et ne se ressemblaient pas. Je servais de chauffeur. Comme Massimo ne voulait absolument pas que je l'accompagne dans le département d'oncologie, je restais dans le stationnement, installée dans la voiture avec de la lecture. Une fois de retour à la maison, parfois il n'avait besoin que de s'allonger quelques heures pour reprendre ses forces. Je faisais alors un feu dans le foyer du grand salon. À d'autres moments, il se vomissait l'âme dans les toilettes. Il sortait de là trempé, épuisé, vidé. Je servais alors d'infirmière. Je lui épongeais le front avec des serviettes humides, j'essayais de l'encourager à tenir le coup. Il m'appelait « garde ». Nom qu'il étirait dans une plainte sans fin, prononcé à la manière d'un grabataire agonisant. « Gaaaaarde ! J'ai besoin de vous. Gaaaaarde, je prendrais un petit thé. » On jouait tous les deux le jeu. Et on riait.

Durant ces journées difficiles, je ne cuisinais que des plats légers, faciles à digérer, pour enlever ce goût métallique qu'il se plaignait d'avoir en permanence dans la bouche, mais, à d'autres occasions, je lui servais exactement ce qu'il avait envie de manger, quitte à ce que ces gourmandises, de type *trois S* (trop-salées-trop-sucrées-pas-du-tout-santé !), ne séjournent pas longtemps dans son estomac. Le moment où il savourait ces « cochonneries » avec délices était tellement réjouissant !

Un matin, je l'ai trouvé très mal. Vraiment très mal. Il n'avait pas dormi de la nuit, mais n'avait pas voulu me réveiller. Je l'ai disputé un peu. C'était justement pour cela que je vivais chez lui, mais je n'allais pas le lui révéler de peur qu'il me chasse à coups de pied, déçu de s'être fait duper.

Il était en sueur. Après vérification, il faisait de la fièvre. J'ai alors pris la décision de l'emmener à l'urgence. Il n'avait pas la force de s'extirper de son lit et ne se voyait pas descendre le long escalier qui menait à la rue par ce temps glacial. Moi non plus. J'ai donc composé le 911. Les ambulanciers sont arrivés rapidement et l'ont conduit séance tenante à l'hôpital où il suivait ses traitements. Je l'ai accompagné. Il a d'abord protesté que j'avais autre chose à faire, j'ai insisté, et nous nous sommes retrouvés à l'urgence. J'avais pris soin d'apporter tous ses médicaments. Heureusement, dans notre système de santé parfois défaillant, il y a de bonnes choses : lorsqu'un patient est suivi en oncologie, il n'attend pas des heures pour une consultation. Il est rapidement pris en charge. Une heure après notre arrivée, on lui avait déjà administré de l'oxygène et posé un cathéter. Massimo commençait à se sentir mieux, la fièvre était tombée, il avait repris des couleurs.

Un jeune résident est venu le voir. Il l'a ausculté sous toutes les coutures et lui a posé toutes les questions d'usage. Après analyse de sang et d'urine, il s'est avéré que la dose d'un des médicaments était beaucoup trop forte pour son organisme. Ouf! Ce n'était que ça! Mon cœur a repris son rythme normal, et la peur dans les yeux de Massimo s'est estompée. Mais avant de faire une nouvelle ordonnance pour ajuster la dose du médicament, le résident a posé à Massimo une dernière question importante.

— Monsieur, êtes-vous allergique à quelque chose?

— Oui, a-t-il répondu. Je suis allergique au polyester!

Que j'aimais cet homme! Le médecin, lui, n'a absolument pas saisi l'humour particulier de Massimo. Il faut croire que l'urgence n'est pas faite pour ce genre de subtilité. On n'a ni le temps ni la capacité de rire des blagues des patients. Pas ce médecin-là, en tout cas. Le fou rire nous a pris. La fatigue, l'inquiétude, la crainte du pire, tout ça venait de tomber. Alors on en a profité pour rire tout notre soûl.

— WOW! Ça a l'air formidable, ce qu'ils vous ont donné! a dit une dame allongée sur une civière à quelques pas de celle de Massimo.

Elle s'est adressée aux infirmières qui passaient dans le couloir.

— Je veux la même chose que lui dans mon soluté!

Elle a ri de bon cœur avec nous. On s'est finalement calmés pour ne pas perturber l'étage au complet – certaines personnes semblaient vraiment mal en point, d'autres essayaient de trouver le sommeil –, et Massimo a demandé quand il pourrait rentrer à la maison.

— Vous avez l'air beaucoup mieux. Dans quelques heures, vous pourrez partir, monsieur, a ajouté le résident avant de tourner les talons pour aller prodiguer sa science à un malade dont les soins étaient plus pressants maintenant que Massimo était hors de danger.

— Il est fou de moi, ce mec, m'a dit Massimo en regardant le jeune médecin s'éloigner. Il est tellement mignon qu'il donne envie de tomber malade. Même s'il n'a pas d'humour.

J'ai ramené M. Fortrel à la maison et, lorsque je suis allée chercher la nouvelle ordonnance, j'ai encore ri lorsque le pharmacien m'a demandé, le plus sérieusement du monde, si M. Massimo Lorenzetti avait des allergies. Je n'ai pu m'empêcher de répéter son trait d'humour. Le pharmacien l'a trouvé très drôle. Mon ami avait le don de dédramatiser la vie quand elle était trop lourde !

*

Je communiquais chaque soir avec Bernardo, comme je lui en avais fait la promesse. Nous prenions des nouvelles l'un de l'autre. Ça me faisait un bien fou de le retrouver sur l'écran de ma tablette. Et même si mon bel Italien était assez réfractaire à ces technologies avancées, il appréciait nos rendez-vous virtuels. Ce soir-là, il m'a paru épuisé. Je lui ai demandé si la journée avait été plus difficile que d'habitude. Mais non. Les affaires allaient bon train. Mais il était fatigué. Les rencontres avec les clients potentiels prenaient un temps fou. À première vue, ces démarches semblaient somme toute assez faciles et comportaient leur part de réjouissances. Quoi de plus agréable que de discuter et de flâner dans un bar tout en sirotant un apéro ? Remettre ça, un peu plus tard, dans une autre trattoria,

avec d'autres *prospects* en enfilant quelques petits verres !
Et reprendre la routine le lendemain et le surlende-
main ! Mon amoureux se sentait vieux.

— *Divento vecchio.* C'est dur de boire autant tous
les jours. Mais ces rencontres rapportent. Des fois,
j'aimerais mieux m'occuper de la paperasse. J'échan-
gerais volontiers ma place avec celle d'Ernesto. *Ma è
incorreggibile ! È impossibile muoverlo di casa sua.*

Il est vrai que son frère était très casanier, ayant
toujours préféré exercer ses affaires de la maison et
laisser la tâche de démarchage à Bernardo. Et depuis
que Nicoletta était décédée, il était encore plus vieux
garçon. Comme si la chose était possible !

— Et Massimo ? Comment ça va ? m'a-t-il demandé,
inquiet.

— *Non c'è male.*

Je lui ai raconté l'épisode du polyester, ce qui l'a
bien fait rire, lui aussi.

— Tu sais, Massimo est surprenant. Après quelques
jours de traitements au département d'oncologie, il a
décidé de changer d'attitude. Les débuts avaient été
difficiles. Puis une bénévole lui a arraché un sourire.
C'est une femme qui était passée par là et elle a réussi
à le sortir de sa torpeur.

— C'est quoi, ça, le torpeur ? Un autre traitement ?

— Non, non. *La* torpeur, c'est comme… L'inertie,
non, attends…

Je cherchais mes mots.

— C'est un peu comme toi, ces temps-ci. Tu ressens
une sorte d'engourdissement, de pesanteur. *Claro ?*

— *Si, si, amore. Ma,* moi, je n'ai personne pour me
sortir de cette chose. *Ma tutto non va cosi bene quando
non ci sei !*

— Je sais, *tesoro,* pour moi non plus, les choses ne
vont pas si bien quand tu n'es pas là. Mais tu reviens
bientôt, non ?

— *Si, si.* C'est une question de semaines. *L'Italia senza te non è la spessa.*

Je craquais toujours autant lorsque Bernardo me déclarait que l'Italie, sans moi, ce n'était pas pareil.

J'ai poursuivi la conversation en lui parlant de la transformation de Massimo face au personnel et aux autres patients. Lui, d'habitude assez solitaire, assez discret devant un public, s'était mis à faire le pitre. « Tant qu'à être là, à attendre que le poison-qui-guérit pénètre dans mes veines, aussi bien alléger l'atmosphère ! »

J'ai hésité avant de continuer. Quand les traitements le terrassaient de douleur et le plongeaient dans des souffrances terribles, je le ramassais à la petite cuillère. Ça n'était drôle pour personne. Mais il y avait tous les autres moments qui ressemblaient presque à notre vie d'avant la maladie. Le Massimo à la réplique assassine et si efficace, celui qui dansait ou chantait à la moindre occasion, celui qui savait se réjouir de la gâterie la plus anodine ou qui faisait croire que tous les hommes allaient s'enlever la vie tellement ils étaient fous amoureux de lui alors qu'ils ne lui manifestaient aucune attention. J'ai parlé à Bernardo de ce Massimo-là. J'ai gardé sous silence celui qui pleurait de découragement, roulé en boule, celui qui pestait contre cette maudite maladie, celui qui doutait de la guérison et qui me fendait le cœur parce que je ne pouvais pas faire plus que ce que je faisais : être à ses côtés. Je me suis également abstenue de dire à mon amoureux qu'il me manquait terriblement. Je savais qu'il insisterait pour que j'aille le rejoindre et je ne voulais pas abandonner mon ami.

À la fin de chacun de nos échanges, nous nous envoyions des baisers sans fin et on suppliait l'autre de faire attention.

— *Baci, baci, baci, amore. Stai attenta.*

Je ne sais pas si c'est la distance qui nous rendait si amoureux, mais je réalisais que nous éprouvions toujours des sentiments aussi forts. Je ne regretterais jamais le jour où j'avais vraiment fait une folle de moi lorsque j'avais rencontré Bernardo pour la première fois. Croyant qu'il ne comprenait pas un mot de français, j'avais dit tout haut ce que je ressentais pour lui, me pensant en sécurité, protégée par la barrière de la langue. Alors que j'étais sur la terrasse, j'avais crié à Massimo, qui était dans la maison, à quel point je trouvais cet homme qui venait de se présenter devant moi beau «comme un Italien quand il a de l'amour et du vin» et combien j'admirais ses mains calleuses et fortes à la fois. Les deux hommes, qui se connaissaient depuis belle lurette, avaient joué le jeu et s'étaient bien moqués de moi. C'est sur ces notes joyeuses qu'avait commencé notre aventure. Aventure qui avait failli tourner en eau de boudin à cause de Nicoletta, qui nous surveillait sans cesse. On avait dû se cacher comme deux grands adolescents pour vivre notre idylle. Dur, dur de cacher nos yeux brillants, nos joues en feu, nos bouches et nos mains affamées. Ce qui rendait cet homme toujours aussi séduisant aujourd'hui, c'était son vécu visible dans les froissements de son corps. J'avais encore besoin de ses yeux rieurs, de son gros bon sens, de sa bouche gourmande.

Cette nuit-là, je me suis endormie avec des images de notre mariage à Cortone. Moi qui n'avais jamais vraiment voulu convoler en justes noces! Il faut dire qu'avant Bernardo je n'avais pas réussi à trouver le partenaire avec qui j'avais envie de vieillir en paix. «Ils n'ont pas été nombreux non plus, ceux qui avaient envie de partager ta vie», m'a fait remarquer mon petit juge.

— Va donc péter dans les fleurs, vieux chnoque! ai-je rétorqué.

Je n'avais pas envie d'interrompre ce souvenir qui m'aidait à oublier l'absence de Bernardo.

Je m'étais mariée au civil, dans la vingtaine, avec le père de mon fils, mais nous avions divorcé peu de temps après la naissance de Vincent. Je m'étais juré qu'on ne m'y reprendrait plus. Cette fois-ci, j'avais cédé aux demandes de mon amoureux, malgré la peur de me tromper, malgré celle d'être abandonnée. Comme me le répétait souvent Massimo : « *Non lo lascerò andare !* Ne le laisse pas s'échapper. Des comme nous, il n'y en a pas beaucoup ! » Et il avait raison. Mes hésitations n'avaient pas tenu longtemps la route lorsque Bernardo avait suggéré qu'on se marie en Italie. Qui n'a pas rêvé de se marier en Toscane ? Moi la première. J'étais fleur bleue, même dans la cinquantaine avancée. C'est à ce moment-là aussi que j'avais découvert que l'amour et la sensualité étaient liés à l'énergie, pas à l'âge.

Ça avait été un mariage tout simple, mais inoubliable. On avait choisi la *chiesa di San Francesco* à Cortone pour célébrer ce jour particulier. Commune de la province d'Arezzo en Toscane, Cortone est une des plus anciennes cités de la région, dont les murs d'enceinte datent du Moyen Âge. Ville étrusque perchée au milieu des collines, de son sommet, on a une vue imprenable sur les plaines ondulées du Val di Chiana.

Avant même de rencontrer Bernardo, je connaissais cette petite ville aux ruelles étroites en escalier. Je m'y étais rendue en dégustant les livres d'une auteure américaine, Frances Mayes, elle-même amoureuse de ce lieu et à qui l'on doit *Sous le soleil de Toscane*, paru en 1998 et adapté quelques années plus tard pour le cinéma. C'est aussi pour la poésie, l'amour des maisons, les délices de la cuisine qu'elle est célèbre. On trouve dans cet ouvrage mi-roman, mi-récit ces phrases qui avaient résonné très fort en moi : « On lâche toujours quelque chose en renonçant à un toit, puisque vendre revient à se détourner d'une masse de souvenirs et qu'acheter implique de choisir un lieu pour l'avenir.

Un lieu qui ne sera jamais neutre et qui exercera sur nous une influence certaine.»

Cette auteure a fait l'acquisition d'une maison dans les collines adjacentes à la ville de Cortone, qu'elle a nommée Bramasole, abandonnée depuis trente ans et presque rendue à la nature. Entre jours de travaux et jours de marché, on assiste à la restauration de cette demeure, à la vie qui s'y installe au quotidien. Au fil des pages se déploie une célébration sensuelle et savoureuse de cette Italie dont l'écrivaine est tombée follement amoureuse. C'est un peu grâce à sa plume épicurienne que j'ai osé écrire les aventures de la maison jaune.

Il se trouve que Bernardo aussi aimait bien cette petite ville. Nous nous y rendions régulièrement. Un soir que nous étions attablés à une terrasse dans le centre historique, mon Italien préféré m'avait lancé tout simplement:

— Et si on se mariait ici?

Il y avait là deux questions avancées dans la même phrase: veux-tu m'épouser et veux-tu qu'on le fasse à Cortone? Une fois la surprise passée et l'émoi calmé, j'avais répondu à ses demandes par une question présumant que j'étais d'accord pour le mariage.

— Ici? À Cortone?

— Oui, oui, m'avait-il répondu. On pourrait inviter la *famiglia*. Ça fait longtemps qu'ils ne sont pas venus en vacances en Italie. J'aime bien ce village et je crois que Le terre dei Cavalieri pourrait tous nous loger et s'occuper du repas de noces.

Les propriétaires du restaurant en question, situé dans la campagne à quelques kilomètres de Cortone, étaient ses amis de longue date. Cet hôtel de charme, dans une ferme datant du XVIIIe siècle, était entouré d'immenses champs de tournesols. Les chambres étaient spacieuses et avaient conservé leurs poutres apparentes. On y trouvait même de petits appartements, et la cuisine qu'on y servait était digne des meilleures tables de la région.

Je m'étais mise à rêver. Les amis également pourraient faire le voyage. Après toutes ces fêtes sur la terrasse de la maison jaune, puis sur celle de la nouvelle maison, une célébration en Toscane serait la bienvenue. Je n'avais exigé qu'une chose : qu'on fasse la bénédiction dans la *chiesa di San Francesco* de Cortone. La première fois que j'avais vu cette église dédiée à saint François, j'étais tombée sous le charme. La volée de marches qui y menait demandait un certain effort, mais je m'imaginais bien les descendre à la course en tenant mon mari par la main, sous une pluie de riz que les amis et la famille nous auraient lancé. Aujourd'hui, je revivrais volontiers cette journée, mais je ne pourrais plus descendre l'immense escalier en courant.

Ça avait été aussi simple que ça. La difficulté majeure avait été de trouver une date qui convenait à tout le monde. Grosse famille italienne, grand groupe d'amis, on risquait de perdre quelques joueurs. Malheureusement, certains n'avaient pu faire coïncider la date de notre mariage avec leurs vacances. Ils étaient tout de même assez nombreux à y être. Lulu sans Armand et Henri sans Thomas étaient du voyage – leurs conjoints respectifs devant travailler –, ainsi que François et Albert accompagnés de Miro, qui avait déjà huit ans. Mon fils, Marie et Raphaëlle étaient venus, ainsi que Batiste, pour qui c'était le premier séjour en Italie. Du côté de la famille italienne, qui était en pays de connaissance, il y avait Graziella et son mari, Giulia et les bébés jumeaux, ainsi que son jeune frère Tonino, accompagné par sa nouvelle flamme – qui n'avait fait d'étincelles auprès de personne et qui s'était éteinte très vite, celle-là aussi. Massimo m'avait servi de témoin et Ernesto avait fait de même pour Bernardo.

C'est ainsi que je nous revois souvent en haut de ces marches, *sposi novelli*, nouveaux mariés, non pas sous une pluie de riz lancé à la volée, mais avec des dragées déposées à nos pieds – tradition oblige –, et à la noce, brisant un verre avec nos chaussures pour obtenir fécondité et prospérité. Nous n'avions souhaité que le second élément, abandonnant le premier, vu notre âge. Le nombre de morceaux cassés est censé prédire le nombre de saisons de bonheur. Après nous être acharnés avec ardeur sur le verre au risque d'abîmer nos souliers neufs, il était en mille miettes. Nous n'aurions même pas le temps de les vivre, toutes ces années promises ! Mais elles étaient là et nous transportaient encore, c'est dire !

5

Un matin, Henri m'a téléphoné.

— Alors, beauté? Comment ça va, ton séjour dans le Grand Montréal? Tu ne t'ennuies pas trop de tes Cantons?

Il m'annonçait qu'au courant de la semaine je pourrais me rendre sur les lieux du tournage. Chez moi, en fait.

— Tu pourrais voir de quoi a l'air un plateau de cinéma et en profiter pour vérifier qu'on ne maltraite pas trop ta maison!

J'ai accepté volontiers sa proposition. Massimo avait justement quelques jours de repos. Pas de traitement tant que ses globules ne seraient pas remis d'aplomb. Et je crois qu'il avait envie de se retrouver seul. En d'autres mots, d'être moins materné. J'avais beau me retenir d'en faire trop, je n'y arrivais pas tout le temps. À certains moments, je le laissais se débrouiller, ce qu'il faisait assez bien. Mais à d'autres occasions, j'anticipais ses désirs avant qu'il les formule et je sentais que ça lui tombait sur les nerfs, même s'il se retenait de m'en parler; tout son corps respirait l'agacement.

Pour ma défense, c'était la première fois que je prenais en charge un véritable malade. On ne parlait pas ici de percées de dents, de coliques, de maux de ventre ou d'otites que j'avais eu l'occasion de soulager dans l'enfance de mon fils. Encore moins des maux de cœur ou des genoux égratignés dans la tribu Simonelli. Ni de tours de reins ou de légers maux d'estomac que j'avais eu à soigner chez Bernardo. Jusque-là, je ne connaissais que les remèdes pour m'occuper des petits bobos, comme apprennent à le faire les mamans. Je n'avais rien d'une professionnelle. Un peu de mercurochrome, une aspirine, de la pommade, un « becqué bobo », et le tour était joué. Il y avait bien eu Nicoletta, que j'avais accompagnée dans ses derniers jours, mais là je me sentais impuissante devant mon ami aux prises avec cette maudite maladie. Souvent, je ne savais pas comment le soulager à la suite de ses traitements, alors qu'il subissait cette fatigue écrasante, comment l'apaiser parce qu'il était terrorisé devant ce qui l'attendait ; dans ces moments, je n'arrivais même pas à trouver les mots pour l'encourager à ne pas baisser les bras devant cet ennemi invisible et meurtrier.

Mon absence de quelques heures lui ferait le plus grand bien. Il ne m'aurait pas en permanence à tourner autour de lui comme une abeille en manque de fleurs à butiner.

Henri est venu me chercher tôt ce jeudi-là. Il faisait un soleil radieux même si la température oscillait près de zéro. Henri m'avait suggéré de m'habiller en conséquence puisque le tournage avait lieu à l'extérieur. La route des Cantons-de-l'Est me met toujours en joie, quelle que soit la saison ; ce parcours est l'un des plus jolis qui soit, avec ses petits airs de Toscane. Henri était en superforme et fort volubile, comme à l'accoutumée. Il m'a trouvée tristounette, mais j'ai écarté cette idée.

— Je ne suis pas habituée à séjourner longtemps en ville, lui ai-je servi comme excuse. Ça me fatigue, tout ce bruit. Ça manque d'oiseaux et de chevreuils.

J'avais promis à Massimo de ne parler à personne de ses traitements. J'avais déjà manqué à ma parole avec Bernardo, je n'allais pas en rajouter en mettant ma communauté d'amis au courant.

Aux dires d'Henri, le tournage se déroulait très bien. Pas trop de pépins jusqu'à maintenant. L'équipe était ravie. L'endroit comblait toutes les attentes.

— Et Judi Dench ? ai-je demandé.

— Aux dernières nouvelles, tout semblait bien aller. C'est sa dernière scène importante. C'est pour ça que je voulais que tu viennes aujourd'hui. J'ai vu quelques *rushes*. Elle est magnifique, comme toujours.

À défaut d'en avoir vu moi-même, je savais que les *rushes* étaient les prises de vue tournées la veille que l'équipe et la production visionnent habituellement à l'heure du lunch. La scripte note les meilleures et rejette celles que l'équipe ne juge pas à la hauteur. Chacun est aux aguets lors de ces visionnements. À certaines occasions, c'est le son ou l'éclairage qui est en cause. Parfois, c'est le jeu des acteurs qui laisse à désirer. Ces prises-là sont automatiquement éliminées. À d'autres moments, ce sont les raccords qui ne sont pas justes.

— Tu as dû en voir souvent au cinéma.

Il m'a donné cet exemple : une femme entre dans un restaurant avec un foulard rouge autour du cou et, lorsqu'elle en ressort, elle ne l'a plus. À moins que ce soit spécifié dans le scénario qu'elle se l'est fait piquer ou qu'elle l'a oublié parce qu'elle oublie toujours tout, ou encore qu'elle l'a laissé sciemment sur sa chaise, elle aurait dû l'avoir sur elle. On ne laisse rien passer de la sorte.

— Il n'y a pas eu des montres aux poignets des soldats romains dans *Ben-Hur* ? ai-je demandé.

— Oui. Et même l'ombre d'un avion sur la piste lors de la course de chars. Il y a des gens qui ne vont au cinéma que pour trouver des erreurs de raccords ou des anachronismes.

Je lui ai raconté qu'avec Massimo, lorsqu'on vision-
nait à l'occasion de Pâques des «films de péplums»
comme il les appelait, on prenait un méchant plaisir
à détecter les fermetures éclair sur les tuniques et les
pinces à cheveux dans les perruques.

Cette journée s'annonçait pleine de promesses. Il me
tardait d'assister à une partie du tournage. Ayant deux
amis, Massimo et Henri, dont la profession permettait
de fréquenter les plateaux de tournage - qui m'étaient
inaccessibles -, j'avais souvent entendu parler du déroulement. Mais le voir de mes yeux, c'était différent.

Lorsque la voiture d'Henri s'est avancée dans ma
rue, j'ai eu un choc. Le stationnement du voisin d'en
face était totalement rempli par une multitude de
camions et d'immenses caravanes. On se serait crus
dans un parc de roulottes. Henri m'a expliqué que mon
voisin avait eu la gentillesse de leur louer son espace
de stationnement puisqu'il était en voyage pour un
mois. Ça facilitait les choses pour le tournage. Pas
obligé d'aller courir trop loin pour un costume, des
câbles ou un accessoire de caméra.

Lorsque j'ai regardé vers ma maison aux teintes
anthracite, j'ai eu une vision tout à fait étrange. On
aurait dit que ma demeure s'était transformée en une
gigantesque pieuvre grise. D'énormes tentacules en
provenance de son ventre s'étendaient de chaque côté et
dans l'entrée. Ces appendices étaient reliés à plusieurs
génératrices qui fournissaient la bête en énergie. Je
n'avais jamais vu tant de branchements autour d'une
demeure. Ni tant de monde. Ma maison faisait figure à
la fois de poulpe et de fourmilière. Après s'être présenté,
badge à l'appui, Henri s'est garé à l'endroit qu'un préposé
à la régie extérieure lui a indiqué et nous sommes
descendus de voiture. Bien que je sois arrivée chez
moi, je n'osais prendre les devants. Un autre garçon
nous a fait signe de garder le silence.

— Ils sont en train de tourner une scène, m'a chuchoté Henri qui m'a d'abord guidée vers le *craft*, un camion qui sert de cantine pour tout le personnel du tournage. Il a salué tout bas des collègues au passage, m'a présentée et nous a préparé à chacun un délicieux café avec lait moussé. J'ai eu une pensée pour une certaine publicité et je me suis sentie, l'espace d'un instant, comme George Clooney sur un plateau, dégustant son Nespresso avec la créma en surface et le sourire en prime. Tout ça commençait bien.

Un « *cut!* » retentissant nous est parvenu en provenance du jardin. Ce vocable s'est répandu autour de nous comme une traînée de poudre. Tous les assistants présents se sont passé le mot, soit de vive voix, soit à l'aide de leur *walkie-talkie*. Nous avions la permission de nous déplacer ; Henri m'a pris la main pour m'emmener sur le plateau. Une fois les quelques pas franchis vers l'arrière de la maison, j'ai assisté à un mouvement de foule parfaitement orchestré. Je ne savais plus où fixer mes yeux tant il y avait de l'action. Henri m'a montré chacun du doigt en les nommant par leur fonction. Perchiste, ingénieur du son, scripte, chef opérateur, cadreur, chefs électriciens, machinistes, opérateurs de caméra, photographe de plateau, ensemblier, accessoiriste, habilleur, maquilleur, coiffeur et une kyrielle d'assistants.

Un homme qu'Henri m'a désigné par la suite comme étant le réalisateur discutait avec le directeur photo et deux assistants. Il était dans la cinquantaine, le cheveu gris en bataille, le geste précis ; il semblait assez bourru, ou alors il était très concentré. Malgré tout ce fourmillement de spécialistes, mon regard a été attiré par une jeune femme aux longs cheveux clairs attachés en queue de cheval et un garçon élancé et fort élégant, tous deux munis de sacoches en bandoulière desquelles débordaient des fards et des pinceaux pour l'un et plusieurs brosses, des peignes et un séchoir pour l'autre. Ils ont attendu qu'on leur fasse signe et ils se sont approchés aussitôt que le premier assistant a eu commandé d'une voix forte : « *Touch up !* »

Henri m'a glissé à l'oreille qu'ils allaient exécuter les retouches avant la prise suivante. Ils ont marché à pas feutrés vers le saule pleureur que j'avais planté quelques années auparavant, que j'avais arrosé et bichonné, et qui avait encore fière allure malgré l'automne qui avançait à grands pas. Je l'ai remercié en silence d'avoir si bien poussé. Aujourd'hui, il figurait dans un film américain. À ses pieds, on avait installé deux chaises Adirondack qui se faisaient face. D'habitude, elles se trouvaient sur la terrasse. Mais j'ai réalisé qu'elles étaient particulièrement mises en valeur à l'ombre du saule. Une fois ma maison récupérée, je laisserais les chaises à cet emplacement.

Deux garçons assez jeunes replaçaient à l'aide de râteaux des feuilles autour des chaises. Henri m'a indiqué que les photos qu'ils tenaient leur servaient de guide pour exécuter un raccord identique à la première prise. Ils saupoudraient quelques feuilles supplémentaires, çà et là, qu'ils extirpaient de gros sacs. Dire que, dans la vraie vie, on s'acharne plutôt à les réunir pour les enlever !

J'ai suivi du regard la maquilleuse et le coiffeur. Ils se sont placés devant un grand garçon maigre vêtu sobrement. Il avait une barbe de plusieurs jours que la maquilleuse retravaillait à l'aide d'une petite éponge. Pendant ce temps, le coiffeur s'était approché de l'autre chaise. Il s'est accroupi et a entrepris de replacer une mèche sur le front d'une dame. Elle avait le teint clair, et ses cheveux immaculés, taillés très court, apportaient beaucoup de lumière à son visage. J'ai remarqué sa mâchoire carrée, son cou fin. Elle a souri au garçon qui venait de la recoiffer. C'était elle. C'était Judi Dench. J'ai retenu mon souffle. Les larmes me sont montées aux yeux. Elle était là, installée dans mon Adirondack. J'avais conscience d'être particulièrement privilégiée d'assister à pareille scène. Henri a senti mon émoi et a mis sa main sur mon épaule.

— On ne pourra pas s'approcher davantage.

— Déjà, de la voir comme ça, ça fait ma journée.

Le ballet des retouches s'est poursuivi encore un peu. Quelqu'un s'est approché du groupe et a replacé le pli d'un vêtement ; à l'aide d'un pinceau, on a poudré le beau visage de Judi Dench et celui du jeune homme – un acteur que j'avais déjà vu dans un film, mais je ne me rappelais plus lequel. Et c'est là que ça m'a frappé. Les acteurs ne portaient que des vêtements légers, alors que tous les gens qui les entouraient étaient vêtus de manteaux, de bottes chaudes aux pieds, et certains d'entre eux arboraient même des bonnets et des gants. Ils allaient tourner avec ce temps frisquet en faisant croire qu'on était au début de septembre ! Henri m'a raconté que c'était leur dernière chance de tourner cette scène. Il a ajouté que, certains matins, les gens des décors avaient dû balayer le frimas qui s'était déposé au sol durant la nuit.

Puis tout le monde s'est écarté du réalisateur. Ce dernier s'est installé sur une chaise haute en toile. Sur le dossier, on pouvait lire son nom. Il a fait un signe de tête au premier assistant, qui a annoncé aux intéressés que le moteur était demandé. Le preneur de son a répondu qu'il enregistrait et le caméraman a fait de même. Puis une jeune fille aux allures punk a placé sa claquette bien en vue pour la caméra. Henri m'a chuchoté que ce drôle d'objet était une sorte d'ardoise, aujourd'hui digitale, où sont inscrits le nom du film qu'on tourne, l'heure, le numéro de la séquence, du plan et de la prise de vues.

Un clap d'une forte intensité a fendu l'air. Tous avaient le regard rivé vers les chaises de jardin où se trouvaient les deux acteurs. L'actrice principale tenait maintenant fermement les accoudoirs de sa chaise tandis que celui qui personnifiait son fils s'est avancé sur le bout de l'Adirondack, comme prêt à bondir vers elle. Tous mes sens étaient tendus vers l'action, moi aussi. Dès que le réalisateur a lancé «Action!» suffisamment fort pour que toute son équipe entende, le silence s'est fait. Après quelques secondes, le jeune acteur a hurlé de toutes ses forces. J'ai sursauté. Henri m'a retenue par les épaules pour que je me ressaisisse. Il m'avait bien expliqué que le moindre bruit pouvait ruiner une scène. Déjà qu'il faisait une exception en m'amenant sur le plateau... J'avais eu les avertissements d'usage avant le départ: «Téléphone débranché, attention où tu mets les pieds, il y a des fils partout, tu ne t'adresses pas aux acteurs, elles sont comme ça, les grandes vedettes, et surtout, silence absolu.»

L'instant d'après, le garçon qui jouait son fils Aidan s'est précipité vers Judi Dench, a encerclé ses genoux de ses bras et y a déposé sa tête. Dans le long silence qui a suivi, on n'a plus entendu que les pleurs des deux protagonistes. C'était saisissant. Je me suis jointe à l'équipe qui retenait son souffle. Il y a eu un échange de paroles entre eux. La plupart des gens présents, Henri et moi inclus, ne pouvaient comprendre la conversation à travers leurs sanglots. Puis le fameux «*cut*» qui met fin à la prise a retenti. J'avais le cœur prêt à exploser dans ma poitrine. Cette scène m'avait bouleversée alors que je ne m'y attendais pas du tout. C'est quelque chose d'être assise dans la pénombre d'une salle de cinéma, c'est autre chose d'y assister en personne. À la fois éloignée et si près en même temps. J'avais senti que je faisais partie de la scène, moi aussi. J'avais presque envie d'aller les consoler, tous les deux. Ce sont plutôt les gens des costumes qui se sont précipités vers les acteurs. Ils les ont entourés de couvertures afin de les réchauffer.

Henri m'a mise au parfum en me glissant à l'oreille :

— C'est le moment où la mère annonce à Aidan qu'elle refuse la greffe du rein qui devrait lui sauver la vie et qu'il s'apprêtait à lui offrir puisqu'il est un donneur compatible.

Dans l'heure suivante, ils ont dû reprendre cette scène au moins dix fois. D'abord en plan large, puis en plan rapproché, puis en champ-contrechamp, pour que chaque acteur ait à peu près les mêmes valeurs de plan à l'écran. Avec les mêmes gestes, les mêmes paroles, les mêmes sanglots, en enlevant ou en ajoutant un détail à chaque prise, un léger déplacement de tête pour mieux saisir la lumière, un mouvement de main plus lent, plus tendre, un cri plus strident, une tension plus vive encore. Sinon il fallait replacer un pan de robe qui avait bougé avec le vent et qui n'était plus raccord, un visage trop luisant qu'il fallait repoudrer, ou on devait reprendre parce que le chant d'un oiseau trop enthousiaste avait noyé les paroles des acteurs sur la bande-son. Tous ces ajustements étaient suggérés par le réalisateur, l'ingénieur du son, le cadreur ou encore par les acteurs eux-mêmes lorsqu'ils n'étaient pas satisfaits de leur interprétation. Il y avait alors discussion avec le réalisateur, et on y retournait. Henri, à titre de concepteur visuel, y est même allé d'une suggestion pour améliorer la scène en cours de tournage. Un véritable travail d'équipe. Ils avaient toute mon admiration.

Puis ça a été l'appel pour le lunch. Et j'ai souri en voyant Judi Dench incapable de s'extirper toute seule de la chaise Adirondack. J'ai failli m'élancer pour aller la secourir. Je n'étais donc pas la seule à éprouver des difficultés à me dégager de ce siège ! Ses assistants sont venus à la rescousse. Ils s'y sont mis à trois, tirant, poussant avec toute la délicatesse due à son rang d'actrice internationale. Elle a eu un rire enfantin lorsqu'elle s'est retrouvée enfin libérée de la chaise qui retient prisonnier celui qui ose s'y aventurer. Une fois debout, au lieu de s'impatienter ou même de se mettre en colère, elle a de nouveau éclaté de rire. Comme j'aimais cette femme !

Il était à peine onze heures et c'était déjà le moment de manger. Comme me l'a expliqué Henri, l'équipe était debout depuis cinq heures ce matin. Il était plus que temps de se sustenter. On avait installé près de la roulotte-cantine, c'est-à-dire dans le jardin du voisin, plusieurs tables sous un chapiteau où les techniciens se sont assis après avoir garni leurs assiettes de mets qui semblaient tous aussi appétissants les uns que les autres. Pendant le repas, il régnait quand même une certaine activité autour de la maison. Les tournages ne s'arrêtent vraiment que lorsqu'on sonne le *break* de plateau, en toute fin de journée ou de nuit. Il y a tant à faire !

Henri et moi avons rejoint son groupe des décors. Il m'a présentée à tout le monde. Que des garçons et des filles passionnés, des artisans heureux de travailler dans leur domaine. J'ai eu une pensée pour Massimo, qui rouspétait sans cesse au sujet de ses plateaux. À l'écouter, tout y semblait ardu, voire impossible. Peut-être qu'il avait perdu la joie d'exercer son métier pour cause de fatigue extrême, d'une lassitude qui l'empêchait de poursuivre dans cette voie. Je ne sentais plus chez lui la petite flamme, l'étincelle qui nous amène à nous dépasser. Bien avant d'être malade, il se plaignait tout le temps de tout. Le manque de budget, les gens sans talent, les opportunistes… et j'en passe. Henri, lui, avait l'air heureux comme un poisson dans l'eau. Malgré les embûches, il trouvait toujours quelque chose de positif. Il excusait les gens lorsqu'ils faisaient des gaffes, sauf en cas de faute grave, cela va sans dire. Perpétuellement accompagné de son bloc de papier qui lui servait à expliquer ses propositions, de son sens de l'humour en éveil et de son rire contagieux, il donnait la pêche à tous ceux qui le côtoyaient.

Tandis que les artisans discutaient des installations du prochain jour de tournage, je continuais à faire marcher mes yeux inquisiteurs à la recherche de Judi Dench. J'avais fait en sorte de m'installer devant la porte ouverte du chapiteau pour réussir à l'apercevoir. J'avais envie de la contempler encore et encore. J'ai demandé à Henri si elle mangeait, elle aussi.

— Oui, mais pas avec les techniciens. Elle a sa roulotte personnelle, et son chef lui prépare ses repas.

Quelqu'un du groupe a précisé qu'elle avait terminé sa journée de tournage et qu'elle rentrerait probablement chez elle, en ajoutant que pleurer de la sorte, sur commande, ça fatigue.

— Elle vit à l'hôtel ? ai-je demandé naïvement.

Henri est venu à mon secours.

— Elle loge dans une magnifique maison qu'on lui a trouvée dans la région. Tu ne sauras pas où elle est située, c'est un secret bien gardé.

J'ai fait la moue, un peu déçue. Finalement, je l'ai vue sortir de son Winnebago. Elle n'était plus vêtue du costume de la scène qu'elle venait de tourner, mais elle était très élégante avec son pantalon et son chandail noirs sous un long manteau de tweed. Elle portait un foulard rouge autour du cou et des verres fumés. Elle ne faisait pas du tout son âge, elle qui est née en 1934. Je lui enviais l'ovale de son visage, son port de tête, ses yeux si bleus, cette coupe de cheveux unique.

J'ai entendu mon juge me murmurer : « Quatre-vingt-quatre ans ! Pas mal, pour une *vieille* qui pleure sur commande ! » Il a insisté sur le mot « vieille », alors que je trouvais que ce terme ne correspondait en aucun point à cette grande dame.

Je me tenais dans l'embrasure de la tente, mon assiette vide à la main, comme si j'allais me resservir – il fallait bien que je me trouve une raison d'être là –, et je n'arrêtais pas d'observer Judi Dench à la dérobée tandis qu'elle discutait avec les personnes qui l'entouraient. Ça ne m'était jamais arrivé auparavant, je n'avais jamais eu l'âme d'une groupie, et voilà que j'étais en train de me transformer en *fan* finie. Je me sentais happée par sa lumière. Il y avait dans son regard, dans son attitude, quelque chose de combatif, mais de doux à la fois. C'est comme si elle se tenait droite, comme si elle était solide, bien ancrée dans la vie et armée pour affronter le temps, ou la mort, qui sait ? Avec ses yeux qu'elle plissait souvent – était-ce pour mieux voir ou pour défier l'adversaire ? –, elle ne me paraissait pas prête à abdiquer. «Tu ne m'auras pas, la mort, semblait-elle dire. Pas aujourd'hui en tout cas.»

Elle était accompagnée par une femme dans la cinquantaine et un jeune homme. Henri s'était rendu compte de mon manège. Il m'a expliqué que ces deux-là, qui escortaient en permanence l'actrice, étaient ses assistants personnels, qui voyaient à son bien-être constant et répondaient à ses moindres désirs.

— On est chanceux parce qu'en temps normal, a ajouté mon voisin de table, on ne pourrait même pas l'approcher de si près.

Une autre a renchéri :

— Ni regarder dans sa direction. Certains contrats d'acteurs très connus stipulent, entre autres, qu'aucun technicien, aucun figurant, personne en fait, n'a le droit de croiser leur regard au risque d'être expulsé définitivement du plateau. Si tu savais le nombre d'exigences de ces stars ! C'est inimaginable. Des contrats épais comme ça.

Massimo m'avait déjà parlé de cette coutume particulièrement étrange lorsqu'il coiffait sur le plateau des films *The Mummy* et *The Aviator*.

— Mais, a ajouté l'assistant aux décors, les acteurs de ce tournage sont formidables. Pas la grosse tête pour deux sous. C'est l'avantage des plateaux réduits.

Témoin de mes observations, Henri s'est alors levé et, mine de rien, est allé rejoindre un assistant assis à la table voisine. Il a discuté avec lui en me désignant du doigt. Ce dernier s'est levé à son tour, est sorti du chapiteau et s'est approché de l'actrice principale, qui se trouvait toujours près de sa roulotte, et il a conversé quelques instants avec elle. Judi Dench écoutait l'assistant avec la plus grande attention tout en regardant dans notre direction, puis elle a enlevé ses verres fumés, m'a longuement fixée et m'a fait un petit *hello* en agitant ses doigts dans les airs. Je suis restée bouche bée, les yeux pleins d'eau. Judi Dench venait de me saluer parce que j'étais la propriétaire de la maison dans laquelle elle tournait! Il me tardait de raconter à Massimo ce présent inestimable de la part d'une femme que j'avais toujours admirée, qui ne camouflait ni son âge ni les marques du temps sur son visage et qui dorénavant allait, sans le savoir, m'aider à mieux vieillir. Droite, fière, douce, avec ce brin d'humour qui aide à tout faire passer.

Je n'oublierais jamais ce simple geste de la main. C'est comme si elle m'avait dit : «Courage, fille, on va y arriver. Et à traverser le temps, et à s'extirper des chaises trop profondes!» Je ne pourrais plus m'asseoir dans mon Adirondack sans penser à elle.

Comme la vie faisait parfois de jolis cadeaux!

*

Après le repas, j'ai consulté la boîte vocale de mon téléphone au cas où Massimo aurait eu besoin de moi. C'était plutôt Allison qui me cherchait. «T'es où? T'es où? T'es où? me demandait-elle à répétition. C'est quoi, ce cirque dans ta rue? T'as ouvert un camping ou quoi? Je suis passée l'autre jour et on m'a interdit l'accès à ton quartier puisque je n'avais pas de laissez-passer. C'est quoi, tout ça?»

Je l'ai appelée et l'ai mise au courant de la location de ma maison sur les insistances d'Henri.

— Où est-ce que tu habites, en attendant? m'a-t-elle demandé, inquiète.

Comme si je pouvais être à la rue! En avouant que je logeais chez Massimo, je savais que j'allais essuyer les foudres de mon amie. Ça aurait été si simple d'habiter chez elle durant cette période puisqu'elle demeurait aux abords du même village que moi. Mais ma survie en dépendait. Une soirée ou deux avec elle, oui. Tout un mois, je ne crois pas que j'aurais résisté. Le deuil de son couple était encore trop frais pour qu'on ait d'autres sujets de conversation. Je ne savais plus quoi lui dire pour la réconforter. Comment console-t-on un si gros chagrin d'amour, qui se transforme vite en chagrin d'amour-propre?

Je savais qu'elle allait me sermonner. Ce qui n'a pas tardé.

— Comment ça, chez Massimo? Ça n'aurait pas été moins compliqué de venir chez moi?

— Oui, mais… J'avais envie d'être un peu à Montréal, ai-je menti. Pour voir des expositions, mon éditeur, et les enfants qui veulent que je passe du temps avec eux.

— Et Bernardo?

— En Italie pour le travail.

— T'en as pour combien de temps?

— Je récupère la maison dans une ou deux semaines, je crois. Je suis là, d'ailleurs. Henri m'a emmenée ce matin.

Je l'ai sentie folle de jalousie.

— Attends-moi, j'arrive. Je veux voir ça, moi aussi.

Je l'ai arrêtée tout de suite.

— Plateau fermé, Allison. Henri a dû faire des tonnes de courbettes pour que je puisse être présente. Je suis tapie dans un petit coin et j'observe tout de loin. De très loin. Je te raconterai.

Elle a insisté.

— Ça aurait pu me changer les idées… avec ce que je vis en ce moment…

Je me suis méprise sur le sujet qui la préoccupait.

— Maman a fait un AVC et c'est l'horreur.

— Quoi ? Reine est à l'hôpital ? Depuis quand ? Pourquoi tu ne m'as pas appelée avant ?

— Je pensais gérer ça toute seule. Mais c'est au-dessus de mes forces…

Allison a éclaté en sanglots. Devant un tel déluge, je suis restée sans voix et, à bout d'arguments, je lui ai finalement dit de venir me chercher. Auparavant, j'ai consulté Henri, qui avait des choses à régler avec son équipe. Il en avait pour quelques heures. Il me prendrait chez Allison, une fois le travail terminé.

De toute façon, j'avais vu ce qui m'importait, je savais que ma maison retrouverait ses airs de tranquillité dans quelques semaines tout au plus, et je repartais avec ce précieux petit *hello* de Dame Dench qui me donnerait des ailes.

— Je vais être en bas de Conference dans vingt minutes, ai-je dit à Allison. Je t'attends là.

Elle est arrivée sur les chapeaux de roues. Elle aurait bien voulu remonter la côte et voir de quoi il retournait avec le tournage.

— Désolée, Allison. C'est chez moi qu'a lieu toute cette effervescence, mais, même moi, j'en suis écartée. Ce sont les règles du jeu que j'ai acceptées, et ce n'est pas moi qui prends les décisions.

Elle n'a pas insisté davantage et a roulé en direction de sa maison, à quelques kilomètres. Je l'ai regardée à la dérobée et je l'ai trouvée différente. Elle avait changé, certes, comme nous toutes, d'ailleurs. Lulu, moi, Allison, personne n'y avait échappé. La vie passe et laisse ses traces. Pas toujours là où l'on aimerait qu'elle les dépose.

Lulu se désespérait de son cou «qui plisse à l'infini», comme elle disait. Et le port du foulard – bout de soie aérien, carré aux motifs colorés et signé par une personnalité célèbre, enroulé savamment – n'y changeait absolument rien. Porté par toutes les femmes d'un certain âge, ce cache-col trahit systématiquement ce qu'il tente désespérément de camoufler. Moi, je fais une fixation sur mon menton qui pend si je perds du poids. Je me surprends à déposer mon coude sur une table et, avec ma main, je fais mine de rien et me caresse négligemment le menton, histoire de le soutenir un tant soit peu. Lorsque personne ne m'observe, je repousse la peau de chaque côté vers mes oreilles en la tirant au maximum, ou encore je fais cet exercice – un peu stupide, il faut dire – que nous apprenait Janette Bertrand dans les émissions pour les jeunes filles qu'elle animait du temps de mon adolescence. Il suffisait d'avancer la bouche en cul-de-poule en prononçant la syllabe «cou» et, l'instant d'après, d'étirer les lèvres en un sourire pincé et de prononcer «X». «Cou-X, Cou-X, Cou-X.» Exercice qui était censé donner du tonus à nos poitrines naissantes et au galbe de notre cou. Je l'avais fait pendant des années et, à mon grand désespoir, les deux pendaient toujours! J'en profite pour passer mes doigts sur la surface de mes lèvres et du contour de ma bouche, à la recherche de poils indésirables. L'affreux poil de sorcière, c'est une phobie chez moi. Je trouve ça tellement ingrat d'avoir à s'épiler la lèvre et le menton!

Pour ce qui est d'Allison, elle avait pris du poids – pas mal, même – et avait perdu beaucoup de son enthousiasme. Pas seulement depuis le départ de son

Jules. Au travail aussi. Elle abdiquait régulièrement.
«Choisissons nos batailles! avait-elle l'habitude de
dire. On ne peut pas toutes les prendre de front.»
Ce qui lui laissait du carburant, car elle avait de plus
en plus souvent la dent féroce. Prête à mordre qui la
blessait ou à attaquer si elle se sentait en danger. Ce
n'était peut-être qu'une passe. Le départ de Jules lui
avait fait très mal. Et maintenant sa mère…

Nous savions toutes que la rancœur, l'amertume,
l'impatience et la colère dues aux déceptions nous guet-
taient. Tellement facile en vieillissant de devenir une
tatie Danielle! Et puis, on avait aussi peur de tous ces
maux – petits et plus sérieux – inhérents à l'âge «ingrat».
Pertes de mémoire, fuites urinaires, taches de vieillesse,
cheveux clairsemés, dents déchaussées, doigts crochus
de rhumatisme, genoux bloqués, tout ce qui guette les
Tamalou que nous étions en voie de devenir. Encore
un peu de temps et… «T'as mal où», toi, ce matin?

Une fois installée devant un thé à la bergamote,
Allison s'est confiée, essayant tant bien que mal de
me raconter sa maman. Il y avait une telle tristesse
dans ses yeux. Sa maman… Elle cherchait ses mots.

— Iiiireine ne va pas bien.

Allison n'avait pas perdu l'habitude d'appeler ainsi
sa mère, prénommée Reine à la naissance, mais affublée
de ce surnom par ses filles parce qu'elles avaient une
maman toujours inquiète.

— C'est terriblement difficile de la voir comme
ça… Dépendante…

À la suite de son AVC, Reine était partiellement
paralysée, n'arrivait pas à parler correctement, ni à
bouger ses membres comme elle l'aurait voulu; elle
était clouée sur un lit, impotente.

— Elle est frustrée parce qu'on ne la comprend pas,
elle enrage de ne pas pouvoir bouger, d'être obligée
d'attendre après les autres pour avoir ce qu'elle veut.

— On serait pareilles, non, s'il fallait qu'on dépende de quelqu'un de la sorte ? ai-je osé lui dire le plus doucement possible.

Après un long silence, elle me l'a avoué :

— Je sais. Je deviendrais hystérique ou je rendrais tout le monde fou autour de moi.

Pour une fois, Allison semblait avoir devant elle un ennemi qu'elle ne pouvait atteindre, qu'elle ne pouvait combattre. Je la comprenais. Tout comme elle, je ne pouvais prendre les armes contre un adversaire sans forme ni visage. Un ogre, un dragon, un fantôme qui s'appelle « cancer » ou « accident vasculaire cérébral », ils font partie du même bataillon. Ils sont inattaquables. Personne n'a en sa possession l'armement adéquat pour sauver des vies, que ce soit celle d'Iiiireine ou de Massimo. Il ne nous restait que la patience, l'amour, la générosité.

J'avais toujours connu Allison fonceuse, bagarreuse, mais là… Elle avait l'air incapable de vivre d'une autre manière. Il faudrait bien pourtant qu'elle arrive à laisser tomber son armure pour que quelqu'un voie qu'elle était rendue au bout du rouleau, que sa petite flamme intérieure était vacillante, sinon éteinte.

— Quand doit-elle sortir de l'hôpital ?

— D'ici quelque temps. Elle a encore beaucoup de séances de physiothérapie, d'orthophonie. Mais on va faire quoi d'elle, après ? Elle ne peut pas retourner vivre seule dans son appartement, et il n'est pas question de la placer.

— Qu'est-ce que Maggie en pense ?

— Ma sœur ? Pff ! Elle est bien loin de tout ça. Boston n'est pas à la porte, et elle a mari et enfants, elle. En plus de son travail de chirurgienne esthétique. Moi, je suis libre de toutes attaches. Je n'ai pas d'amoureux, pas d'enfant et je ne fais qu'écrire des histoires, alors qu'elle, elle sauve des vies, redresse des nez croches, pose des prothèses mammaires et gonfle des babines de bimbos qui risquent de sombrer dans la neurasthénie si elle n'intervient pas ! Tu vois le tableau !

Allison devait donc assurer entièrement les soins à sa maman. Durant son séjour à l'hôpital et par la suite également. Pas facile, tout ça…

— Est-ce que tu veux que j'aille la voir à l'hôpital ?

— Elle ne veut voir personne. À part moi, bien sûr.

— Tu ne peux pas endosser ça toute seule. C'est trop pour une seule personne.

Elle s'est redressée, a mis un peu de feu dans ses yeux. Brave petite soldate !

— C'est ma mère, Olivia. Je ne vais pas l'abandonner. Il faut juste que j'apprenne la patience. Et que je respire par le nez. Pour l'instant, elle est encore à l'hôpital, ensuite elle ira dans une maison de soins. Après… Après je trouverai bien une solution.

Dans un élan d'énergie, elle a réfléchi à voix haute.

— Comment on pouvait imaginer que nos parents deviendraient à notre charge ? As-tu déjà pensé à ça, toi ? Avoir à t'occuper de tes parents un jour ? On était bien trop préoccupées par notre indépendance, par nos amours, par nos métiers… Te souviens-tu des inquiétudes de ma mère ?

Comment oublier ? Une mère inquiète en permanence : peur que ses filles se fassent écraser, se fassent enlever, se fassent violer.

— Ma sœur et moi, on a hérité d'une mère peureuse de tout. C'est nous qui l'avons obligée à nous laisser libres de faire nos vies à notre guise. On ne lui a pas donné le choix. Pauvre maman. Elle a à peine protesté lorsqu'on a décidé de partir assez vite du nid. Ce n'est pas elle qui a vu à notre éducation, c'est nous qui l'avons élevée pour qu'elle n'ait pas constamment peur de la vie. Elle a continué à protester pour la peine, mais a dû refouler ses craintes pour nous lorsqu'elle a vu qu'on n'était pas mortes de notre enfance. Elle s'est un peu calmée. Si on l'avait écoutée, on aurait vécu le pied en permanence sur le frein et la main sur le *break à bras*, au cas où. Malgré tous ses avertissements, on n'a pas eu d'accident grave, on ne s'est pas perdues dans la drogue ni laissées entraîner dans la prostitution. On n'a pas trop mal tourné, finalement. Nos conjoints n'étaient pas violents, on n'a pas eu d'enfants, tout court dans mon cas, délinquants pour Maggie.

Après un long silence, elle a admis dans un souffle que ce qu'elle avait vu dans les yeux de Reine, c'était une peur normale de mère inquiète pour ses petits.

— «Fais attention, tu vas te faire mal! Mange pas ça, tu vas t'empoisonner! Ne va pas là: danger! Tombe pas amoureuse de ce garçon-là, il va t'abandonner à la première occasion! Prends ta pilule ou tu vas te retrouver enceinte! Choisis pas ce métier-là, ça ne va pas rapporter!» Tu vois le genre.

En mon for intérieur, j'ai ajouté les craintes de ma propre mère. «Il ne faut pas aimer les hommes, ils sont tous pareils: lâches, irresponsables et salauds.»

— Maintenant, ce que je croise dans ses yeux, tous les jours, ce n'est plus ça. Ça, je saurais quoi faire avec. J'enverrais balader tout ça, comme je l'ai toujours fait. Je calmerais ses craintes de bonne femme. Non. Ce qu'il y a dans les yeux de maman, à présent, c'est la terreur, Olivia. On fait quoi avec la terreur dans les yeux de l'autre? C'est terrible à voir. Je crois que ce qui l'effraie, c'est que, pour une fois, elle a peur pour elle. Elle fait face à ses propres frayeurs.

Je me suis égarée du côté de Massimo, à la recherche de ses yeux. La terreur n'y était pas encore installée. La peur, oui. Mais il la camouflait derrière des pitreries.

Allison m'a ramenée à sa réalité.

— Durant son AVC, maman a rencontré la mort, je crois. Elle est comme une petite fille terrorisée qui se cache sous son lit de peur qu'on vienne la chercher.

Nous sommes restées toutes les deux silencieuses. Puis je l'ai serrée dans mes bras. Elle s'est laissé bercer un moment. Elle en avait bien besoin. Elle m'a dit qu'elle n'avait pas imaginé sa dernière tranche de vie de cette façon.

— Déjà que me retrouver seule, ce n'est pas de la tarte, me voilà maintenant aidante « surnaturelle » et responsable de ma mère.

Elle a ajouté qu'aidante, ce n'était pas tellement dans sa nature ! Puis elle a éclaté de rire.

— Tu te souviens de maman à mon mariage ?

Difficile d'oublier Reine, ce jour-là. Trop maquillée, habillée comme un gâteau de noces, avec un chou à la crème sur la tête ! Ça, c'était avant qu'elle passe entre les mains habiles de Massimo, qui avait fait des merveilles. Le chou avait pris le bord en deux, trois coups de peigne, il avait retiré quelques garnitures sur sa robe et l'avait remaquillée légèrement en lui disant que c'était de cette façon que les vedettes de Hollywood se faisaient photographier. Sobres et élégantes. Elle l'avait cru. Pour le plus grand bonheur d'Allison.

— Comme disait Massimo, elle était *amanchée* comme un char volé ! Au fait, comment il va, le beau Massimo ?

La sonnerie de mon cellulaire m'a sauvée d'un autre mensonge.

— Tu peux venir me chercher quand tu veux ! ai-je dit en répondant, croyant que c'était Henri.

— Mamou ! Mamou, j'ai besoin de toi !

— Raphaëlle ? Ça va ? ai-je demandé à ma petite-fille qui semblait complètement affolée.

— Non, ça va pas vraiment. Il faudrait que tu viennes...

— Qu'est-ce qui se passe, ma Raffie ?

— C'est Batiste...

— Quoi, Batiste ? Il a eu un accident ?

— Non. Euh… Il est au poste de police. Il s'est fait arrêter.

— Comment ça, arrêté ?

— À cause de la manif étudiante. Et… Euh… Papa lui a interdit de l'appeler si ça arrivait. Il a dit que jamais il n'irait le chercher au poste de police ni le visiter en prison s'il faisait un fou de lui. Mamou, on ne peut pas le laisser là. Maman est pas là, moi, je ne peux rien faire, mais toi… oui. Viens, je t'en supplie.

Je lui ai demandé de se calmer, lui ai dit que je devais régler quelque chose d'abord. J'ai aussitôt appelé Henri, qui en avait encore pour un bon moment. Allison a compris l'urgence de la situation et m'a proposé de me ramener à Montréal. De toute façon, elle devait rencontrer le médecin de sa mère. J'ai rappelé Raphaëlle pour lui dire que j'arriverais le plus rapidement possible et qu'Allison me déposerait devant le commissariat en question. J'ai promis à ma petite-fille que je lui signalerais par texto quand on approcherait de Montréal.

— Où est ton père ?

Elle m'a répondu qu'il était au travail et que sa mère était en Belgique, où elle assistait à un festival de bande dessinée. Elle ne rentrerait que dimanche.

Je l'ai rassurée comme j'ai pu. Elle n'avait pas à s'inquiéter. J'étais là. Je serais là.

— Hum ! *Never a dull moment !* a déclaré Allison.

6

Tout au long du trajet vers Montréal, je n'avais qu'une pensée : Bernardo, son calme, sa patience. Nos instants tranquilles. Une image me revenait sans cesse. Moi assise dans le jardin à Pitigliano, à l'ombre des oliviers, un livre et un petit verre de blanc à portée de la main. À rêver ou à écouter les hommes qui se trouvaient près de la maison, installés à la longue table, à discuter de la météo, de la prochaine cueillette des olives, de la dernière cuvée d'un voisin qu'ils dégustaient lentement. Leurs rires aussi. Le temps suspendu. La simplicité des choses. La douceur. Bernardo. Ses bras. Le bonheur est là, et on oublie que c'est dans les instants les plus simples qu'il est le plus savoureux. Parce que, depuis quelques semaines…

Raphaëlle faisait les cent pas devant le poste de quartier 50, sur le boulevard De Maisonneuve. C'est là qu'on avait amené la majorité des étudiants arrêtés lors de la manifestation. Tout en conduisant, Allison avait syntonisé Radio-Canada à la recherche d'informations concernant l'événement. Aux dires des reporters sur place, ça avait été assez violent. De la part des étudiants autant que de la part de la police. Il y avait eu pas mal de grabuge. Comment Batiste s'était-il retrouvé avec ces manifestants du cégep ? Il n'était encore qu'au secondaire… Dans quel état serait-il ?

Je suis descendue de voiture, j'ai remercié Allison et je lui ai promis que je la rappellerais plus tard.

— Vite, sauve-toi. Les choses vont s'arranger, m'a-t-elle dit pour me rassurer. Tout finit par s'arranger.

Et la voiture s'est éloignée du trottoir. Tout de suite, Raphaëlle s'est précipitée dans mes bras.

— Mamou, Mamou… Ils ne veulent rien me dire. C'est l'enfer là-dedans. Ils sont bêtes comme leurs pieds.

J'ai tenté de la calmer.

— On va le sortir de là, tu vas voir.

Je savais très bien qu'ils ne pouvaient pas garder un mineur enfermé si un de ses parents venait le chercher.

— Oui, mais si papa…

— Laisse-moi m'arranger avec ton père. Tu n'as pas de cours cet après-midi, toi?

— Oui, mais là… je ne peux pas.

— Explique-moi ce que tu sais avant que j'entre. Faudrait que j'aie l'air un peu informée du dossier, sinon ils vont me prendre pour une vieille folle.

Ça l'a fait sourire que je me donne ce sobriquet. Ça la faisait toujours rire, car elle affirmait que je ne serais jamais ce genre de femme âgée.

Raphaëlle planchait sur un travail lorsque Batiste avait appelé à la maison en espérant ne pas tomber sur son paternel. Elle n'avait pas tout compris tellement il parlait bas et les dents serrées. Il y avait apparemment eu beaucoup d'arrestations.

— Non justifiées, d'après Batiste. Le refrain habituel, m'a informée Raphaëlle en levant les yeux au ciel. La violence des *beus*, le droit de parole bafoué, a-t-elle énuméré en soupirant. Les matraques qui volaient dans tous les sens, les bousculades et les briseurs de grève…

Finalement, c'était un appel au secours : « Fais quelque chose, sors-moi d'ici. Pis vite. »

J'ai pris une grande inspiration avant de franchir la porte du poste de police. Un monsieur qui en sortait accompagné de sa fille nous a tenu la porte. Il a croisé mon regard, la mine découragée. Il a lancé à la jeune fille couverte de *piercings* qui traînait les pieds devant lui qu'il ne savait vraiment pas de qui elle tenait, celle-là.

Au sujet des gènes de Batiste, j'aurais pu lui répondre que, moi, je savais de qui mon petit-fils tenait. Sauf que mon fils avait oublié comment il était à cet âge-là.

Nous sommes entrées dans la tour de Babel. Raphaëlle a saisi ma main pour me protéger de la cohue. Ça bougeait dans tous les sens, les téléphones et les cellulaires n'arrêtaient pas de sonner. Des parents étaient entassés dans une salle exiguë, attendant qu'un policier à l'entrée crie les noms des personnes concernées. Ces dernières s'approchaient, signaient des documents, et on leur signifiait d'un coup de menton d'aller à côté. La double porte sur notre gauche s'ouvrait à un rythme régulier. Un autre policier en sortait, muni de papiers qu'il tendait à un jeune garçon ou à une jeune fille avant de lui indiquer de rejoindre le parent qui était venu le chercher. Quelquefois, le policier signalait au jeune manifestant qu'il recevrait une convocation de la municipalité pour se présenter à la cour.

À cette annonce, j'ai senti les genoux de Raphaëlle fléchir.

— Batiste pourrait être poursuivi?

— Je ne sais pas, ma chérie.

Puis je me suis dirigée vers le comptoir et je me suis présentée.

— Papiers, m'a ordonné le policier rougeaud qui semblait trouver sa journée bien éprouvante.

J'ai sorti mon permis de conduire et je le lui ai tendu.

— Nom.

— Olivia Lamoureux, ai-je répété.

— Non, pas vous, s'est-il impatienté. L'énervé que vous êtes venue chercher.

— Batiste Lamoureux. C'est mon petit-fils. Son père…

Il m'a dit d'un ton bourru qu'il n'avait pas besoin d'en savoir davantage. Tant que quelqu'un de la famille se portait garant, ça lui suffisait. Il a consulté sa liste. Au bout de cinq ou six pages, il a trouvé. À l'aide d'un marqueur, il a tracé une ligne jaune sur le nom de Batiste. Il m'a tendu deux documents différents. De son gros doigt, il m'a indiqué où signer.

J'ai lu en diagonale les papiers en question et j'ai signé les deux.

— Attendez à côté, ça ne devrait pas être trop long.

Nous sommes allées nous agglutiner avec les autres. Il n'y avait aucune chaise libre. J'étais en nage. J'ai décidé de jouer la vieille dame en m'agrippant aux dossiers et en marchant à petits pas, histoire que quelqu'un me cède sa place. Lorsque deux sièges se sont libérés comme par magie, Raphaëlle, étonnée de mon audace, m'a tout de même entraînée pour que je m'assoie.

— Ben oui, lui ai-je chuchoté. Le grand âge, il faut bien que ça ait des avantages !

Le flot de parents venus récupérer leurs enfants diminuait assez rapidement. En voyant l'âge des étudiants qui avaient été arrêtés, puis libérés, j'ai demandé à ma petite-fille si elle ne trouvait pas, elle aussi, que ces jeunes avaient l'air beaucoup plus vieux que son frère.

— La plupart sont des étudiants de cégep ou d'université. Pourquoi tu me demandes ça, Mamou ?

— Parce que Batiste a juste quinze ans et qu'il est au secondaire ! Qu'est-ce qu'il faisait là avec ces jeunes adultes ?

— Mamou, m'a-t-elle dit tout bas – elle voulait sans doute épargner à nos voisins nos réflexions sur Batiste –, c'est pas d'hier que mon frère est impliqué dans les causes étudiantes et humanitaires. Il a commencé ça à la maternelle, je pense. Il défendait déjà les petits gros et les filles à lunettes qui se faisaient écœurer. Après, il y a eu sa période « sauvons la planète ». On lavait nos déchets, on triait, on recyclait. Il conteste et manifeste plus qu'il étudie. Il fait partie du journal étudiant, il est président de je ne sais plus combien de comités antipollution, antiguerre, antitout, en fait. Pourquoi tu penses que papa est souvent en colère contre lui ?

« Parce que ton père ne se rend pas compte que son fils est sa copie conforme », ai-je songé. Et dire que Marie, la seule qui pouvait calmer les choses entre Batiste et Vincent, était en Europe. La soirée n'allait pas être facile !

Durant l'attente qui s'éternisait, j'ai écrit un texto à Massimo.

Serai absente un peu plus longtemps. Problème familial.

La réponse n'a pas tardé.

Est-ce que tout va bien ?
Tout va.

Fidèle à son humour quelquefois lubrique, il m'a écrit qu'il était en train de s'envoyer en l'air avec son oncologue, que je pouvais donc prendre mon temps. Le tout suivi d'une série d'émoticônes à saveur grivoise. Je savais qu'il n'en était rien, mais sa bonne humeur m'a fait du bien. Puis j'ai écrit un mot à Henri pour savoir si sa journée sur le plateau s'était bien terminée. Il m'a répondu aussitôt.

Tout le monde t'a adorée. Ils sont jaloux de ta maison. Si un jour tu es mal prise financièrement, j'ai des acheteurs ou des locataires pour toi. Et de ton côté ?

Je n'ai pas eu le temps de réagir, on a crié le nom de Batiste.

Raphaëlle s'est précipitée lorsque la porte de gauche s'est entrouverte. On a découvert un Batiste blessé à l'arcade sourcilière, qui boitait légèrement, mais avec la rage dans l'œil. Raphaëlle lui a sauté au cou. Il a tenté de se dégager, mais elle l'a maintenu contre elle quelques instants. Lorsque le policier l'a averti que ça risquait de ne pas en rester là, vu son jeune âge, tout son corps s'est raidi. Un jeune étalon qui piaffait. Je lui ai mis la main sur l'épaule pour calmer ses ardeurs et surtout pour l'empêcher de bondir sur le policier.

— Merci, monsieur l'agent, lui ai-je dit poliment. Ne vous en faites pas, il y aura aussi un suivi à la maison.

J'ai entraîné de force Batiste, histoire qu'il ne remette pas ça en plein poste de police. Lorsque nous avons été tous les trois dehors, il s'est dégagé promptement.

— Bon, on rentre-tu à la maison ? J'imagine que p'pa est au courant.

— Pas encore, lui a appris Raphaëlle tandis qu'on se dirigeait vers la station de taxis la plus proche. Mais tu pourrais au moins remercier Mamou. Si elle n'avait pas été là…

— Merci, Mamou, a fini par dire Batiste. Mais tu comprends, je ne pouvais pas faire autrement. Il fallait que des jeunes comme moi viennent grossir les rangs. Sinon rien ne bouge jamais. Tu te rends compte…

Je l'ai coupé dans son élan militant et lui ai demandé s'il pouvait la mettre en veilleuse pour ce soir. Le temps de faire avaler la pilule à son père.

— Il va me tuer, c'est sûr, a soupiré Batiste.

— Pas tant que je serai là. Je vais essayer de te sauver la peau des fesses, mais ce n'est pas gagné d'avance. Alors essaie de ne pas en rajouter, s'il te plaît. Ça m'aiderait.

Le taxi nous a déposés devant la maison de mes petits-enfants, où on a pu constater que la voiture de Vincent n'était pas encore garée près de celle de Marie. Même s'il ne l'a pas montré, je crois que le plus soulagé d'entre nous était Batiste. J'ai ordonné aux enfants de m'aider à préparer le repas. Ensemble, nous y sommes parvenus avant le retour de leur père. Pâté chinois, salade, et des fruits pour dessert.

Lola a aboyé comme une hystérique devant la porte d'entrée, nous avertissant que Vincent venait d'arriver. Il a été étonné de me trouver dans sa cuisine.

— Hein ? Belle surprise ! Tu manges avec nous ? C'est toi qui as fait le souper ?

— Non, nous trois ! ai-je répondu d'un ton joyeux.

Il avait l'air complètement fatigué. Il m'a embrassée avant de demander si ça ne me dérangeait pas qu'il aille prendre une douche avant le repas.

— Où sont les monstres ?

— Dans leurs chambres, ils font leurs devoirs.

— Enfin ! Une maison normale où les ados se comportent comme de jeunes adultes responsables.

Je me suis concentrée sur la préparation de la salade et n'ai fait aucun commentaire.

Puis nous nous sommes mis à table. Batiste étant totalement absorbé par son assiette, Raphaëlle a fait les frais de la conversation. Elle nous a raconté son projet de recherche en journalisme, un métier qu'elle envisageait. J'ai fait diversion, moi aussi, en racontant le tournage et mon petit échange avec Judi Dench.

— C'est qui, ça ? a demandé Batiste, la bouche pleine.

Puisqu'il ne semblait pas au courant de mon projet de location de maison pour le tournage, Raphaëlle l'a mis au parfum.

Vincent a parlé de sa journée de travail. Ils avaient peiné comme des fous pour terminer l'installation d'une énorme sculpture qu'un client voulait dans son jardin. Il nous a raconté les deux immenses queues de baleine qui trônaient au milieu de graminées qui, une fois balayées par le vent, donnaient l'impression de vagues. Il nous a promis des photos après le repas puisque les cellulaires et tablettes étaient interdits à table. Puis c'est arrivé. Batiste a tout avoué.

— Ben moi, j'ai été arrêté par la police. Et détenu toute la journée. Une chance que Mamou était là.

Vincent a failli avaler sa fourchette.

— Quoi ? a-t-il réussi à prononcer.

Lola s'est mise à aboyer à son tour. Raphaëlle l'a fait taire aussitôt.

Je sentais qu'il fallait que j'intervienne.

— Oui, bon…

J'ai pris une grande inspiration et j'ai regardé mon fils droit dans les yeux.

— Vincent, il n'y a pas eu mort d'homme ! On peut essayer de voir ça calmement. Batiste a été arrêté à la manifestation étudiante. Il y a eu du grabuge. Ton fils s'est retrouvé pris dans la bagarre. C'est moi qui suis allée le chercher au poste.

Vincent a explosé en repoussant son assiette d'un geste brusque.

— Encore tes maudites manifestations ! Batiste, tu as quinze ans !

— Bientôt seize, a-t-il rectifié.

— Ça ne paraît pas beaucoup, a grogné Vincent. Attends-tu de te faire tuer ? Quand est-ce que tu vas comprendre que tu n'as pas à intervenir ?

La réplique de Batiste n'a pas tardé.

— Ah non ? Je n'ai pas à intervenir ? C'est de notre avenir qu'il s'agit. Si tout le monde pensait comme toi, on n'irait pas loin. On irait direct dans le mur. Parce que c'est là qu'on s'en va, au cas où tu ne t'en serais pas aperçu. Dans le mur !

Mon petit-fils a fait tomber sa chaise dans l'élan qu'il a pris pour se lever et, avant de quitter la pièce, il a débité une longue litanie sur tous les enjeux qu'il jugeait importants. On était sans voix. Il était question des frais de scolarité, de la liberté de parole, des journalistes qu'on bâillonne, de la pauvreté, des droits des travailleurs, de l'égalité hommes-femmes, du plafond de verre rarement franchi. Et dans la même veine, il a fait l'inventaire de tout ce qui ne tournait pas rond dans le monde.

— Tu y penses des fois, toi, aux immigrants avec leurs petites valises, à tous ceux qui espèrent une vie meilleure et qui se noient faute d'être sauvés à temps ? Tu as déjà vu les photos des Syriens dans leur pays entièrement démoli ? Celles de leurs morts ? Tu penses à toutes les victimes du terrorisme dans le monde ? Aux jeunes filles mariées de force à douze ans ? Aux Rohingya qu'on a chassés sans raison ? Aux enfants qui travaillent dans les mines ou qui se prostituent pour faire vivre leur famille au lieu d'aller à l'école ? À tous les problèmes de famine, de harcèlement, de menaces en Afrique ? Aux jeunes filles enlevées par Boko Haram ? Aux homosexuels victimes de dénonciation en Russie ? Est-ce que ça t'arrive de songer aux Dreamers qui seront bientôt sans patrie, sans pays à cause d'un fou ? Tu t'imagines la vie des jeunes femmes et des enfants qui servent de bombes humaines ? Est-ce que tu…

Puis il s'est arrêté d'un coup, à bout de souffle, au bord des larmes. Tout en traversant la salle à manger et le couloir qui menait à sa chambre, il a continué sa nomenclature. On entendait des bribes : « Morts… prisonniers de guerre… détournements de fonds… dictateurs… décapitations… vols… viols… » Une porte a claqué et tout est devenu silencieux.

On est restés assis sans parler, sans bouger, sans même se regarder. Puis, tranquillement, Vincent a rapproché son assiette et a piqué sa fourchette dans le pâté.

— C'est froid.

— Je peux te le réchauffer au micro-ondes, si tu veux, lui a proposé Raphaëlle.

— Oui, je veux bien. On arrêtera pas de vivre pour monsieur-je-dois-sauver-la-planète-à-tout-prix !

Raphaëlle a pris l'assiette de son père et la mienne du même coup. Elle est revenue chercher la sienne.

J'ai tendu ma main vers celle de mon fils.

— Il ne te rappelle pas quelqu'un ?

Vincent est resté fermé à cette question. J'ai pris Raphaëlle à témoin.

— Tu aurais dû voir ton père à cet âge-là. Batiste a de qui tenir. Je me rappelle ce jeune garçon qui m'obligeait à rouler à dix milles à l'heure sur une route bordant la plage aux États-Unis... Tu t'en souviens, Vincent ?

Ce dernier a grommelé et s'est intéressé à son plat réchauffé que lui tendait Raphaëlle.

— Pourquoi il fallait que tu roules si lentement ? a demandé celle-ci en me donnant mon assiette.

— Tout simplement parce que cette petite route était un passage de tortues et qu'on risquait de les écraser. Il en faisait une maladie.

J'ai renchéri avec un autre exemple pour prouver que le père et le fils étaient de la même eau.

— Et qui est-ce qui avait fait signer une pétition en première année pour aider ceux qui subissaient du harcèlement ? Et toutes celles que tu avais lancées pour les profs au bord de la dépression qui quittaient l'enseignement, victimes d'étudiants qui avaient décidé de les faire craquer avant la fin de l'année scolaire ? Ça, c'est quand tu ne revenais pas la face en sang parce que tu t'étais battu pour défendre un ami ou une fille trop timide. Qui est-ce qui servait de chauffeur pour ramener les filles ou les garçons en état d'ébriété après des fêtes trop arrosées ? Te rappelles-tu aussi...

Vincent a mis fin à ma liste, qui ressemblait étrangement à celle de son fils, en déclarant que Batiste jouait avec le feu et la loi, un point c'est tout.

J'ai répliqué doucement que c'était lui qui avait appris à son fils à défendre la veuve et l'orphelin et que, comme Batiste avait une conscience sociale très aiguisée, ça s'étendait au monde entier.

— Vincent, la seule chose qu'on doit retenir, c'est que ce garçon en prend beaucoup trop sur ses épaules. Il veut sauver l'univers au complet. Il va falloir que tu lui parles. Marie aussi. Il est trop sensible, il va y laisser des plumes. Et si on n'agit pas, ça va empirer.

Raphaëlle est intervenue calmement.

— Papa, je sais pourquoi tu es en colère contre Batiste.

Elle l'a fixé droit dans les yeux, comme pour l'obliger à bien entendre ce qu'elle avait à dire.

— Tu as peur pour lui. Tout simplement. Dans le fond, tu es d'accord avec presque toutes les causes qu'il défend. Mais tu ne veux pas qu'il lui arrive quelque chose de grave. Je le connais, mon frère, si tu es trop dur avec lui, ça va être pire. Il faut juste qu'on essaie de le modérer dans ses interventions, pas l'empêcher d'être ce qu'il est.

J'ai songé, à cet instant, que ce n'était peut-être pas vers le journalisme que Raphaëlle devrait se diriger, mais vers la psychologie. Cette petite avait une façon d'apaiser les gens – elle l'avait fait souvent avec moi, même lorsqu'elle était toute jeune – et réussissait habilement à remettre les choses en perspective, à amener subtilement les gens à réfléchir à la situation présente et à mieux respirer. *La fille aux yeux rayons X,* celle qui voit à travers les gens.

La mâchoire de Vincent s'est détendue presque aussitôt. Son dos aussi.

— Je sais, tu as raison, ma puce. Mais ce soir, je ne sais pas quoi lui dire. J'ai peur de m'emporter, je suis trop fatigué.

— J'ai un papa-ninja et je ne le savais pas, a rigolé Raphaëlle tout en débarrassant la table.

J'ai deviné que mon fils avait ses batailles personnelles. Qu'il tentait de lutter encore contre les inégalités à son travail et dans la vie de tous les jours.

— Je sors Lola pour le dernier pipi. *Cowabunga!* a lancé Raphaëlle en direction de son père.

Vincent a répondu à ce cri de ralliement, se moquant de lui-même. Je me suis rappelé une période où mes petits-enfants, après avoir visionné *Les Tortues Ninja* en boucle, nous servaient cette expression à toutes les occasions.

Avant de quitter la pièce, Raphaëlle m'a montré du menton l'assiette à peine entamée de Batiste. Je lui ai fait signe que je m'en occuperais plus tard et je suis restée seule avec mon fils.

— Papa-ninja ? lui ai-je demandé doucement.

Je lui ai arraché un sourire.

— Vincent, tu as des enfants formidables. Ils sont intelligents, impliqués…

Devant son regard désapprobateur, j'ai rectifié.

— *Trop* impliqués, peut-être, mais ils ne mentent pas, ne trichent pas, ne vendent pas de drogues, ne se soûlent pas, ne font pas de fugues, ne sont pas violents, réussissent leurs études. Ils ne vont pas s'engager dans les groupes terroristes demain, ni tuer personne. Ils veulent le bien de la planète. Qu'est-ce que tu peux demander de plus ? Je te rappelle que c'est toi qui leur as transmis ces valeurs.

— Je sais, je sais, m'a-t-il répété, à nouveau impatient. Mais… j'ai peur, comprends-tu ça ? J'ai tout le temps peur pour eux.

Les larmes n'étaient pas loin dans sa gorge. Il s'est mis à énumérer tout ce qu'il craignait pour ses petits. Qu'un chien les morde, qu'ils tombent du balcon, qu'ils se noient dans une piscine, qu'ils se fracassent le crâne sur le trottoir, qu'ils s'électrocutent en mettant le doigt dans une prise.

Je me suis rappelé avoir vu souvent mon fils sur le qui-vive. Quand ses enfants venaient de naître, il avait peur de les briser. Mais il était là, partout, tout le temps. Un papa omniprésent. Heureusement que Marie s'employait à le calmer. Elle se moquait gentiment de lui.

— Je suis devenu un papa poule, m'a-t-il avoué. Et quand ils sont devenus des adolescents, les dangers sont devenus proportionnels à leur grandeur.

Je le revoyais, lorsqu'on allait en vacances à Cape Cod, affolé durant le passage vers la plage. Lorsqu'on avait franchi ce bout de route, il m'obligeait à m'arrêter sur le bas-côté, il descendait et allait vérifier que l'on n'avait pas laissé de victime sur la chaussée.

J'ai approché ma chaise de la sienne.

— Tu ne veux pas que tes petites tortues se fassent écraser, lui ai-je dit. Tu ne veux pas qu'elles souffrent, tu ne veux pas que la vie soit dure avec elles. Mais tu sais aussi que tu ne peux pas tout leur éviter. Tu aurais fait quoi si je t'avais dérouté de la moindre aventure que tu allais entreprendre ? De la moindre découverte que tu t'apprêtais à faire ?

Devant son silence, j'ai répondu à sa place :

— Tu m'en aurais voulu à mort, Pilou, et tu te serais éloigné de moi en courant pour faire ce que tu avais en tête, ce que tu croyais juste. Et surtout, tu ne serais jamais devenu le garçon formidable que tu es aujourd'hui, le papa inquiet, certes, mais le plus aimant qui soit. Je me trompe ?

Il m'a enfin regardée. Ses beaux yeux clairs étaient remplis de larmes, mais il souriait. Tout comme

Raphaëlle, je découvrais la vraie nature de mon fils. J'avais un fils-ninja, un combattant-tortue qui défend la veuve et l'orphelin. Et j'en étais très fière.

— *Cowabunga!* ai-je lancé à mon tour en me levant.

— Laisse, m'a-t-il dit. Je vais ranger ce qui reste.

— Parfait.

J'ai pris la part de souper de Batiste et l'ai mise au micro-ondes quelques instants.

— Batiste doit mourir de faim. Je vais lui parler. Ne tarde pas à le faire, toi aussi.

Il a hoché la tête en signe d'assentiment et est venu m'embrasser.

— Reviens quand tu veux, O.K.? Ça fait du bien.

— Promis.

Je me suis éloignée en direction de la chambre de Batiste. La petite chienne était maintenant revenue de sa balade et était allongée devant sa porte. Décidément, tout le monde veillait sur tout le monde dans cette maison! C'était rassurant. Je suis restée un instant à relire l'inscription que Batiste avait placardée sur sa porte. Elle était signée par Martin Luther King et ne laissait aucun doute sur l'implication politique de mon petit-fils. Certains mots étaient soulignés au crayon noir: «Nous aurons à nous repentir pas seulement pour les mots haineux des gens mauvais, mais pour le silence épouvantable des gens bien.» Puis j'ai toqué doucement. Après plusieurs minutes, Batiste a ouvert et m'a laissée entrer. Lola a trottiné vers la chambre de sa maîtresse puisque je prenais le relais. Mission accomplie et dodo mérité.

J'ai tendu à Batiste son plat. Il s'est précipité et a engouffré le repas en trois bouchées.

— J'ai pas mangé de la journée. Penses-tu qu'ils nous auraient nourris au poste? Bien sûr que non! Encore une injustice…

— Batiste, j'aimerais ça que tu m'écoutes. J'ai quelque chose d'important à te dire.

— Vas-y, Mamou, m'a-t-il répondu, la bouche pleine. Y est écœurant, ton pâté chinois !

— Tu sais que je ne suis pas là pour te faire la morale, ni pour te dire d'arrêter toutes tes activités de militant. Je veux juste que tu te rappelles que, même si tu t'en vas sur tes seize ans, tu es bien jeune encore…

— Il n'y a pas d'âge… a-t-il rétorqué aussitôt.

— Oui, il y a un âge… pour chaque chose. Il n'y a pas que des jours sombres sur la planète. Il y a tous les autres. Et ceux-là, tu n'en profites pas.

— Ben moi, j'ai pas envie de vivre sur le bout des pieds, à penser que je pourrais consommer tout ce qui existe sur le marché et à oublier que d'autres ont rien.

— Personne ne te le demande, Batiste.

Je lui ai expliqué que, de tout temps, il y a eu des résistants, des combattants, des gens qui ont voulu changer le monde et ses inégalités.

— Toi, pour le moment, tu n'as que ton petit poing levé, tes cris de ralliement et, chaque fois, tu mets ta vie en danger. Surtout que dans les manifestations d'aujourd'hui il y a de plus en plus de violence. Toi et tes amis, vous essayez de manifester dans le calme, mais la donne a changé. Il y a des manifestants d'extrême droite, des agitateurs, des casseurs qui ne sont là que pour foutre le bordel, et cette nouvelle situation vous expose à plein de risques. Cette façon de vouloir changer le monde, ça ne fait qu'alerter les autorités sur un problème, elles ne s'attardent pas à votre cause, elles ne retiennent pas le sujet de vos protestations, elles ne voient que les dommages collatéraux causés par votre manifestation. Ça ne fait souvent qu'attiser la haine et la violence. Tu n'es pas plus entendu. Ton véritable message ne passe pas. C'est souvent comme un coup d'épée dans l'eau.

Ceux qui aident, qui combattent, qui résistent ont pu le faire une fois qu'ils ont eu en main les connaissances pour venir en aide. Tu veux défendre, secourir ? Eh bien ! Emploie ton temps à acquérir les outils pour le faire. Apprends le métier qui te permettra d'être entendu et de pouvoir aider réellement, sur le terrain.

Je lui ai fait une liste de suggestions : médecin sans frontières, avocat des droits et libertés, pilote d'hélicoptère, brancardier, reporter de guerre, professeur pour les plus démunis…

— Tu peux apprendre à creuser des puits, à devenir un orateur qui va attirer les foules et dénoncer les inégalités ou un politicien qui va faire bouger les choses, ou encore comment nourrir les populations, comment contrer la pauvreté. Pour ça, il faut que tu étudies. Tu ne peux pas manquer l'école comme tu le fais et risquer d'avoir un casier judiciaire qui va te suivre toute ta vie.

J'ai regardé mon Batiste, avec ses grands yeux verts, son beau visage. Il m'écoutait sérieusement, et je sentais que mon message faisait tranquillement son chemin. Du moins, il ne protestait pas, n'offrait que peu d'arguments pour contrer ma position.

— Continue de te renseigner sur toutes les inégalités et bats-toi avec les armes que tu possèdes, ai-je enchaîné. Écris dans ton journal étudiant, dans les journaux, sur le Web.

Je n'ai pu m'empêcher d'ajouter qu'il devrait pour ça approfondir ses notions de français, qui franchement laissaient à désirer. Raphaëlle m'avait avoué que c'est elle qui corrigeait les papiers que son frère signait.

— Déjà, ça serait plus efficace. Non ?

— Oui… oui, je sais, c'est pas fort, fort de ce côté-là. Mais tu comprends, Mamou, j'ai peur de m'embourgeoiser.

Je me suis retenue de rire. Comme il était charmant, Batiste !

— Il n'y a pas beaucoup de risques que ça arrive, mon grand, lui ai-je dit en lui pinçant doucement la joue. Et j'aimerais ça, lire tes textes. Tu pourrais me les envoyer… On pourrait en discuter. Tu sais, malgré mon âge, je suis pas mal habile avec les réseaux sociaux, Internet et tout ça.

Il a ri franchement.

— Je sais, Mamou.

Puis il m'a déclamé avec emphase ces mots, sûrement empruntés à l'un de ses héros libres penseurs :

— Tu es *pleinement consciente et terriblement vivante*, ma Mamou! J'aime ça, une grand-mère comme toi.

Tellement contente d'apprendre que j'étais encore considérée par la jeunesse malgré mon âge avancé, je l'ai embrassé dans ses boucles touffues.

En quittant la maison de Vincent, je me suis surprise à fredonner dans le taxi cette chanson de Simply Red que mon fils faisait jouer du matin au soir à une certaine période de son adolescence. Un ver d'oreille, mais un joli ver. La mélodie me rendait nostalgique, et je n'avais pas pu oublier les paroles. Paroles qui me touchaient toujours autant.

Holding back the years…
Chance for me to escape from all I know
Holding back the tears
'Cause nothing here has grown
[…]
I'll keep holding on
Holding, holding, holding
[…]
That's all I have today
It's all I have to say

Si on pouvait retenir les années… Tout va trop vite. Tout se bouscule. Et tout est souvent à recommencer…

*

La leçon de vie avait porté ses fruits puisque, dans les jours suivant cette conversation, Batiste m'a envoyé cette phrase extraite de la pièce *Incendies* de Wajdi Mouawad : « Maintenant que nous sommes ensemble, ça va mieux. »

Et j'ai su, ce jour-là, ce que je lui offrirais pour Noël. J'ai tricoté une série de carreaux rouges, bleus, jaunes, noirs, blancs et verts, qui, au moment du printemps érable, dans son monde étudiant contestataire, avaient leur propre signification pour un Québec sans pauvreté, le refus de grève, l'appui pour un étalement des frais de scolarité, etc., et je lui ai confectionné une couverture « à caractère politique » faite de ces carrés de couleur porteurs de sens pour tous les révolutionnaires de sa trempe. Couverture qui, je l'ai appris plus tard par Raphaëlle, a étonné tous les copains de son frère qui n'ont pas compris l'engouement de leur ami pour cette « courtepointe de grand-mère » !

Vincent aussi a fait son bout. Il y a eu d'abord quelques conversations sérieuses entre père et fils. Cela ne s'est pas fait sans heurts, semble-t-il, mais chacun a pu mettre sur la table son opinion et ses convictions. Vincent a pris une décision qui m'a surprise au plus haut point, mais qui a réjoui son fils : le papa-ninja a décidé que dorénavant il accompagnerait Batiste lorsque ce dernier participerait à une manifestation. De cette façon, il pourrait jeter un œil protecteur sur sa progéniture, mais soutiendrait également la cause aux côtés de son fils. « Père et fils unis dans la bataille ! Formidable ! me suis-je dit. Il n'y en a plus juste un qui va m'inquiéter. Ils vont être deux à m'empêcher de dormir ! »

7

Avec sa première neige, l'hiver nous a tous surpris. Comme chaque année. On avait vite repris l'habitude de s'installer confortablement dans les ors et les rouges, les orangés et les teintes brûlées, en s'imaginant que ça n'allait jamais s'arrêter. Une fois de plus, on avait résisté le plus longtemps possible à «rentrer l'été». À tout rabattre dans le jardin. À laisser mourir ce qui doit le faire durant une saison sans fin. On se surprend à regarder plus souvent par la fenêtre qu'à se trouver dehors. Le vent est frais. Il souffle, il balaie tout sur son passage. Les feuilles qu'on a mis tant de temps à ramasser et à placer, la veille, en un énorme tas sont maintenant à nouveau répandues sur la pelouse. Tout est à recommencer. En prime, on a hérité de celles du voisin, qui ne les ramasse jamais, lui. Pourquoi le ferait-il? Il lui suffit d'attendre une bonne bourrasque pour que ses feuilles s'enfuient sur le terrain d'en face. Le mien, en l'occurrence. Il a le vent de son bord.

J'ai retrouvé ma maison avec joie. Telle qu'elle était. L'équipe des décors avait tout remis en place, comme il était stipulé au contrat et comme me l'avait promis Henri. En prenant possession de la maison, ils avaient photographié chaque pièce, chaque plancher, chaque mur pour qu'à la fin du tournage ils puissent tout remettre en ordre. En prime, Henri et son équipe m'avaient offert un magnifique ottoman qui, agencé au tissu du canapé du salon, lui confère belle allure. Une petite merveille. De quoi s'étendre les jambes pour lire ou rêvasser, ou encore y déposer un plateau avec tous les accessoires pour prendre le thé ou l'apéro.

— Tu vas adorer ça, m'avait précisé Henri. Je ne pouvais pas le rendre au magasin, et comme je l'avais fait recouvrir du même tissu que ton divan… Il est à toi. Ça te fera un souvenir.

À mon retour, j'ai pris le temps de visiter chaque pièce comme si j'y revenais après une longue absence. Comme elle était belle, cette maison ! Comme elle me plaisait ! Cette ambiance feutrée dans les tons de crème, du plancher au plafond, lui conférait cette touche propre aux maisons de bord de mer. Sans compter la luminosité qu'elle procurait aux gens qui y vivent. Il n'y manquait que mon amoureux et mes amis pour que tout soit parfait.

J'ai déménagé les chaises Adirondack là où elles avaient été installées pendant la scène du film à laquelle j'avais assisté. Heureusement, la neige n'avait laissé qu'un léger tapis. J'avais envie de les voir à cet endroit, même durant l'hiver. Leur place officielle serait dorénavant sous le saule pleureur, dans un face-à-face invitant, plutôt que près de la piscine comme par le passé. Je m'y assoirais avec plaisir, le printemps venu, et me rappellerais l'émotion ressentie lors de ce moment avec la grande dame et celui qui interprétait son fils. Peut-être qu'un jour je convierais le mien dans ce nouveau décor. Histoire de chanter ensemble ce souvenir qui nous est propre : *Holding back the years…*

En définitive, j'étais contente d'avoir réintégré mes terres, même si j'avais pour cela délaissé mon ami Massimo. Je n'avais plus de raison de rester plus longtemps chez lui. Le prétexte que j'avais utilisé pour le convaincre de m'héberger ne tenant plus, j'avais dû plier bagage. Son état de santé s'améliorait de jour en jour. Les traitements, quoique douloureux, semblaient chose du passé. Mon ami se remettait tant bien que mal. Il n'était absolument pas question de travail pour le moment, il était encore trop faible, mais, lorsque j'avais commencé à me ramasser pour faire oublier ma présence dans la maison, j'avais senti qu'il était content de se retrouver seul, même s'il avait apprécié chaque petite gâterie et soin particulier que je lui avais prodigué. Ça me ferait mal de le savoir esseulé dans cette demeure démesurément grande pour lui. Heureusement, les ronrons de ses deux chats et la musique jouant en permanence masqueraient un peu l'écho des pièces vides.

Je m'étais inquiétée de ses finances et de la façon dont il pouvait s'acquitter de sa très lourde hypothèque et de ses charges tout aussi écrasantes. Sa fatigue extrême le convainquait chaque jour qu'il était loin d'être prêt à retourner sur les plateaux et il n'avait plus l'envie ni la force de gérer son *B & B*. J'avais suggéré, la veille de mon départ, la possibilité de vendre Le Magnolia avant…

— Avant qu'il soit trop tard ? avait-il complété.

— Non… Je veux dire… Tu es malade, Massimo. Tu as moins de forces et moins de moyens qu'avant… Inutile que je te rappelle que tu n'as que toi pour combler les manques à gagner. Est-ce que tu vas passer toutes tes nuits à te demander comment joindre les deux bouts alors que tu es fragile ? Tu le dis toi-même, tu croules sous les dettes.

— Ça peut encore aller…

Je ne voulais pas l'accabler davantage, mais je n'avais pu faire autrement qu'intervenir.

— Voyons, Massimo, les factures s'accumulent sur ton bureau depuis des mois. Il n'y a pas une journée sans qu'une compagnie appelle pour réclamer ce que tu lui dois, et tu es obligé d'inventer des mensonges de plus en plus tordus pour toutes les convaincre que leur chèque a été posté ou qu'il s'en vient.

À cette évocation, il avait eu un faible sourire.

— Je sais, je sais.

Je le sentais épuisé, au bout du rouleau. Je lui avais proposé une aide financière. Il avait refusé catégoriquement en se faisant croire qu'il allait réussir. Que le vent tournerait. Mais j'avais insisté encore et encore. Je voulais le savoir en sécurité, quoi qu'il arrive.

— As-tu besoin d'une si grosse maison pour être bien ? De toute façon, tu ne vis que dans ton studio...

— Je sais tout ça, *principessa*. Aujourd'hui, je suis trop fatigué pour envisager quoi que ce soit. Je te jure d'y penser demain...

Et lorsqu'il avait tourné le dos pour s'en aller vers ses appartements, je l'avais entendu ajouter :

— Ou après-demain.

J'avais bien essayé, à quelques reprises durant mon séjour, de lui dire qu'il était peut-être temps de renoncer à cette immense demeure. Il y avait vécu des jours formidables, mais elle était devenue un éléphant blanc qui absorbait tous ses revenus, y compris le peu d'argent qu'il avait placé pour ses vieux jours. Une maisonnette avec un jardin ou un appartement moderne lui apporterait sûrement des nuits plus confortables à dormir sur ses deux oreilles. Il tirait constamment le diable par la queue, et ce, malgré tous les efforts qu'il avait faits pour garder Le Magnolia.

Je lui avais rappelé les raisons pour lesquelles j'avais dû vendre la maison jaune : trop grande pour moi toute seule, trop de travaux urgents et pas assez de revenus pour les faire. Un terrain qui demandait trop d'efforts que je n'arrivais pas à fournir et qui coûtait trop cher d'entretien.

— J'y ai été follement heureuse, et la nouvelle maison me sied tout à fait. C'est la même, en réalité, en plus raisonnable.

Si j'avais su plus tôt que Bernardo serait l'homme de ma vie, j'aurais pu la garder. À deux, on y serait arrivés. Je savais ce que je voulais en quittant la maison jaune. À peu près la même, mais en plus petit, en plus abordable. Et si un jour je devais la quitter, eh bien, il y aurait autre chose ! Je me rendais compte que toutes les conversations que Massimo et moi avions eues à ce sujet n'avaient servi à rien. En bouclant mes valises, j'espérais qu'à son retour Bernardo réussirait à le convaincre d'entreprendre les démarches pour vendre.

J'y repensais en regardant par la fenêtre qui donnait sur le jardin. Maintenant, tout était recouvert d'une pellicule blanche. Le cadeau de la nuit dernière. La couche de neige était mince, c'est dire que l'automne n'était pas enfoncé en profondeur dans la terre. Son souvenir était encore assez vivant. Ce maquillage de clown blanc étalé sur la piste ne faisait rire personne. Pas moi, en tout cas. Il annonçait que le grand sommeil était commencé. Il préparait à la magie de cette saison ceux qui apprécient les sports de glisse et le patin. Moi, je songeais surtout à son verglas, ses froids mordants, ses séances de pelletage toujours à recommencer, ses chutes sur glace qui peuvent s'avérer douloureuses, ses longs jours à me languir de voir enfin le vert renaître sous le blanc. Je prenais le temps, bien au chaud à l'intérieur, d'observer mon jardin paré de son costume d'hiver. Et je soupirais déjà d'impatience.

*

Bernardo m'a surprise en arrivant une semaine plus tôt que prévu. Il avait mis les bouchées doubles et avait terminé son travail plus rapidement qu'à l'accoutumée.

133

Il a sonné à la porte, sa valise à la main, et, lorsque j'ai ouvert, il m'a sorti sa phrase habituelle : *C'est moi, c'est l'Italien… Ouvre-moi, ouvre-moi la porte.* Mon amoureux avait coutume de me chantonner cet extrait d'une chanson interprétée par Serge Reggiani. Et le résultat était toujours le même : j'éclatais de rire et, l'instant d'après, je lui sautais au cou.

— Tu m'as manqué, *cara mia.* Je m'en voulais de te savoir toute seule, loin de notre maison, à t'occuper de Massimo. Un Massimo *normal*, c'est déjà quelque chose, un Massimo malade, c'est pas de la *torta* !

Torta en italien veut dire « gâteau ». Je n'ai pas corrigé Bernardo ; ça me plaisait de penser que, pour Massimo, on utilisait le mot « gâteau », au lieu de la tarte qui vient avec son sens péjoratif.

— Comment va-t-il ?

— *Non c'è male !* Pour l'instant, son corps se repose de toute cette merde qu'ils ont dû lui injecter dans les veines… pour le guérir.

Nos retrouvailles ont été délicieuses. Bernardo était content de rentrer à la maison et de retrouver mes bras, semble-t-il. Et moi, les siens. On s'est regardés longtemps, comme si ça faisait une éternité qu'on ne s'était pas vus. Il n'avait de cesse de glisser sa main sur mon cou, sur mon visage. Une caresse d'amour ou la découverte de quelques rides supplémentaires qui s'étaient installées à demeure sans que je m'en rende compte ? Ces dernières semaines, j'avais passé plus de temps à m'occuper du bien-être de Massimo qu'à m'examiner sous toutes les coutures devant le miroir. Et les pattes d'oie n'arrêtent pas leur apparition une fois qu'elles ont commencé leur course contre la montre…

À mon tour, j'ai glissé mes doigts sur les petites rides qui semblaient se multiplier autour de ses yeux. J'ai également découvert de nouveaux fils blancs qui s'étaient ajoutés à sa chevelure de jais. Il n'en était que plus séduisant. Son regard vif et sa bouche gourmande, eux, demeuraient intacts.

On vieillissait, c'est sûr. « Le corps vieillissant est un corps en mutation, comme le corps adolescent », disait récemment un danseur célèbre, mais j'ajouterais que le corps adolescent s'en va vers une promesse de vie tandis que l'autre, le vieux, s'en va vers une fin.

Je me suis tout de même rassurée : au moins, Bernardo et moi subissions cette mutation ensemble et à peu près au même rythme. J'ai pensé à toutes ces jeunes femmes qui ont épousé un *sugar daddy*, la plupart étant devenus des vieillards grabataires dont elles devaient dorénavant pousser le fauteuil roulant. Et à ces femmes qui partageaient leurs vies avec des jeunots. Plus les années avançaient, plus le décalage devait être terrible à supporter.

Avec mon Italien, je pouvais jouer le jeu du miroir sans trop de craintes. Bernardo n'a jamais été attiré par les jeunettes, ni moi par les petits jeunes. Tant mieux pour nous. Agatha Christie, alors âgée de quarante ans et venant de convoler en secondes noces avec un archéologue de vingt-six ans, disait qu'« un archéologue est un époux rêvé : plus sa femme vieillit, plus il s'intéresse à elle » !

Bernardo et moi avons, nous aussi, passé plusieurs heures à explorer le corps de l'autre à la recherche du plaisir perdu. J'adore redécouvrir mon bel amant patient. On n'a plus les jeux fous de nos premiers ébats, mais ce qu'ils ont perdu en fougue, ils l'ont gagné en qualité.

Bernardo, comme à chaque retour de voyage, avait chargé ses bagages de cadeaux. L'un de ceux-là nous a cloués au lit les premiers jours : une terrible grippe. Ce présent, je m'en serais passée. Tousser à s'en arracher les poumons, je ne suis pas sûre que ce soit mieux à deux. L'un n'est pas plus efficace et solide que l'autre. Et que je te frictionne les muscles endoloris, et que tu me donnes des cachets pour faire baisser la fièvre, et que je prenne ta température, et que tu m'obliges à avaler du sirop ! Et qu'on s'empêche de dormir à tour de rôle ! Mais une fois la fièvre, la toux et les inconvénients de la grosse grippe derrière et les boîtes de mouchoirs vidées et mises au recyclage, on a gardé le lit juste pour le plaisir. On a refusé les invitations, on est peu sortis, on n'a fait que les courses urgentes et on a flâné en pyjama. Les membres de nos deux familles ont dû se débrouiller sans nous. Pour une fois, Pachou et Mamou étaient aux abonnés absents. Agréable de constater que le monde peut tourner sans notre intervention ! Entre deux quintes de toux qui s'attardait, nous avons lu, visionné de vieux films, fait des siestes et pris des collations au lit. Le bonheur, quoi !

Cette cure de sommeil et de paresse avait remis mon homme sur pied. Et je devais admettre que cet intermède de repos m'avait fait le plus grand bien. Je n'avais pas réalisé que ces dernières semaines passées loin de la maison et auprès de Massimo m'avaient quelque peu ébranlée. À présent, j'allais mieux, moi aussi.

*

Et puis, alors qu'on ne s'y attendait pas, la vie nous a surpris de nouveau. Nous venions à peine de sortir de l'engourdissement dans lequel nous avait plongés cette maudite grippe qu'un appel nous a ramenés à la réalité. La triste réalité.

— Je suis foutu, a-t-il déclaré d'entrée de jeu.

Massimo conservait tout de même une voix enjouée.

— Qu'est-ce que tu veux dire, foutu ? lui ai-je demandé, soudain inquiète.

Je m'étais informée régulièrement de son état, et tout semblait aller mieux pour lui. Il avait même été question d'un tournage dans les mois à venir.

— J'ai deux autres cancers, *cara mia*, a-t-il déclaré comme s'il m'annonçait avoir reçu deux nouveaux trophées.

Je suis restée sans voix. Puis j'ai eu une quinte de toux tonitruante.

— Tu es malade ?

— Un gros rhume qui n'en finit plus de finir. C'est Bernardo qui est revenu avec ça.

— Ah ! Les rhumes italiens sont les plus jolis.

Il essayait de faire diversion.

— Euh… Si tu le dis. Mais toi ?

— Oui ?

— Tu as vu le médecin ? ai-je insisté.

— C'est le seul gars que je fréquente ces jours-ci ! Heureusement, il est pas mal de sa personne. Entre les injections d'hormones, les ordonnances et les examens, il a eu le temps de m'apprendre que les traitements de chimio n'avaient pas donné grand-chose. En plus de la prostate et des taches sur les poumons, j'ai un cancer de l'anus, et le foie semble atteint.

Je savais qu'il fallait que je remplisse l'énorme silence qui a suivi sa déclaration par un mot encourageant, une plainte, des sanglots, par n'importe quoi. Et je n'y arrivais pas. Rien ne sortait. J'étais sans voix, assommée et, en même temps, j'avais envie de hurler. C'est lui qui est venu à la rescousse.

— Ça va, *principessa*. Ça va. C'est presque la suite normale des choses.

J'ai protesté comme j'ai pu.

— Non. Attends. Qu'est-ce que tu veux dire ? La chimio…

— La chimio a fait ce qu'elle a pu, là on vient de changer de niveau. Cancer de stade 4.

Je cherchais désespérément une explication logique à tout ça, sachant très bien qu'il n'y en avait aucune de valable. Du moins à mes yeux. Alors j'ai accusé le corps médical.

— Ils ne t'ont jamais parlé de ça. Ils disaient…

Je me suis rappelé qu'avant sa chimiothérapie je lui avais demandé quel serait son protocole de traitements, quelles étaient les chances de guérison. Il m'avait répondu qu'il aurait de la chimio jusqu'à ce qu'il ne puisse plus la supporter. J'avais trouvé étrange qu'il ne pose pas plus de questions à son médecin. Je m'étais rendue à ses arguments. Il en savait suffisamment, disait-il. Il était comme ça, Massimo.

— Olivia. Je savais tout ça. Les médecins m'en avaient parlé. Mais je ne voulais rien entendre, faut croire. Je ne voulais pas en savoir plus. Je voulais rien savoir, en fait, a-t-il avoué. Là, je sais. Ils me l'ont répété plus fort… avec des mots plus précis… qui font plus mal, a-t-il ajouté tout bas.

— Laisse-moi faire mes bagages, j'arrive. Bernardo aussi va venir.

— Non, Olivia, non. Écoute-moi. Vous n'allez pas débarquer chez moi avec vos bagages, et vos microbes. Même s'ils sont italiens. Assez pour que je tombe malade et que ça soit mon coup de mort.

Comment réussissait-il à faire de l'humour… Moi, j'étais tétanisée.

— Non… non. Je commence demain une série de traitements de radiothérapie, ça devrait… m'aider. Peut-être faire un miracle, d'après le médecin. Mais tu connais ma position par rapport aux miracles ! Ah ! Au fait, j'ai mis la maison entre les mains d'un agent immobilier. Elle est en vente depuis hier. Tu vas être contente.

— Je ne suis pas contente, Massimo. Je suis… Je suis tellement triste de tout ce qui t'arrive, et je ne sais pas comment t'aider…

Je faisais des efforts surhumains pour ne pas éclater en sanglots. Massimo allait…

C'est lui qui m'est venu en aide, une fois de plus, en me disant que je pouvais avertir nos amis de la mise en vente du Magnolia.

— Peut-être qu'ils connaissent des fous comme moi qui auront envie d'une demeure…

Il a alors pris un accent très vieille France, aristocrate et snob sur les bords, pour me dire la suite :

— «Une grande demeure du siècle dernier aux allures Art déco.»

Puis il a adopté un gros accent québécois forcé pour terminer.

— Et surtout qui auront le *bacon* nécessaire pour se la payer.

Il demandait le même prix qu'il avait déboursé pour l'achat. Il ne ferait pas un sou avec cette maison; il allait seulement récupérer la mise de fonds qu'il avait investie dix ans auparavant.

— Ça sera peut-être suffisant pour que je m'offre un petit appartement, rien de bien luxueux, mais confortable et pas trop loin de l'hôpital. *La mia seconda casa.*

Il a rectifié l'expression italienne; il trouvait que c'était plus joli en français.

— Ma résidence secondaire !

Massimo me semblait survolté. On le serait à moins ! Je savais qu'il avait dû pleurer, mais qu'il se retiendrait devant moi, qu'il ferait plutôt le pitre. Mais je le connaissais suffisamment pour savoir qu'il en mettait beaucoup lorsqu'une situation gênante ou grave comme celle-ci le rendait mal à l'aise. Il en mettait plus que nécessaire, en rajoutait une couche avec ses airs grandiloquents.

— *Mia vita è stata bella! Finira presto, ma va bene così! Adesso non mi faccio illusioni. Perderò mia casa, perderò mia vita. Fatto!*

Même s'il me disait que sa vie était belle, qu'elle se terminerait bientôt, mais que c'était bien comme ça, qu'à partir de maintenant il ne pouvait plus se faire d'illusions, qu'il perdait sa demeure, il perdait sa vie, un point c'est tout, je savais surtout qu'il était envahi par le chagrin et qu'il préférait alléger ses propos.

Le silence s'est allongé. Les larmes n'arrêtaient pas de couler sur mes joues. Je les espérais silencieuses. Je prenais de profondes inspirations pour que ça ne s'entende pas dans ma voix.

— Tu veux que j'aille t'aider à préparer la maison pour les visites?

Il m'a avoué que tout était déjà prêt. Geneviève, la sœur de sa grande amie Juliette qui vivait à Paris, ainsi que Gladys, copine de cinéma et voisine de surcroît, lui avaient donné un coup de main pour aménager la maison. Il avait aussi fait venir sa femme de ménage, qui verrait chaque semaine à garder la résidence dans cet état.

— Tu me connais… Sans ça, ça va être le bordel permanent.

Ça m'a rappelé qu'à une époque il avait installé dans son vestibule un tapis qui disait en toutes lettres et en anglais que c'était dommage que le visiteur se présente maintenant parce que le ménage avait été fait la semaine précédente.

— La maison n'a jamais été aussi propre! On a même épuré. Les photos sont déjà publiées sur le site de l'agence immobilière. Va voir, c'est pas mal. Ça reflète bien la propriété. Enfin! Tu me diras. Pourvu que ça se vende vite. Après, on fera des boîtes.

J'ai repensé à tout ce qu'il avait fait dans cette demeure, aux efforts constants pour la garder somptueuse, j'ai songé à la décoration soignée, aux couleurs lumineuses, aux détails minutieux qu'il avait ajoutés au cours des années. J'ai songé également à tout ce qu'il avait fait dans sa vie. Lui aussi devait y penser.

— Au fait, quand tu appelleras nos amis pour la vente du Magnolia, tu peux les informer que je suis malade. À la seule condition qu'ils ne débarquent pas tout de suite chez moi, et pas tous en même temps. Je ne suis pas encore sur mon lit de mort. Je suis en traitement. Je n'ai pas du tout l'intention de passer mes journées au téléphone à les entendre pleurer. Pis vous deux, soignez-vous si vous voulez venir me voir.

Je savais que je ne pouvais rien ajouter. Pas aujourd'hui, en tout cas. Je l'ai embrassé, lui ai redit que j'étais là, que je l'aimais, qu'il n'était pas seul. Il a coupé court à notre conversation. J'ai raccroché et j'ai éclaté en sanglots.

Je pleurais si fort que Bernardo a été alerté par mes cris. Il s'est précipité dans la cuisine et m'a prise dans ses bras. Inquiet, il n'arrêtait pas de me demander ce qui était arrivé.

— *Cara mia! Cos'è successo?*

Je ne parvenais pas à parler. Je tremblais de la tête aux pieds. Il me berçait doucement, comme il le faisait avec les enfants de sa fille lorsqu'ils étaient petits.

— *Tutto va bene, tutto va bene!* Je suis là, je suis là.

Il avait beau me répéter que tout allait bien, je savais que ce n'était pas vrai. Tout allait de travers. Une bombe venait d'éclater dans ma poitrine et je ne savais pas comment l'enlever, comment l'empêcher de faire plus de dégâts. Massimo! J'aurais voulu crier, mais j'ai eu peur d'effrayer davantage mon amoureux. Il me tenait serré dans ses bras pour me rassurer, mais, devant mon immense chagrin, je le sentais mort d'inquiétude. Je devais prendre sur moi. Je me raisonnais en me répétant que je pourrais donner libre cours à ma détresse plus tard, lorsque je serais seule dans mon bain ou au bout du terrain. Je pourrais alors hurler à faire s'enfuir les oiseaux, à faire déguerpir les chevreuils, à faire tomber la neige des branches des bouleaux.

Mais pour l'instant je venais d'apprendre que j'allais perdre mon grand ami et j'aurais donné n'importe quoi pour que ça n'arrive pas. En même temps, il fallait que je garde espoir. Le nouveau traitement… Le prodige évoqué par le médecin… J'ai tenté de me calmer. Bernardo m'interrogeait du regard. J'ai réussi à prononcer un prénom.

— Massimo. C'est Massimo.

Il m'a enfermée de plus belle entre ses bras. Je n'ai pas eu besoin d'en dire plus. Il savait que les nouvelles n'étaient pas bonnes. On aurait tout le temps pour en parler, pour que je lui donne les détails de ce qui arrivait à notre ami.

En attendant, on se tenait l'un contre l'autre. On emprisonnait le corps de l'autre de peur qu'il disparaisse, on s'agrippait si fort l'un à l'autre, à s'en faire mal, à s'en briser les os. Mon visage dans son cou, ses bras autour de moi. Immobiles. Puis on s'est tenus par les yeux, longtemps. On a cherché avidement la bouche de l'autre. On s'embrassait partout. Sur les paupières, le front, les joues, les mains, le cou. Sans vraiment réaliser ce qu'on faisait, on s'est débarrassés de nos vêtements à une vitesse folle, nos mains empoignant la chair avec force, avec fureur, de peur que la vie ne s'échappe entre nos doigts. Nos bouches étaient partout à la fois, jusque dans la morsure. Deux corps impatients qui luttaient, comme pour se fondre dans l'autre, pour n'appartenir qu'à l'autre. Des cris de rage pour éloigner la mort, pour la faire fuir à tout jamais. On s'est pris sur le bord du comptoir, essoufflés, tendus, avec l'énergie du désespoir. Lorsque l'un semblait faiblir, l'autre le rattrapait aussitôt pour le ramener dans cette danse folle qui nous entraînerait jusqu'à l'épuisement. On n'avait jamais fait l'amour comme ça. Nos ébats étaient presque toujours empreints d'une grande douceur, de fous rires quelquefois, mais jamais comme maintenant.

Jamais avec la peur au ventre. Au moment de jouir, je me suis mise à pleurer. Bernardo a fait de même. Nos corps étaient secoués de sanglots. On avait peur pour Massimo, mais, pour la première fois, on avait aussi peur pour nous deux. On avait peur de se perdre.

*

C'est moi qui ai eu la difficile tâche de joindre nos amis et les collègues de travail de Massimo pour les mettre au courant de son état de santé et leur annoncer, par la même occasion, la vente du Magnolia.

— Il y aura beaucoup de meubles à vendre. Massimo ne peut pas tout emporter.

Ils étaient tous catastrophés par la nouvelle, se demandaient depuis combien de temps je savais, pourquoi il n'avait pas voulu en parler. Son amie Juliette – Massimo avait demandé à sa sœur, Geneviève, de garder le secret pour ne pas l'affoler outre mesure – était prête à sauter dans le premier avion. Personne n'a mentionné le nom de la Faucheuse, cette salope tapie dans le noir qui attendait patiemment pour venir l'arracher à la vie, pour nous l'enlever. Après un long silence au bout du fil, chaque fois, les questions tombaient.

— Tu crois qu'il y a encore un peu d'espoir ? s'est renseigné Albert.

— Il souffre beaucoup ? Je peux aller le voir ? a supplié pour sa part François.

— L'aider ? a insisté Henri.

— Est-ce que quelqu'un l'accompagne à ses traitements ? m'a questionnée Lulu.

— Est-ce qu'il est en colère ? a demandé Vincent. Est-ce que tu veux que je l'annonce aux enfants ?

— Est-ce qu'il a besoin d'aide pour trouver un appartement ? a offert Allison.

— Mamou, est-ce que tu veux que je vienne te voir ? m'a proposé Raphaëlle.

Et j'ai accepté. J'ai aussi tenté de répondre aux questions de mes amis, même si je ne connaissais pas toutes les réponses. J'ai suggéré quelques hypothèses, j'ai espéré la même chose qu'eux pour Massimo.

« Oui, je crois qu'il veut louer un appartement tout près de l'hôpital. Il va se sentir en sécurité. »

« Non, il n'a pas trop de chagrin pour Le Magnolia. Oui, il y a passé de belles années. »

« Peut-être qu'il serait content que tu ailles le voir. Appelle avant quand même. Tu le connais ! »

« Oui, il a perdu du poids, mais pas trop. Il est toujours aussi beau. »

« Je crois qu'il préfère aller seul à ses traitements. »

« Eh oui ! Il arrive quand même à faire de l'humour. »

« Non, il n'est pas prêt à faire ses boîtes, il attend que la maison soit vendue. »

« Je trouve ça difficile, moi aussi. »

« Malheureusement, il n'y a pas grand-chose à faire à part être avec lui quand il le demandera. »

Nous étions tous dévastés. Bernardo tournait en rond dans la maison. Je savais qu'il n'appellerait pas Massimo. Pas tout de suite. Ça ne se fait pas entre hommes, ou entre Italiens, allez savoir ! Je le laissais digérer sa peine et sa colère tout seul. C'est ce qu'il désirait.

Je suis allée chercher Raffie au terminus d'autobus. Elle avait une longue fin de semaine de congé et voulait la passer avec moi.

— Il me semble que tu dois avoir beaucoup de choses plus intéressantes à faire que visiter ta vieille Mamou, lui ai-je dit en déposant son sac de voyage dans le coffre de ma voiture.

— Non. La chose la plus importante aujourd'hui, c'est d'être avec toi. Et tu n'es pas vieille.

— Et ton chum?

— Quoi, mon chum? Antoine peut vivre quelques jours sans moi et moi sans lui.

Elle a pris place sur le siège du passager.

— Et sais-tu quoi? J'aurais envie que tu m'apprennes à tricoter.

— À tricoter?

— Oui, c'est important d'apprendre à tricoter, à coudre, à cuisiner si on veut se débrouiller dans la vie. Au rythme où la planète s'en va vers la catastrophe, on n'est sûr de rien pour l'avenir. Il faut savoir se réinventer, fabriquer, réparer, pas seulement acheter de façon compulsive.

J'ai passé mentalement en revue la garde-robe de ma petite-fille, qui n'avait pas la fibre acheteuse, contrairement à ses copains et copines de collège, grands consommateurs de vêtements, de gadgets, de trucs à la mode. Elle faisait peu d'achats. Elle préférait recycler les robes et les pantalons de sa mère ou encore donner une seconde chance à des habits qu'elle dénichait dans les friperies.

— Le tricot? Pourquoi pas, lui ai-je dit avec enthousiasme. Ça nous occupera les mains et la tête.

«Ce dont j'ai bien besoin ces jours-ci», ai-je pensé en dirigeant la voiture vers un magasin où je savais pouvoir me procurer de jolies laines. Et j'ai ajouté qu'elle pourrait fouiller également dans ma malle de vieilles pelotes, si elle préférait, pour être plus écolo.

— Mamou? As-tu de la laine rose?

— Rose? Non, je ne crois pas. Tu veux faire quelque chose avec du rose?

— Oui. Dans tous les tons de rose. On va tricoter tout plein de Pussyhats.

— C'est quoi, ça, des Pussyhats?

8

Un rang à l'endroit, un rang à l'envers.

C'est ainsi que j'ai passé le week-end, à soigner ma grippe qui n'en finissait plus, à apaiser la grande tristesse qui m'envahissait chaque fois que je pensais à Massimo – et j'y pensais tout le temps – et à confectionner des Pussyhats en laine rose en compagnie de Raphaëlle.

Ma petite-fille m'a expliqué l'origine de ces bonnets. Au moment de l'arrivée au pouvoir de Donald Trump, il y avait eu plusieurs manifestations à New York, à Washington et dans bien d'autres villes américaines. La plupart des participants étaient des femmes. Quelques célébrités, des intellectuelles, des femmes du monde politique, des femmes ordinaires, des jeunes, des plus âgées. Même Madonna en était. Elles étaient toutes là pour dénoncer, entre autres, les propos irrévérencieux du nouveau président des États-Unis à leur sujet. Au cours de sa campagne, il avait dit qu'il suffisait de prendre les femmes par le sexe pour obtenir ce qu'on voulait d'elles. Rien de moins. Et il avait quand même été élu !

— Les prendre par le *pussy*. Par la chatte, m'a traduit Raffie. Gros con ! a-t-elle ajouté, complètement dégoûtée.

J'étais assez d'accord avec elle.

C'est là qu'elle m'a raconté que la majorité des manifestantes avaient demandé l'aide de leurs mères, leurs tantes, leurs grands-mères ou leurs amies tricoteuses, dans les jours précédant la manifestation, pour fabriquer pour elles des bonnets roses avec des oreilles pointues de chat. Des Pussyhats.

J'ai visionné les images sur le Web, j'ai bien regardé quelle allure avaient ces bonnets et, surtout, comment on pouvait les tricoter. J'ai même trouvé un patron pour les enfants. Il m'a suffi de dessiner une nouvelle ébauche et d'augmenter le nombre de mailles pour le modèle adulte. Et on s'est attelées à la tâche.

Raphaëlle s'est avérée assez habile pour quelqu'un qui n'avait jamais tenu des aiguilles à tricoter. Comme pour tout ce qu'elle touchait, elle confirmait ses talents, c'était une enfant douée. Et on a parlé. De ses études, de son avenir, de son petit ami. Elle m'a avoué qu'il y avait des sujets qu'elle préférait aborder avec moi.

— Tu comprends, Mamou, les parents, on est trop près d'eux. Quoi qu'on leur dise, ça les inquiète. Avec toi, c'est différent. Tu ne grimpes pas dans les rideaux.

Et puis la maladie de Massimo est venue sur le tapis. On a alors abordé des sujets plus sérieux : la mort, la peine, les deuils.

— Tu penses souvent à la mort, Mamou ?

— Le moins souvent possible. Mais ça m'arrive, lui ai-je dit. Beaucoup plus ces temps-ci, à cause de Massimo.

— Tu crois que ton grand ami va pouvoir vivre encore quelques années ?

— Je ne sais pas, Raffie. Je ne sais pas. Il faut attendre le résultat de ses traitements.

— Toi, tu as peur de mourir ?

J'ai pris un long temps de réflexion.

— Non. Pas trop. Peut-être parce que je ne suis pas malade. Je crois que j'ai la même philosophie que Woody Allen. Tu sais, ce réalisateur...

— Oui, oui. J'ai vu des films de lui sur Netflix.

— Une fois qu'on lui parlait de la mort, il a dit qu'il aimerait mieux ne pas être là quand ça va arriver. Moi non plus. Mais on va tous y passer. C'est à peu près la seule justice sur terre. Mourir, vieillir...

— Ça te tente pas trop de vieillir, hein ? m'a-t-elle demandé avec la plus grande douceur.

— Ça paraît tant que ça ? lui ai-je répondu en riant.

Raphaëlle m'a rappelé mes réticences à l'occasion de mon anniversaire.

— Tu étais contente de voir tes amis et ta famille, mais pas qu'ils te fêtent.

Fine observatrice, cette petite ! Nous avons ri de bon cœur de mes simagrées de vieille bonne femme inquiète.

— Tu sais, lui ai-je dit, en prenant de l'âge, on a enfin de formidables certitudes. Il a fallu toutes ces années-là pour que je me fasse enfin confiance ! Puis je me simplifie la vie, je choisis mes batailles, j'aime de façon plus généreuse, je reste curieuse de tout, mais, en même temps, je vois débarquer dans ma vie des inquiétudes que je n'avais pas auparavant.

— Tu t'inquiètes pour quoi ? m'a-t-elle demandé en levant les yeux de son tricot.

Je me confiais à cette jeune fille comme si elle était mon amie.

— Des bêtises... je sais. Je n'en suis pas encore là, mais c'est plus fort que moi ! J'y pense souvent. J'ai peur de devenir dure de la feuille et de ne plus entendre ton joli rire. J'ai peur de perdre la vue, je n'aime déjà pas conduire le soir, s'il fallait que je n'arrive plus à lire ni à regarder des films, ma vie serait un enfer. Celle des autres aussi, finalement. J'ai peur de perdre la boule et de ne plus reconnaître les gens que j'aime, ni de savoir qui je suis. J'ai peur de vous perdre, toi, Batiste, Giulia et les monstres. J'ai peur de ne plus être capable de me déplacer toute seule… J'ai peur de ne plus être bonne à rien.

Raphaëlle a délaissé sa laine et ses aiguilles et s'est approchée de moi. Elle m'a enveloppée de ses bras.

— Il ne faut pas que tu aies peur, Mamou. D'abord, nous cinq, et Miro aussi, on va toujours t'aimer. Tu es unique, tu es notre mamie moderne, comme dit un des jumeaux. Ensuite, si tu deviens sourde, il existe des appareils minuscules. Sinon je te parlerai plus fort ou je ferai du mime. Je suis bonne là-dedans. Non! Je l'ai! Je vais apprendre à lire sur tes lèvres. Tu pourras dire tous les gros mots que tu veux, toutes les folies qui te passent par la tête, personne ne le saura.

J'ai éclaté de rire devant tant de candeur. Elle avait réponse à tout.

— Pour tes yeux, je viendrai te faire la lecture, je te tiendrai par la main. Mais avant, je vais t'installer un GPS dans ton cell. Tu sais c'est quoi, un GPS?

J'ai fait signe que je savais.

— Tu vas voir, la dame dans ton téléphone va te guider, rue par rue. Bon, elle est un peu fatigante, mais si tu ne t'obstines pas trop avec elle, comme le fait maman, ça devrait aller. Marie, elle pogne les nerfs et elle est tout le temps perdue et en retard. Au moins, ton GPS va te rassurer pour conduire dans le noir. Bon… Il y avait quoi d'autre? Ah oui! Si tu n'arrives plus à marcher, je roulerai ton fauteuil. On va se piquer des *rides* pas possibles, on va dépasser tout le monde et on va rire comme deux folles. Et si jamais tu en perds des bouts, moi, je n'oublierai pas. Je te raconterai tout. Je te parlerai de toi, de la femme formidable que tu étais, de celle que tu es devenue… De tout ce que tu aurais pu oublier.

Que dire après cela ?

— Tu as raison. Je suis une vieille folle qui s'en fait pour rien. Une chance que tu es là.

— Ah oui, a-t-elle ajouté, j'ai oublié de te dire que, quand tu vas être rendue une vieille affaire qui sert plus à rien, je vais épouser Bernardo et on s'occupera de toi, si on a le temps !

— Que je te voie ! Ma bonjour !

Raffie a éclaté de rire.

— Tu vois que tu n'as rien perdu de ta lucidité, de ta fougue, Mamou ? Tu n'es pas une vieille dame et tu ne le deviendras jamais. Pas tant que je serai là, en tout cas. C'est toi qui as dit qu'il fallait toujours garder la flamme, ou du moins le brûleur, allumée. Qu'il fallait garder la passion en soi, quoi qu'il arrive.

Je lui ai souri. Elle était délicieuse, cette enfant. Elle m'a juré que s'il m'arrivait de faiblir, d'abandonner quelque chose pour l'accorder à la vieillesse, elle mettrait sa menace à exécution. Je l'ai regardée longuement, si belle, si lumineuse, et je n'en revenais pas de la sagesse de cette jeune fille presque femme, maintenant.

— Comment ça se fait que tu sais tout ça, toi ? lui ai-je demandé.

Elle m'a regardée, étonnée.

— Ben voyons, Mamou ! T'es sérieuse, là ? C'est toi qui m'as appris tout ça ! Je pense que j'avais cinq ans quand tu as commencé à me répéter qu'une femme devait apprendre à être forte, à se tenir debout. Tu te rappelles... J'avais onze ans quand on est allées porter les livres sur Cendrillon et toutes les autres princesses à la bibliothèque parce que tu m'avais dit que les princes charmants, à pied ou sur un cheval blanc, ça n'existait pas. Tu me disais tout le temps que tout était possible si je voulais. Que je devais être la seule à diriger ma vie et ne jamais baisser les bras. Maman aussi a tenu les mêmes propos avec moi. Difficile de ne pas écouter mes deux modèles! Tu as dit à Batiste, dernièrement, que la pomme était pas tombée loin de l'arbre. C'est pareil pour moi.

À partir de maintenant, j'avais intérêt à me surveiller. Je n'avais pas uniquement mon petit juge pour me brasser la cage, j'aurais une avocate qui prendrait ma cause à cœur, qui me défendrait bec et ongles, et qui m'empêcherait de tomber dans le piège du laisser-aller.

Nous avons papoté, tricoté et beaucoup trop mangé tout le week-end. Bernardo s'est mis aux fourneaux et nous a nourries comme si on ne s'était pas alimentées depuis des mois. J'aimais quand Bernardo cuisinait; il était heureux. Il refaisait les recettes de *sua madre* et *sua nonna* et il chantait de vieux airs italiens comme s'il était Caruso. J'adorais l'entendre fausser à tue-tête. Deux jours merveilleux au cours desquels nous avons confectionné des bonnets pour les filles de nos vies. Graziella et Giulia auraient le leur sous le sapin, ainsi que Marie. Mes amies Lulu et Allison, la maman de cette dernière, les copines de Raffie et nous-mêmes serions toutes coiffées cet hiver d'un joli Pussyhat. Histoire de protester à notre façon contre les propos sexistes.

Et lorsque je suis allée reconduire ma petite chérie à l'autobus, je savais que j'avais une alliée pour la vie, et je n'avais plus du tout l'impression de faire partie du club des mémés décaties.

*

Puis les choses se sont précipitées. J'avais demandé à Massimo lors d'une de mes visites à Montréal s'il avait mis son courtier immobilier au courant de ses traitements.

— Pourquoi je ferais ça?

— Tu te plains que les visites se font au compte-gouttes. Tu es pressé de vendre, Massimo. Il me semble que ça ferait peut-être bouger les choses d'expliquer qu'il y a urgence? On est déjà à la mi-novembre...

À la suite de ma suggestion, il en avait parlé au courtier, qui avait vite organisé deux visites libres. Et lors de la deuxième, avant même la fin de la journée, trois personnes s'étaient manifestées, prêtes à faire une offre d'achat.

— Trois! Tu te rends compte? m'avait-il dit. Trois acheteurs potentiels!

— Comment tu vas choisir?

— Je veux tellement quitter rapidement cette maison que je vais prendre celui qui va remplir le premier toutes les conditions.

Ce qui signifiait la meilleure offre, mais également l'évaluation de la propriété exécutée en bonne et due forme et dans un laps de temps assez court, l'approbation de la banque pour le prêt, etc.

Dans les jours qui avaient suivi cette nouvelle, il y avait eu un acheteur gagnant qui voulait entrer pour les fêtes de fin d'année dans sa nouvelle demeure. Le rendez-vous chez le notaire avait déjà été fixé à la mi-décembre.

C'est là que les amis se sont tous mis de la partie pour l'aider à venir à bout de cet énorme déménagement. Comme Massimo commençait enfin sa radiothérapie – la première tentative avait avorté puisqu'il était trop faible aux dires de ses médecins pour subir un autre traitement, court mais intensif, encore plus agressif que le précédent –, Bernardo et moi, avec son accord, avons fait l'horaire des préparatifs et assumé l'organisation. Pendant ce temps, Massimo a parcouru, en compagnie de Geneviève, les rues du quartier Côte-des-Neiges qu'elle connaissait très bien puisqu'elle y habitait depuis de nombreuses années. Ils ont déniché un petit appartement dans une rue calme, non loin des services et d'une station de métro. Avec son humour habituel, il a même ajouté, en me mettant au courant de sa trouvaille, que cet appartement donnait sur le cimetière.

— Ça va être pratique.

— Très drôle, Massimo, très drôle ! ai-je répliqué, abasourdie par tant de détachement, ou d'inconscience, je ne savais plus trop.

Certes, l'endroit était beaucoup plus modeste que la somptueuse demeure où il vivait depuis dix ans, mais il savait qu'il s'y sentirait bien.

— C'est confortable, il y a une petite terrasse et même une piscine extérieure. La cour est bien aménagée, c'est insonorisé et c'est situé à quelques rues de l'hôpital où je suis soigné. Pour le temps qu'il me reste à vivre, a-t-il ajouté tout bas, c'est amplement suffisant.

Jusque-là, ça allait. Le plus difficile a été de le faire renoncer aux meubles, lampes, objets de décoration, tableaux qu'il voulait absolument garder.

— Tu n'es pas obligé de t'en débarrasser, ai-je essayé de le convaincre, mais ça ne rentrera pas dans un trois et demie !

— C'est ma vie qui est là.

— Je sais, Massimo, mais une fois que tout sera installé tu n'auras plus aucune place pour bouger… Ça va te servir à quoi d'avoir tout ça autour de toi ?

J'y allais doucement, en tentant de ne pas le brusquer. Je n'avais pas l'impression de marcher sur des œufs, mais sur des bombes à retardement. Mais je savais que j'avais raison. Même en laissant les lits et les meubles d'appoint dans les chambres du *B & B*, il restait tellement de choses à caser.

— Pourquoi tu n'installes pas dans ton nouvel appartement tout ce qui te sera essentiel dans un premier temps ? Tu entreposes le reste dans un garde-meubles. On pourra toujours rapatrier les choses auxquelles tu tiens absolument, et le faire à ton rythme. Là, on te bouscule parce que le temps presse.

Massimo ne voulait rien entendre.

— Tiens, lui ai-je servi à titre d'exemple, que vas-tu faire de ton piano à queue ?

— Je vais le vendre.

— Et la grande armoire de la salle à manger ? Le bar Art déco ? Ça ne rentrera jamais chez toi.

— Je sais tout ça. J'ai déjà appelé le mec qui fait des encans sur Saint-Laurent. C'est là que je me suis procuré la plupart des antiquités qui sont ici.

Une fois cette première liste établie, les déménageurs sont venus prendre certains meubles et objets de valeur pour une éventuelle vente aux enchères. Ce qui a fait un peu de place. Mais il en restait considérablement. Massimo avait accumulé un nombre incalculable de trésors et il ne savait plus lui-même quoi en faire. Il était trop faible pour organiser une vente à domicile, alors les amis et moi sommes venus à son secours. Albert et François ont acheté quelques miroirs. Juliette, qui ne pouvait quitter Paris à cause de son travail, avait réservé des lampes et un tableau qu'elle viendrait prendre lorsqu'elle le pourrait. Une amie, avec qui Massimo faisait régulièrement équipe sur les plateaux de tournage, s'est proposée pour entreposer, dans son sous-sol, une partie de son matériel de coiffure. On a emballé les têtes surmontées de perruques, les mallettes contenant ses outils de travail, et elle et son chum sont venus chercher le tout.

Bernardo et Henri ont servi de gros bras. Ils ont commencé par placer dans le salon tout ce que Massimo voulait donner à des organismes qui aident les gens dans le besoin. Ils ont dû aller porter tous ces cartons et meubles eux-mêmes parce que les organismes ne se déplacent pas pour récolter les dons. Après avoir rendu le camion qu'Henri avait emprunté à un collègue transporteur de décors de cinéma, mon amoureux et mon ami sont revenus complètement éreintés.

Albert et François, qui étaient venus prendre leurs achats, ont décidé de rester et de nous aider. Leur fils Miro, que je n'avais pas vu depuis longtemps – il étudiait à Montréal et participait à des camps d'entraînement, il n'était donc pas présent lors des dernières fêtes à la maison –, s'était libéré ce jour-là pour venir donner un coup de main.

— Miro ? Mon Dieu ! Qu'est-ce qui t'est arrivé ? lui ai-je demandé lorsqu'il m'a serrée dans ses bras.

Ma tête arrivait au milieu de sa poitrine. J'ai dû me lever sur le bout des pieds et lui se pencher vers moi pour que je l'embrasse.

— J'ai grandi, a-t-il répondu tout simplement. Et je joue au football.

Je n'en revenais pas. Ce gaillard de dix-huit ans, ce presque géant au sourire lumineux était bien le petit Miro, malingre et de santé fragile, que mes amis Albert et François étaient allés chercher dans un orphelinat en Chine et qu'ils avaient cru perdre tant il était malade. Originaire du Tibet, il avait conservé son regard bridé et ses cheveux de jais, mais il était devenu un colosse qui combinait sport et études depuis plusieurs années. Jeune homme surdoué, il avait sauté une année scolaire, ce qui lui avait permis, ses dix-huit ans à peine entamés, d'entrer aux HEC. Il faisait maintenant partie de l'équipe des Carabins de l'Université de Montréal.

Albert m'a appris, les joues empourprées par la fierté, que son fils avait été approché par deux célèbres universités en Californie.

— Ça serait formidable pour lui… et pour nous aussi.

— Pour vous aussi ?

— On songe à déménager aux États-Unis pour suivre la carrière du petit. Mais ce n'est pas pour demain.

— Le petit, hein ?

«Le petit» nous a été d'une aide inestimable ce jour-là. Tous les trois ont dégagé un espace dans la salle à manger, qui servirait à entreposer temporairement tout ce que Massimo voulait donner à ses amis et connaissances. Ça, c'était la partie facile pour lui. Chaque fois que quelqu'un venait à la maison, il allait fouiller dans ces cartons à la recherche du trésor à donner.

Lulu s'est offerte pour aller quérir des boîtes de tous les formats, du papier ordinaire et à bulles pour envelopper, du ruban gommé et de la corde. On a placé une table au centre de la salle à manger pour remplacer celle qui venait de partir chez l'encanteur et on a commencé, Albert, Lulu et moi, à empaqueter les avoirs de Massimo. Entre ses traitements, ce dernier nous aidait comme il pouvait. Certains jours, on riait aux éclats tellement il était drôle. Il descendait l'escalier, les bras chargés d'objets à emballer, un abat-jour sur la tête, un masque devant les yeux, une écharpe de marabout autour du cou. Et il nous la jouait grande diva. À d'autres moments, par contre, on n'arrivait même pas à croiser son regard tant il faisait pitié. Ça, c'étaient les journées où il n'allait pas bien du tout, où il n'avait pas réussi à fermer l'œil et avait vomi toute la nuit dans la salle de bain. Il se traînait comme une âme en peine, encore en pyjama, la robe de chambre sur les épaules. Il nous disait alors qu'il allait chercher des choses à mettre dans les cartons, puis entreprenait la longue montée de l'escalier avec difficulté, refusant toute aide. Dans ce cas-là, on ne savait pas quoi faire ni quoi dire. Nous l'attendions patiemment dans la salle à manger, n'ayant plus rien à emballer. Albert avait les larmes aux yeux, Lulu se décomposait sur place et, moi, j'espérais qu'au moins ce déménagement se ferait rapidement. Je voyais le jour où il devrait céder Le Magnolia aux acheteurs arriver à grands pas.

Massimo revenait au bout d'un temps interminable avec un vase qu'il nous donnait à emballer et repartait chercher autre chose. Quelquefois, il ne revenait pas. J'allais aux nouvelles et le trouvais allongé, profondément endormi dans son studio. Alors je prenais l'initiative de ramasser quelques objets pour qu'on avance dans cette difficile activité.

Un jour, il était tellement mal qu'il a lui-même appelé une ambulance. Lorsque je suis arrivée chez lui, il avait laissé un mot. Trop mal en point, il avait dû être hospitalisé d'urgence. Avec son accord, j'ai accéléré les choses.

Lulu et Allison sont venues me donner un coup de main. On s'est attaquées à la garde-robe de vêtements d'été, à la cuisine, à la lingerie, à la pharmacie, ne laissant que ce qui lui serait utile dans les deux semaines qui lui restaient à vivre dans cette maison.

— Je ne voudrais tellement pas avoir à quitter ma maison dans ces conditions, m'a dit Lulu, la tristesse dans la voix.

— Je sais de quoi tu parles, a ajouté Allison, qui lavait au fur et à mesure les armoires de la cuisine que nous vidions. Ma mère se désespère de ne pas vivre dans ses affaires. Elle n'a que le strict nécessaire à la maison de convalescence où elle reprend des forces. Et même si elle…

— Si elle quoi ? ai-je demandé.

— Si elle vient vivre chez moi…

— Ta mère va vivre avec toi ? l'a interrompue Lulu.

— Tu vas la prendre avec toi ? ai-je répété, étonnée au plus haut point. Tu avais dit que jamais…

La réplique n'a pas tardé.

— Tu placerais ta mère, toi ? Je n'en ai pas la force, Olivia. Elle ne veut pas, et moi non plus je ne veux pas qu'elle se retrouve seule dans un petit foyer où elle ne connaîtra personne, où on lui donnera qu'un bain par semaine et où elle va avoir du manger mou dans son assiette jusqu'à la fin de ses jours ! Chez nous, ça va être l'enfer, je sais. On va grimper dans les rideaux à tour de rôle. Je vais la trouver envahissante, chiante au possible, invivable, exigeante. Je vais me plaindre qu'elle écoute la télé trop fort, qu'elle laisse tout traîner, qu'elle est capricieuse, qu'elle m'empêche d'écrire et de vivre, mais c'est ma mère ! En plus, avec la paralysie dont elle souffre encore, je te dis pas ce que ça va être ! Les exercices à faire, les visites chez le médecin et la physio... Ses frustrations, ses exaspérations... Va falloir que je m'arme de patience, ce qui n'est pas ma plus grande qualité.

Lulu a répondu qu'elle connaissait ça. Son Armand était pas mal perdu ces temps-ci. Il oubliait tout, il était irascible, impatient, il n'avait envie de rien. Elle était obligée de s'occuper de tout. Il prenait de l'âge, quoi ! Un vrai bébé auquel il fallait se consacrer en permanence.

— Ce n'est pas comme ça que j'envisageais ma retraite !

Tout en continuant de frotter les armoires, Allison a poursuivi sur sa lancée. Elle nous a expliqué qu'elle voulait le meilleur pour Reine et que, le meilleur, elle n'avait pas les moyens de le lui offrir. Ce n'était pas avec ses maigres droits d'auteure de romans policiers qu'elle pourrait la loger convenablement. À part chez elle. Bien sûr, il y avait sa sœur, mais Maggie avait son mari, ses enfants, son boulot... Il n'était pas question que sa maman se retrouve à Boston avec eux.

— D'abord, ils n'ont pas la place, et puis elle ne parle pas un traître mot d'anglais, elle va se faire chier aux États-Unis. Et ça, c'est sans compter les assurances américaines !

Elle avait fait le tour du sujet, avait cherché toutes les solutions et revenait sans cesse à la même conclusion.

— Si je ne la prends pas chez moi, ma mère va se retrouver dans un CH… SEL… CD machin, et je ne peux pas faire ça. Elle a toujours été là pour moi. Je n'ai jamais manqué de rien. J'ai pu faire les études que je voulais grâce à elle. Je ne peux pas l'abandonner maintenant. Moi non plus, je ne croyais pas terminer ma vie de cette façon. Je pensais vivre longtemps avec Jules, pas avec ma mère. Mais la vie en a décidé autrement.

— Je te comprends, a ajouté Lulu, la tête dans une armoire.

Nous avons discuté du triste sort qui attendait la plupart des gens en fin de vie.

— Tu te rappelles tes projets avec la maison jaune? m'a mentionné Lulu. Tu disais que si tu n'arrivais pas à refaire ta vie, et que si tu manquais d'argent pour les travaux, tu transformerais ta maison en foyer d'accueil pour les amis. Massimo, Henri et Thomas, moi et Armand, et Allison puisqu'à l'époque elle n'avait personne dans sa vie.

— Et voilà qu'après un mariage qui a eu lieu à la maison jaune, justement, je me retrouve à la case départ.

Ni Lulu ni moi n'avons relevé la remarque d'Allison. Nous l'avions entendue si souvent se plaindre au cours des dernières années de celui qui l'avait laissée tomber pour une plus jeune… Comme notre amie avait cessé depuis un certain temps de s'en prendre à son Jules, nous préférions tenir ça mort. Peut-être était-ce dû au fait que l'abandon qu'elle avait subi faisait moins mal, peut-être aussi que l'accident vasculaire cérébral de sa maman accaparait toute son attention. Lulu a enchaîné.

— À l'époque, on trouvait qu'Albert et François ne seraient pas des bons candidats pour la maison jaune puisqu'ils sont plus jeunes que nous.

— Eh oui ! Mais je n'ai plus la maison jaune et j'ai refait ma vie, ai-je répondu, me souvenant très bien de cette idée pas si folle, finalement. C'était un beau projet, ça. Tous ceux qui l'auraient voulu auraient possédé leur chambre, auraient pu jouir des aires communes. Dans ce temps-là, on rêvait de se retrouver tous ensemble plutôt que séparés et logés dans des mouroirs. On aurait engagé une infirmière pour s'occuper de notre santé, une cuisinière également. On aurait été bien. Qu'est-ce qu'il nous reste d'autre comme possibilité, à par les CHLCCS...

C'est fou comme personne d'entre nous n'arrivait à prononcer ou ne voulait prononcer ce nom qui fait si peur. Un peu comme Harry Potter avec celui qui apporte la mort !

Allison, qui avait récemment entrepris des recherches en ce sens, nous a parlé de la nouvelle vague des minimaisons qu'on fait bâtir ou qu'on installe déjà construites sur son terrain.

— Ça se fait beaucoup à Vancouver et ça semble de plus en plus populaire au Québec, nous a informées Lulu. Moi aussi, j'ai vu ça sur Internet. Tes parents ne vivent pas directement dans ta maison, mais ils sont assez proches pour que tu puisses voir à leur sécurité et à leur confort.

— Mais même une minimaison, c'est encore trop pour mon budget, et Maggie et son mari ne semblent pas chauds à l'idée de m'aider.

— En plus, il faut d'abord que tu l'aies, ce grand terrain, et que la municipalité accepte cet arrangement, a objecté Lulu.

Nous avons continué notre travail d'emballage avec peu de mots. Ciseaux, corde, ruban gommé. « Quelqu'un peut m'aider à transporter cette boîte ? » « On fait quoi avec ça ? » « Il a bien des casseroles pour quelqu'un qui n'aime pas cuisiner ! »

Puis je me suis souvenue d'une histoire formidable que j'avais lue sur Facebook et j'ai décidé de la partager avec mes amies tant elle me paraissait inspirante et sensée.

Sur un bateau de croisière, un homme était intrigué par une femme qui voyageait seule, que tout le personnel semblait connaître et dont il prenait grand soin. Le voyageur en question s'était même imaginé qu'elle devait être la propriétaire du bateau puisqu'on la traitait aux petits oignons. Un soir, il a partagé sa table à la salle à manger et elle lui a raconté sa vie. Cette Française d'un certain âge faisait sa quatrième croisière d'affilée sur le même paquebot. Elle avait calculé que ça ne lui coûtait pas plus cher de vivre sur un bateau de croisière que dans un foyer où il lui en coûtait environ deux cents euros par jour. Avec sa réduction de sénior, la croisière ne lui revenait qu'à cent trente-cinq euros quotidiennement. Il lui restait soixante-cinq euros par jour ; cet argent servait pour les pourboires. Donc, pas de maison de retraite pour elle à l'avenir. Elle lui a fait part de sa réflexion qui était loin d'être bête et lui en a démontré tous les avantages.

— Elle peut commander jusqu'à dix repas par jour et les faire livrer à sa cabine. Elle savoure son petit-déjeuner au lit si ça lui chante. Elle a accès à une piscine, une salle d'entraînement, des laveuses et sécheuses ainsi que la possibilité d'assister à de nombreux spectacles chaque soir. Elle explique que beaucoup de choses sont gratuites, comme le dentifrice, les rasoirs, le savon et le shampoing. De plus, on la traite comme une cliente, pas comme une patiente. Un petit pourboire de cinq euros lui assure d'avoir de son côté tout le personnel pour répondre à ses besoins. Elle rencontre de nouvelles personnes tous les sept ou quatorze jours. Télévision en panne ? Ampoules à remplacer ? Aucun problème ! Ils vont réparer ou renouveler le tout, et même s'excuser pour le dérangement. Draps et serviettes propres, chaque jour, sans avoir à le demander ! Et il y a toujours un médecin à bord. Voilà comment cette dame veut vivre la fin de ses jours ! Je trouve ça très brillant, j'aurais envie d'en faire autant.

— Moi aussi, j'aime assez l'idée. Pas de gazon à tondre, pas de neige à pelleter, pas de mauvaises herbes à enlever. Qu'est-ce qui t'en empêche ? m'a interrogée Lulu.

— Euh… Bernardo. Il a pas du tout le pied marin.

— Armand non plus !

La fatigue de la journée et l'anecdote nous ont permis de rire un bon coup.

Entre deux boîtes prêtes à s'empiler, nous devions sans cesse dégager les chats de Massimo qui venaient, à tour de rôle, se frotter à nous quand ils ne s'installaient pas carrément dans les cartons.

— Qu'est-ce qu'ils vont devenir, ces deux-là ? a demandé Allison.

Rocco, le matou roux trouvé dans la ruelle le jour de l'aménagement du Magnolia, avait repris du poil de la bête depuis son arrivée. Tout maigre quand il avait mis les pattes chez Massimo, il était maintenant obèse. Mais ces derniers temps, son poil était terne, il semblait perdu, cherchait ses repères et quémandait sans arrêt de la nourriture. Sûrement par crainte d'en manquer. Bijou, elle, se cachait un peu partout. Elle grelottait de froid ou de peur dans cette grande maison vide et ne se sentait bien qu'allongée contre Massimo, qui découchait régulièrement pour se retrouver à l'urgence de l'hôpital. Chaque fois que je le pouvais, je la prenais dans mes bras pour la rassurer. Je parlais aux deux chats de leur maître qui allait bientôt revenir et leur disais que ce serait à nouveau la fête, qu'il y aurait de la musique dans la maison et des rires et des caresses sans fin. Mais je savais que je leur mentais. J'achetais du temps. Je me concentrais sur les boîtes à remplir. C'était interminable, ce déménagement !

— J'espère que Massimo ne sera pas trop déçu de son appart, ai-je dit aux filles.

— Pourquoi il le serait ? s'est informée Lulu. Tu l'as vu, toi, l'appart ?

— Oui, vite fait. C'est propre… mais c'est petit. Je ne sais pas où il va mettre tout ça. Une fois qu'on aura tout rentré, il va y en avoir jusqu'au plafond. Il n'y aura jamais assez de murs pour accrocher tous les tableaux et les miroirs de Massimo.

— Pourquoi vous n'en mettez pas une partie dans un garde-meuble ? a demandé Allison. Moi, c'est ce que je ferais. Enfin, c'est ce que je m'apprête à faire pour ma mère.

— Parce que Massimo ne veut pas. C'est la première chose que je lui ai suggérée.

— Quand est-ce qu'il signe chez le notaire ?

— Je ne sais plus. Bernardo a trouvé des déménageurs compétents et attentionnés. Avec toutes les choses fragiles qu'ils auront à déplacer, on n'a pas voulu prendre de risque.

— Il revient quand à la maison, Massimo ? Ils vont le garder longtemps à l'hôpital ?

— Je ne sais pas, leur ai-je dit. Deux ou trois jours, je pense. Il ne va pas bien. Je suis allée le voir hier, il n'en menait pas large. Il a encore maigri. Je l'ai un peu chicané. Il doit manger, prendre des forces s'il veut s'en sortir.

J'ai gardé pour moi le fait que je ne savais pas s'il avait vraiment envie de s'en sortir.

— Je préfère le savoir là où il est qu'au milieu de ce fouillis. Bernardo et moi, on a décidé de loger ici tant que le déménagement ne serait pas fini. D'ici quelques jours, on devrait en venir à bout.

— As-tu encore besoin de nous ? a demandé Allison.

— Non. Vous en avez assez fait comme ça. Quand on va l'installer dans son nouvel appart, peut-être que je vous appellerai.

*

Mais je n'ai pas eu besoin de les appeler. Massimo a passé pas mal de temps à l'hôpital durant cette période. Bernardo et moi avons terminé de tout empaqueter. Massimo ne semblait pas attristé de ne pas revoir sa belle grande maison avant de déménager. J'ai préparé une valise contenant des pyjamas, ses articles de toilette qu'il n'avait pas apportés à l'hôpital, des serviettes propres et tout le nécessaire pour les premiers jours. Dans un bac de plastique, j'ai déposé des draps tout frais et sa couette bien repassée pour faire son lit ; j'ai ajouté une couverture chaude au cas où il aurait froid et ses oreillers préférés. Tout cela en prévision de sa sortie. De cette façon, quand il serait temps de l'accueillir dans son nouvel appartement, nous n'aurions pas à fouiller dans les boîtes. Au départ, on avait étiqueté chaque carton avec son contenu. Mais comme on était pressés et qu'on était plusieurs à travailler au déménagement, on avait tourné un peu les coins ronds.

Les meubles, miroirs, tableaux, objets de valeur ainsi que les innombrables cartons ont été livrés, à la date qu'on avait fixée, et rien n'a été endommagé. Le déménagement a eu lieu sans lui. On a mis Rocco et Bijou en pension jusqu'à ce qu'ils se « recroquemi-toufflent au fond des pantoufles, quand tu n'es pas là » en attendant que leur maître aille mieux et se retrouve enfin dans son logement avec eux. Les paroles de la chanson de Gilbert Bécaud que Massimo et moi fredonnions souvent me revenaient en mémoire.

> *Mais soudain je m'exclamouche*
> *Ton cœur qui fait mouche*
> *Trinque avec le mien*
> *Je me raminagrobiche*
> *Comme chattebiche*
> *Ronronne au matin*
> *[...]*
> *Oh là là*
> *Mon Dieu que je t'aime*
> *Oh là là...*

Mais ce jour-là, je n'ai pas pu terminer la chanson. J'avais le cœur gros, comme les chats de Massimo.

9

Je suis retournée à la maison le lendemain. La femme
de ménage avait fait un travail formidable. Tout était
propre. Vide, mais propre. J'allais récupérer les clés
pour les remettre au courtier immobilier, mais je
voulais également me retrouver seule une dernière
fois dans cette demeure qui avait été témoin de joie,
de rires. Marcher dans les pièces dont l'âme avait
disparu dans des cartons. Il y avait eu de formidables
repas autour de la grande table, des fous rires sans
fin autour de l'îlot de la cuisine, des cafés couron-
nés de leur mousse blanche qu'on dégustait en fin
d'après-midi – ou encore des thés de chez Mariage
Frères apportés par Juliette –, entourés de Rocco et de
Bijou.

Il y avait eu ce cri de détresse poussé par Massimo
le jour où les premiers clients s'étaient présentés à la
porte du Magnolia, leur valise à la main. Il m'avait joué
la scène de *La Cage aux folles* où Michel Serrault, sous
les traits d'Alban, est complètement paniqué lorsqu'il
doit apprendre à tenir une biscotte de façon plus virile
et qu'il n'y arrive pas. Ce jour-là, il aurait pu obtenir
le rôle haut la main. Et ses yeux affolés au moment de
servir ses premières crêpes ! La fois où il avait oublié
les muffins dans le four et qu'ils avaient complètement
carbonisé ! Et toute cette fumée dans la maison alors

que les clients s'apprêtaient à descendre pour leur petit-déjeuner! À la suite de quoi Bernardo et moi lui avions offert un tablier sur lequel était imprimé : *Si c'est noir, c'est cuit.*

Je nous revoyais, Massimo et moi, lors de notre visite de cette demeure. On s'était dit avant de franchir la porte qu'il ne fallait pas trop montrer notre enthousiasme au courtier. On allait faire comme si on était pleins aux as et qu'on était des habitués des visites de maisons à plus de un million. On n'avait pas tenu longtemps. On avait en permanence la mâchoire pendante d'admiration, les yeux agrandis par la surprise tellement on était impressionnés, et je crois que Massimo n'a pas cligné les paupières une seule fois. Alors le désintéressement, très peu pour nous !

Lorsque j'ai passé le seuil de son studio, je me suis rappelé ces soirées où Bernardo était absent et où j'allais chez Massimo en attendant que mon amoureux revienne. Je cuisinais, il dégustait et on s'installait, collés l'un contre l'autre, en pyjama, pour écouter la télé ou placoter de tout, de rien, de la vie. Les moments aussi où on avait confectionné ensemble des draps et des housses de couette en lin. Sans oublier les taies d'oreillers et de traversins, quelques vêtements et coussins. Massimo n'avait eu de cesse de dire que ce tissu noble devrait enrober nos corps des pieds à la tête et devenir la base de notre linge de maison et de notre ameublement. Il y avait tant de souvenirs dans cette demeure ! Et du lin à profusion !

Alors que je m'apprêtais à sortir avec le gros trousseau de clés, je me suis retournée et j'ai compris ce qu'il manquait dans la grande maison. Il n'y avait pas de musique, et Massimo n'était pas là.

*

Je trouvais que Massimo ne reprenait pas vraiment du mieux, même s'il m'affirmait le contraire. J'étais allée le visiter le plus souvent possible et, quand je n'avais pas pu me rendre à l'hôpital à cause de la préparation de son déménagement, il m'avait envoyé par texto des *selfies*, histoire de nous donner de ses nouvelles. Tantôt il se faisait un décolleté plongeant avec sa jaquette d'hôpital, dégageant ses épaules du même coup, portait sur la tête un bonnet qu'on oblige les patients à enfiler lors des chirurgies, avait ses énormes lunettes et un sourire dévastateur, tantôt il prenait son oreiller d'avion, qu'il avait avec lui afin de dormir plus confortablement dans ces petits lits étroits et peu favorables à un sommeil réparateur, il se l'installait sur la tête comme une couronne et souriait de toutes ses dents. De cette façon, il tentait de ressembler à Dame Edna Everage, personnage aux cheveux lilas et aux lunettes extravagantes cerclées de paillettes, interprété par l'humoriste australien Barry Humphries. Avec ces photos, il semblait nous dire que tout allait bien. Moi, je souriais à peine à ces portraits. Je le trouvais amaigri, le teint terne, les yeux fiévreux, et je m'inquiétais. Lui n'avait pas l'air anxieux du tout. Il ne parlait pas de ses multiples cancers, de ses traitements, ne voulait pas que ça devienne le sujet du jour et faisait tout pour amuser la galerie. Tout sauf affronter la réalité.

Il était si fatigué que le notaire avait dû se déplacer jusqu'à son lit d'hôpital pour lui faire signer les papiers de la vente de sa demeure. Il n'avait pas eu la force de se rendre au bureau de ce dernier, qui exerçait à Laval. Mais tout était en ordre. Courtier immobilier et acheteurs avaient paru satisfaits de la signature. Les nouveaux propriétaires pouvaient dorénavant prendre possession de leur maison de rêve, et Massimo pouvait emménager dans son nouvel appartement, rempli pour le moment de ses meubles et objets précieux placés un peu partout et des cartons qui s'empilaient jusqu'au plafond. Mais il n'y était pas encore.

*

Noël est arrivé avec ses repas de fête, ses échanges de cadeaux, ses soirées joyeuses. Pas pour nous. Bernardo et moi avons distribué les présents que nous avions préparés ou achetés pour nos familles respectives – surtout pour faire plaisir aux enfants – et refusé de nous rendre chez tout un chacun pour échanger les bons vœux. Nous restions enfermés à la maison ou nous allions visiter Massimo, qui n'avait pas trop l'air déçu de devoir rester à l'hôpital durant cette période. De toute façon, il avait toujours détesté les fêtes de fin d'année. Ça le rendait dépressif. Il se soignait en attendant que ça passe. Il dormait beaucoup.

Nous avions pris une pause. Il y avait tout à faire à l'appartement de Massimo, mais nous ne nous en sentions pas la force. Tous ces cartons à vider alors que nous venions à peine de les remplir ! Tout ce matériel à ranger alors qu'il n'y avait pas la place ! Il avait dû le deviner puisqu'il nous avait presque interdit l'accès à son nouveau logis.

— On aura tout le temps de faire ça quand je vais aller mieux. Reposez-vous ! nous avait-il ordonné.

Je ne pouvais pas le laisser seul un 25 décembre, alors je lui ai quand même confectionné son dessert préféré : des profiteroles nappées de sauce au chocolat, que j'ai gardées au froid en espérant me rendre à sa chambre avant que la glace à la vanille ait complètement fondu.

Il était ravi. Je suis arrivée au moment où l'on servait les plateaux du soir et je suis restée avec lui pour partager son repas de Noël. Il n'avait pas beaucoup d'appétit, malgré la nourriture vraiment alléchante du centre hospitalier de St. Mary. Tous les plats qu'on servait à son étage étaient délicieux. Massimo se forçait pour manger un peu. J'ai fait de même pour l'encourager. J'ai tenté de le faire rire en lui disant qu'il n'aurait pas de dessert s'il ne terminait pas sa viande et ses légumes.

— C'est formidable, le soluté remplace le *verre de drink*! Ça manque juste de bulles. Dommage que je ne puisse pas t'en offrir!

Je suis passée outre son humour grinçant et j'ai essayé de le ramener à la réalité.

— Il faut que tu reprennes des forces, Massimo. Ta maison est vendue, tout est en règle, le déménagement s'est fait sans accroc et ton nouvel appartement n'attend plus que toi, une fois qu'on aura tout installé. Je sais que tu veux être là pour ça. Alors dépêche-toi de sortir d'ici.

— Que des bonnes nouvelles! m'a-t-il dit, pince-sans-rire.

Devant mon regard attristé, il a réagi prestement.

— Ça va, Olivia, ça va. Ici, je me sens en sécurité, ils font tout pour me remettre sur pied. Puis, tant qu'à dormir entre les cartons et face à tout le travail qu'il reste à faire, j'aime autant être ici pendant une petite période. Disons que mon médecin m'a mis au repos forcé à cause du déménagement que j'ai dû faire tout seul!

Je n'ai pu que sourire devant sa tentative de blague un peu ratée. Il a pris quelques bouchées du dessert, a savouré le chocolat.

— Hum! C'est bon, mais ça bourre. Ça ne te dérange pas si je donne le reste aux infirmières? m'a-t-il demandé.

Je l'ai rassuré en lui proposant d'apporter d'autres choux à la crème la prochaine fois.

En attendant, il semblait souffrir beaucoup. Il ne cessait de réclamer le «pain killeur» qui le soulagerait enfin, et on le lui a donné.

Tranquillement, il a paru s'apaiser. Je l'ai bordé pour qu'il ne prenne pas froid. J'ai tenu sa main dans la mienne. Il a somnolé un instant. Il ouvrait les yeux, me souriait et se rendormait aussitôt. Je n'osais pas retirer ma main de peur de troubler son sommeil.

Un infirmier et son aide se sont approchés du lit. Ils ont tiré le rideau pour plus d'intimité et m'ont priée de quitter la chambre puisqu'on avait des soins à lui prodiguer avant la nuit.

J'en ai profité pour me rendre au bureau des infirmières et demander si je pouvais parler au médecin qui s'occupait de Massimo. J'avais besoin d'en savoir davantage sur son réel état de santé. Si l'information ne me venait pas de Massimo, il y aurait bien quelqu'un qui pourrait m'éclairer. On m'a fait attendre un peu, puis le médecin en question m'a invitée à le suivre dans une petite pièce. Je me suis présentée, lui ai dit que j'étais la plus vieille amie de Massimo, que nous étions, ses amis et moi, sa seule famille, et lui ai demandé des nouvelles de sa santé. L'homme est resté vague. Je lui ai expliqué la situation : mon ami venait de vendre sa maison, il avait trouvé un appartement, on avait déménagé toutes ses affaires et on se demandait quand il pourrait rentrer dans son nouveau logis. En m'appuyant sur les paroles de Massimo, j'ai mentionné au médecin que le dernier diagnostic permettait de croire qu'il en aurait au moins pour une année à vivre. Il m'a regardée avec de grands yeux étonnés puis a vérifié quelque chose au dossier.

— Parfois les choses vont très vite. Malheureusement. Il serait plus prudent de penser en termes de semaines. Quelques semaines. Le cancer s'est propagé, vous savez. Il a des métastases un peu partout. Le foie est atteint, et dans ce cas...

Quelqu'un est venu réclamer la présence du médecin. Il m'a serré la main en me disant qu'ils faisaient tout ce qui était en leur pouvoir pour abréger ses souffrances. D'ailleurs, le personnel s'apprêtait à installer Massimo dans une chambre où il serait seul.

— Il va être plus confortable et il aura une surveillance constante.

Il m'a tapoté le bras avant de quitter la pièce et m'a conseillé de ne pas perdre espoir. Quelquefois, on voyait des petits miracles.

Je me suis rendue à la salle de bain qui se trouvait dans le corridor pour me passer de l'eau froide sur le visage. Mes mains n'arrêtaient pas de trembler et j'avais l'impression de trébucher à chaque pas. Je l'avais, ma réponse.

Lorsque je suis revenue à la chambre, Massimo était tout à fait réveillé. J'ai essayé de ne rien laisser paraître de ce que l'on venait de m'apprendre. Cette nouvelle, je l'avais devinée il y avait un bout de temps. Mais comme Massimo, je ne voulais pas la connaître.

— Il est tard. Tu devrais aller rejoindre ton Italien. D'ailleurs, il est où, Bernardo ?

— Il est chez Graziella, avec les enfants. On va dormir là-bas, ce soir.

— Vous reviendrez demain. Ou après-demain. Tu sais, je ne bouge pas beaucoup, ces jours-ci.

Je l'ai embrassé tendrement et, au moment où j'allais le quitter, il a retenu mon attention.

— Oh ! J'aimerais que tu fasses quelque chose pour moi avant de partir, m'a-t-il demandé avec insistance.

Il a levé sa main et a tendu à répétition son index devant lui. Avec ce que je venais d'apprendre, plus que jamais, j'étais prête à faire n'importe quoi pour lui. J'ai regardé dans la direction qu'il m'indiquait de façon appuyée.

Il partageait une chambre avec d'autres patients. Son lit était placé perpendiculairement aux trois autres, et au mur d'en face se trouvait un tableau qu'il n'arrêtait pas de montrer du doigt.

— Pourrais-tu, s'il te plaît, redresser ce maudit tableau pour moi? Ça me rend malade. Il est croche et ça m'empêche de dormir.

Il m'a accompagnée verbalement dans cet exercice exigeant:

— Quelques centimètres à droite, non plutôt à gauche, encore un peu, tu l'as presque, encore un chouïa, ça y est, tu l'as! Ah! Je me sens déjà mieux! Ça va sûrement contribuer à ma guérison.

Ce soir-là, on a beaucoup ri de son obsession que tout soit bien aligné, harmonieux et agréable pour l'œil. Même alité dans un hôpital, même malade, Massimo ne perdait pas son sens de l'esthétique.

*

Durant les derniers jours de l'année qui s'écoulaient doucement, nous nous sommes relayés au chevet de Massimo. Visites plus longues ou éclairs, selon son état, histoire d'être un peu avec lui. Il semblait prendre du mieux. Nous donnait-il le change? Nos amis se sont tous réjouis en pensant qu'il était peut-être sorti d'affaire. Je n'ai pas osé leur annoncer ce que le médecin m'avait dit. Il n'y avait que Bernardo qui était dans le secret. Mon amoureux a passé beaucoup de temps auprès de son compatriote et ami. Ces tête-à-tête faisaient du bien à Massimo. Les deux hommes de ma vie riaient beaucoup.

Une fois sorti de cet univers aseptisé qui sentait le désinfectant et la maladie, Bernardo se précipitait chez

Milano sur le boulevard Saint-Laurent, il faisait également un détour par le marché Jean-Talon et achetait des provisions en énorme quantité. De quoi nourrir la communauté italienne au complet. Il se rendait ensuite chez sa fille avec ses victuailles et se mettait aux fourneaux. Pour le plus grand plaisir de Graziella, qui se reposait de cuisiner, de son mari Luigi, qui adorait se mettre à table et déguster lentement, ainsi que des jumeaux Enzo et Luca, qui en redemandaient. Il n'y avait que Giulia et moi qui ne terminions pas nos assiettes. « *Nutrirsi per sopravvivere!* » ne cessait de nous répéter Bernardo. « *Mangia! Mangia!* » C'était sa manière de combattre la mort.

Manger, manger... J'entrevoyais déjà tous ces kilos en trop qu'il me faudrait un temps fou à perdre, mais je comprenais que, pour mon homme, manger, c'était une façon de rester en vie.

Pendant que nous lavions la vaisselle, Graziella m'a parlé d'une de ses craintes au sujet de sa fille.

— Tu trouves pas que ma Giulia a perdu du poids?

J'avais presque toujours connu Giulia potelée. Fillette gourmande, elle dévorait la vie. À la préadolescence, elle était sortie de son mutisme et elle s'était mise à bouger, à faire de la danse, à courir, même. Elle avait alors perdu son « gras de bébé ». Le petit bouddha qu'elle était s'était transformé en une jolie jeune fille. Graziella ne reconnaissait plus son enfant. La croyant malade, ma bru avait consulté un spécialiste, qui l'avait rassurée sur le poids normal de sa fille. Avec sa taille mince et ses jolies jambes, Giulia avait pris confiance en elle et se trouvait enfin jolie.

— Oui, elle a un peu minci, mais elle est super belle, lui ai-je dit en réponse à sa question.

— *Ma*... Elle avait maigri, oui. Mais là elle recommence à perdre du poids. Elle ne rit plus comme avant, ne s'amuse plus tellement avec les jumeaux. Elle a les yeux fixés ailleurs. Mais où ? Je ne sais pas. Penses-tu qu'elle se ferait…? Euh… Qu'elle serait anorexique ?

— Qu'est-ce que t'a dit le médecin ?

— Que Giulia n'avait pas le profil pour ça. Mais de surveiller. Alors je surveille.

Elle m'a tendu une casserole à essuyer. Bernardo était le genre de chef à s'étendre quand il cuisinait. Alors, de la vaisselle, il y en avait. Graziella m'a chuchoté la suite.

— La nuit, lorsqu'elle va aux toilettes, je me lève et je vais écouter de l'autre côté de la porte, au cas où elle…

Elle a approché deux doigts de sa bouche ouverte pour me signifier qu'elle craignait que sa fille se fasse vomir.

— Tu as raison d'être vigilante. Mais je ne m'inquiéterais pas trop avec ça… Elle a l'air bien, Giulia. Peut-être qu'elle est amoureuse et n'ose pas en parler…

— Si mon bébé était amoureuse, je le saurais ! Elle me le dirait.

— Peut-être pas, Graziella. Tu en as parlé, de ton premier cavalier, à ton père et à ta mère, toi ?

— *Mamma mia !* S'il avait fallu que Bernardo sache ça ! Mon père l'aurait menacé des pires tortures s'il me faisait du mal. D'ailleurs, je l'ai toujours soupçonné d'avoir traîné un bâton de baseball dans le coffre de sa voiture durant mon adolescence pour assommer mes prétendants qui n'étaient jamais dignes de sa fille chérie. C'est un farouche, mon père !

On a ri de l'anecdote. Il faudrait que je demande à mon amoureux s'il avait vraiment exercé ce type de contrôle parental.

J'ai regardé la jeune fille assise au salon, indifférente à la bataille entre les jumeaux sur le divan et à la conversation de sa mère et de sa grand-mère. Elle semblait rêvasser. Mais n'est-ce pas le propre des jeunes filles de quinze ans de s'évader dans la rêverie ?

J'ai rassuré ma belle-fille du mieux que j'ai pu.

— Si tu veux, je peux essayer d'en savoir plus. Elle me fait confiance, je crois. Je ne te garantis rien, par contre.

Elle a paru soulagée.

Tandis que mon chum alimentait les troupes, de mon côté, je faisais des allers-retours au nouvel appartement. J'installais la chambre de Massimo. J'ai extirpé du bac que j'avais préparé les draps fraîchement repassés, la couette duveteuse, les oreillers moelleux qui ont pris place sur le lit. J'ai poussé tous les cartons contenant les vêtements vers la garde-robe, où je les ai empilés. J'y ai rangé également les valises, ne laissant à l'extérieur que ses pantoufles, sa robe de chambre et un pyjama propre. Ensuite, j'ai refermé la porte du placard sur le désordre. J'ai dû forcer un peu, mais j'y suis arrivée. Tout le contenu de la chambre qui était emballé a pris le chemin des autres placards et des tables de nuit. J'ai mis les coussins sur les deux fauteuils d'osier installés près de la grande fenêtre et j'ai placé son tableau préféré en appui sur un meuble, devant le lit. Je n'ai eu de cesse de fouiller les cartons du salon à la recherche de tissus pouvant faire office de rideaux pour la chambre. Heureusement, l'ancien locataire avait laissé une tringle à cet effet. Je ne me suis arrêtée que lorsque cette pièce s'est mise à ressembler à une chambre où il ferait bon se reposer.

Puis j'ai aménagé la salle de bain avec les accessoires de toilette, les parfums de Massimo. J'ai suspendu des serviettes et accroché le rideau de douche. Satisfaite, je me suis attaquée à la cuisine. J'ai déniché la cafetière et le grille-pain, je les ai installés sur le comptoir et les ai branchés. J'ai placé à portée de main sachets de thé et capsules de café, et j'ai déposé quelques couverts dans un tiroir et la vaisselle dans l'armoire. Le nécessaire, quoi. La grande pièce centrale qui servirait de salle à manger et de salon n'était qu'un foutoir pas possible.

J'ai réussi – au prix d'un terrible effort – à dégager un petit espace pour me rendre au divan et j'ai libéré la table à café. De cette façon, Massimo aurait un coin, même minuscule, pour se reposer. J'ai ouvert je ne sais plus combien de cartons avant de dénicher la chaîne stéréo. J'ai installé les haut-parleurs à bonne distance, j'ai branché le tout et j'ai syntonisé le poste de musique préféré de Massimo : du jazz en continu. J'ai ajusté le son. La musique a alors envahi l'espace tout doucement. Je me suis servie des gradateurs au mur pour tamiser l'éclairage et j'ai savouré l'instant. Si ce n'était du bordel sans nom qui prenait tout l'espace, on se serait cru chez Massimo.

J'ai replié les cartons que j'avais ouverts, j'ai ramassé le papier d'emballage, je me suis débattue jusqu'à l'ascenseur pour ne rien laisser échapper et je suis allée tout déposer dans les bacs de récupération au garage. Mission accomplie ; maintenant que Massimo avait une jolie chambre douillette qui l'attendait, je pourrais mieux dormir, moi aussi.

*

Ce samedi-là, Bernardo et moi profitions d'une soirée pyjama, enfin détendus. Mon homme avait fait un grand feu dans la cheminée. À l'extérieur, une petite neige tombait sans relâche, rendant le paysage bucolique à souhait. Les nombreux luminaires en provenance de Bali que j'avais fait installer dans le jardin créaient une atmosphère presque irréelle autour de ces pierres de forme ovale qui ne laissaient passer leur lumière que par quelques fines tranches irrégulières qu'un artiste y avait creusées. Tout ce blanc et la lueur jaune d'œuf de l'ampoule électrique faisaient du bien à l'âme.

J'avais préparé un souper léger que nous nous apprêtions à déguster devant un vieux film des frères

Taviani. Nous reposions nos estomacs engorgés par les quantités gargantuesques des repas des fêtes et nos cœurs rendus tristes par la maladie de Massimo. Nous avions pris congé de visite à l'hôpital ce jour-là. Je savais qu'il passait la journée avec un couple d'amis de longue date. Gina avait été sa professeure de *ballroom* dans une autre vie.

Puis le téléphone a sonné. Bernardo et moi avons hésité avant de répondre. J'ai laissé sonner trois coups, puis me suis décidée à décrocher.

C'était Massimo. D'abord, je n'ai rien compris à ce qu'il me disait. Il semblait perdu, il cherchait ses mots et ne terminait pas ses phrases. Comme je n'arrivais pas à comprendre, il m'a simplement déclaré que Gina m'expliquerait mieux.

Je n'avais vu cette fille qu'à de rares occasions, mais j'en gardais un agréable souvenir. Je me rappelais une fort jolie femme, dynamique, séduisante et rieuse. Et René, son mari, était tout aussi gentil.

— Ça va, Olivia ? Tu te souviens de moi ?

— Oui, oui, lui ai-je dit, inquiète. Est-ce que tout va bien ?

— Oui, oui. Tout va bien. En fait, ça va mieux depuis que Massimo a pris une grande décision.

— Hein ? Quelle décision ? ai-je voulu savoir, encore plus paniquée.

J'ai fait signe à Bernardo, qui n'arrêtait pas de me demander à qui je parlais, de prendre l'autre combiné.

Elle m'a expliqué que, depuis deux jours, Massimo souffrait tellement qu'il avait demandé de l'aide au personnel. Quelqu'un était venu écouter sa requête. Mon cœur s'affolait dans ma poitrine. Un oiseau fou qui voletait dans tous les sens, se frappant sur les barreaux de sa cage d'os. Massimo voulait en finir. Il savait qu'il n'avait plus aucune chance de s'en sortir et surtout, surtout, il n'était plus capable de supporter la douleur. La morphine qu'on lui injectait ne faisait presque plus effet.

— Donc... ai-je avancé.

— Il veut partir ce soir.

— Quoi, ce soir ? Là ? Maintenant ?

— C'est tout un protocole, mais un médecin s'apprête à lui injecter un médicament qui va l'aider à s'en aller doucement. Olivia, il est si faible et si malheureux qu'on doit le laisser partir. Cet après-midi, j'ai noté ses dernières volontés. Il est prêt. C'est ce qu'il veut.

Je scrutais les yeux de Bernardo, qui s'était rapproché de moi. Il m'a fait un signe de la tête, comme s'il était déjà au courant de la décision de Massimo. À cet instant, je n'avais même pas de chagrin, j'étais affolée.

— Quand ? Ils veulent faire ça quand ? lui ai-je demandé, la gorge sèche.

— C'est prévu pour dix-neuf heures.

J'ai regardé la grande horloge suspendue dans la salle à manger. Il était plus de dix-huit heures. On n'arriverait jamais à temps !

— Peux-tu leur demander de retarder le protocole d'une heure... ?

— Je vais essayer...

Puis elle m'a repassé Massimo.

— Coucou, *principessa* !

— Euh ! Coucou. Massimo, c'est vraiment ça que tu veux ?

— Oh oui. Je n'en peux plus, Olivia. Je peux plus tenir.

— Oui... Mais tu as encore du temps... Je t'ai préparé ta nouvelle chambre... Ils ont dit que...

— Non. Je peux plus. Je n'ai plus de temps. C'est maintenant, a-t-il prononcé avec toute la vigueur dont il était capable.

Il a essayé de m'expliquer le plus clairement possible.

— Je pars pas tout de suite. Ça peut durer quelques jours. Ça commence dans une heure… Et c'est parfait comme ça.

— Mais on sera jamais là assez vite… Laisse-nous le temps d'arriver. D'appeler les autres.

Il a ri doucement. Il semblait plus lucide, tout à coup. Je ne parvenais pas à croire ce que j'entendais.

— Bon ! Tu veux être là. O.K. Ben d'abord, apporte la boîte de kleenex, si tu veux qu'on fasse ça comme ça. On va pleurer en gang.

Et il a raccroché. J'ai fixé Bernardo. J'avais l'impression que j'allais me réveiller de ce cauchemar d'une minute à l'autre. Puis on a réagi au même moment. On a monté l'escalier en quatrième vitesse pour aller changer de vêtements. Les pyjamas ont volé dans la pièce. Bernardo a pris le plateau du repas, qu'il a logé tant bien que mal sur une tablette dans le réfrigérateur. Pendant ce temps, j'ai attrapé nos deux cellulaires, mon sac à main, et on a enfilé nos manteaux et nos bottes.

— Je vais conduire, m'a indiqué Bernardo d'une voix ferme en attrapant les clés de la voiture.

Dans l'état où je me trouvais, j'aurais été incapable de prendre le volant. Et on est partis sur les chapeaux de roues. Normalement, on met une bonne heure et quart pour atteindre le pont Champlain, et ensuite il faut le franchir. Mais on n'était pas au bout de nos peines puisqu'il nous fallait en plus traverser la moitié de la ville pour nous rendre au St. Mary. Et en plus, il neigeait à plein ciel. « On n'arrivera jamais à temps ! On n'arrivera jamais à temps ! me répétais-je. Je veux lui parler une dernière fois. Je veux lui dire… je veux… »

Tandis que Bernardo se concentrait sur la route et conduisait tel Fangio, ce champion coureur automobile argentin, moi, j'appelais les amis. Lulu d'abord. Elle pouvait être à l'hôpital dans moins d'une demi-heure puisqu'elle ne demeurait pas trop loin de Montréal. Puis je me suis rappelé que François et Albert passaient la soirée avec Miro, dont l'appartement se trouvait dans le quartier McGill. Je leur ai expliqué rapidement le peu que je savais de la situation. Albert a éclaté en sanglots. C'est son chum qui a pris le relais.

— On y va tout de suite, m'a assuré François. On va tout faire pour retarder l'injection. Essayez de ne pas vous tuer, soyez quand même prudents.

J'ai fait mentalement la liste de nos amis. Henri et Thomas étaient aux États-Unis, à Truro dans leur maison de vacances, pour la période des fêtes. Je les appellerais plus tard. Allison était auprès de sa maman. Inutile d'en rajouter! Finalement, j'ai songé à Geneviève, la sœur de Juliette, qui habitait à quelques pas de l'hôpital et du nouvel appartement de Massimo. La proximité de cette amie avait d'ailleurs influencé son choix. Je l'ai jointe chez elle. Elle m'a juré qu'elle serait à l'hôpital rapidement. J'ai refermé mon cellulaire et levé les yeux. Nous étions rendus à la sortie 48. Je n'avais jamais vu Bernardo conduire aussi vite. Ce n'était pas prudent. Mais il savait que chaque minute comptait.

— Pourvu qu'on ne se fasse pas pincer par la police. Il ne manquerait plus que ça.

Mon amoureux m'a serré la main pour calmer mes inquiétudes. J'ai aussitôt replacé sa main sur le volant. «Ça serait bien qu'on arrive en un morceau», me suis-je dit. J'ai songé soudain aux amies maquilleuses avec qui Massimo travaillait régulièrement. J'ai repris mon cellulaire. Je ne savais pas si ce dernier voulait avoir tout ce monde autour de lui, mais je n'ai pas pris de risques. J'ai laissé un message à l'une d'elles dans sa boîte vocale, l'avertissant de la décision de Massimo; j'ai présumé qu'elle en informerait les autres. Je ne sais pas pourquoi, j'ai ensuite fait défiler tous les noms du répertoire de mon cellulaire. J'avais besoin d'appeler à l'aide. J'aurais appelé la terre entière. Il fallait que tout le monde sache que mon ami, mon frère, était sur le point de s'en aller.

Puis le téléphone a sonné. J'ai sursauté et laissé échapper un cri. Bernardo a fait une embardée, a évité de justesse la voiture qu'il tentait de dépasser. Nous nous apprêtions à franchir le pont. J'ai répondu : c'était François. Geneviève et Lulu étaient déjà arrivées, Massimo était tout à fait conscient, et l'infirmière qui s'occupait de lui avait confirmé que le rendez-vous serait retardé à vingt heures trente. On avait tout notre temps. « Non, me suis-je dit. Non ! On n'a pas tout notre temps. Le rendez-vous est déjà pris avec l'ange de la mort. Il est juste retardé d'une heure. »

10

Ça s'est passé tout doucement. La nouvelle chambre individuelle était plus confortable et aucun tableau ne venait irriter l'œil de Massimo. Lorsque Bernardo et moi sommes entrés, ils étaient tous autour de lui. Massimo – qui n'était déjà plus celui que j'avais connu – m'a semblé soudain si menu. Était-ce le lit qui était plus large que le précédent ? Il n'avait pas pu maigrir si rapidement. Quelque chose avait changé. Son visage était émacié. On ne voyait que ses grands yeux verts, brillants de fièvre et de morphine qui tentaient, malgré tout, de nous sourire. Nos amis avaient eu le temps de lui faire leurs adieux avant notre arrivée. Ils sont sortis discrètement pour nous laisser seuls avec Massimo.

« Surtout, ne pas pleurer. Juste être avec lui pour ces derniers instants. » Je me suis assise au bord du lit et je lui ai pris la main. J'ai murmuré : « Je t'aime. » Il a fermé les paupières pour me signifier que lui aussi m'aimait. Puis il a avancé sa main vers mon visage et a commencé à tourner une mèche de mes cheveux entre ses doigts.

— Ta coiffeuse, elle l'a vraiment pas. Tu devrais l'emmener ici. Je la guiderais. Je te ferais une meilleure coupe que ça.

Puis il est tombé profondément endormi. Après quelques minutes seulement, il a rouvert les yeux.

— Ah! Tu es là? m'a-t-il dit, étonné. Où est l'Italien?

— Je suis là, lui a répondu Bernardo.

— C'est pour bientôt, non? Il est quelle heure?

J'ai consulté ma montre. Il était vingt heures vingt.

— Je n'en peux plus, tu comprends, Olivia? J'ai tellement mal.

Puis il a dit en italien qu'il avait envie de retrouver sa mère. Il avait envie d'être auprès d'elle…

— *Dormiro. E allora, anche, il dolore andra via.*

C'était ce qu'il voulait: dormir, et que la douleur s'endorme aussi.

Massimo m'a fait une drôle de petite moue, comme pour s'excuser de vouloir partir, de ne plus être capable de supporter la douleur. Je lui ai rendu son sourire pour lui signifier que j'étais d'accord avec sa décision. Après tout, qu'est-ce qui lui restait comme qualité de vie? Rien. Absolument rien. Il avait la peau sur les os, il n'était plus que l'ombre de lui-même, il s'étiolait à vue d'œil.

Il faisait tellement pitié, plié en deux, en sueur, le regard suppliant d'en finir au plus vite. «On achève bien les chevaux! m'avait-il répété à plusieurs reprises dans les semaines précédentes. Pourquoi on n'aiderait pas les humains à s'éteindre doucement au moment où ils le demandent? Surtout s'ils n'ont plus rien à attendre de la vie…»

Quand ça a été terminé, Massimo s'est tourné vers moi avec un grand sourire.

— *A domani, principessa. Ciao, ciao!*

Je l'ai bordé et on est sortis de la chambre. On serait avertis s'il se passait quoi que ce soit. J'ai évoqué la possibilité de rester pour la nuit. On m'a dit que c'était inutile. Qu'il ne risquait pas de partir tout de suite; le processus durait entre vingt-quatre et soixante-douze heures.

On a franchi les portes de l'hôpital et l'air frais de la nuit nous a surpris, mais nous a fait du bien. On oublie que la chaleur étouffante de l'hôpital nous maintient dans une espèce de torpeur et nous enveloppe dans un cocon ouaté qui atténue, pour un temps, les angoisses et la tristesse. Une fois dehors, la réalité nous rattrape. On a froid tout à coup et la peur est présente, à nouveau.

On est demeurés là, de longues minutes, à regarder la nuit et la neige nous couvrir. On ne parlait pas. Il n'y avait plus rien à dire. Massimo s'en allait. Bernardo m'a serrée dans ses bras.

— *Vieni, vieni.*

— Où on va? ai-je demandé à mon amoureux.

On s'est regardés et on a soupiré. On était trop fatigués pour rentrer dans les Cantons-de-l'Est et, comme j'avais l'intention de revenir le lendemain matin, il fallait trouver un endroit où dormir.

— Et si on allait chez Massimo? ai-je proposé. La chambre et la salle de bain sont aménagées, on a une place de stationnement dans le garage et c'est à deux pas. Ce sera pratique pour demain.

Bernardo a acquiescé.

En entrant, on a fait abstraction de tout le fouillis que contenait la pièce principale. On a pris notre douche à tour de rôle, on a fermé les lumières et on s'est enfermés dans la chambre. On est restés dans le noir, allongés l'un contre l'autre, trop épuisés pour parler, trop épuisés pour pleurer. On s'est endormis à l'aube, dans l'appartement de Massimo où il ne mettrait jamais les pieds, finalement.

*

Le lendemain, j'étais à l'étage des soins palliatifs à la première heure. Les collègues de cinéma étaient passées encore plus tôt. Elles m'avaient écrit un mot. Elles avaient été chamboulées par le message que j'avais laissé à l'une des leurs. Elles avaient voulu voir Massimo une dernière fois, essayer de lui parler. Elles le savaient malade, mais jamais à ce point. Il avait bien gardé son secret. Personne dans la profession n'était au courant qu'il était en phase terminale. C'était à peine si elles l'avaient reconnu.

J'ai passé toute la journée à ses côtés. Je lui ai tenu la main, j'ai caressé son visage, sa tête qui piquait un peu. Ses cheveux avaient recommencé à pousser. C'est tenace, la vie! J'étais devant quelqu'un que je ne reconnaissais pas. Il ne restait pas grand-chose de l'ami que j'avais tant aimé. L'être allongé dans ce lit ne ressemblait en rien au Massimo joyeux, à cet homme brillant, curieux de tous les sujets, doublé d'un esthète incroyable, pratiquant un humour à nul autre pareil, et possédant de surcroît tous les talents. Entre autres celui de me faire rire. Ce Massimo malade, ce n'était pas l'Italien flamboyant avec qui j'avais passé une partie de ma vie.

J'avais apporté mon iPad avec l'intention de faire écouter à Massimo, même s'il dormait profondément, la musique que nous partagions depuis des années. Je l'ai installé sur la table de chevet, j'ai sélectionné une compilation des plus grands succès de Cole Porter et d'autres artistes que nous aimions tout particulièrement et je les ai fait jouer en boucle, comme nous en avions l'habitude. J'espérais secrètement qu'il se lève de son lit, qu'il me prenne dans ses bras et qu'il m'entraîne sur la piste de danse improvisée dans cette chambre d'hôpital, vêtu de sa jaquette bleue – il en aurait bien été capable! –, en me chantant à l'oreille…

Heaven, I'm in heaven!
And my heart beats so that I can hardly speak

And I seem to find the happiness I seek
When we're out together dancing cheek to cheek

J'ai passé tout le jour ainsi, tantôt à lui tenir la main, tantôt à chanter tout bas pour lui. Pas aussi bien qu'il l'aurait fait. Il avait une voix magnifique et chantait avec un tel plaisir! Le personnel infirmier venait régulièrement vérifier que tout allait bien pour Massimo. On le changeait de position, on vérifiait ses signes vitaux, sa température. Je sortais alors de la chambre pour aller me chercher un café et je revenais aussitôt pour ne pas rater ces précieux instants auprès de mon ami. La musique nous enveloppait. Parfois jazz, parfois française. Julien Clerc, Aznavour et Bécaud se faufilaient entre Bing Crosby, Ella Fitzgerald, Leonard Cohen. À d'autres moments, je lui parlais de nous, de ce que l'on avait traversé, de ce qui nous avait fait rire. «Te rappelles-tu la fois où…»

Je lui ai même parlé en italien, croyant que ça le ferait peut-être réagir. Mon accent l'exaspérait au plus haut point. «C'est bien la peine de vivre avec un Italien! me répétait-il. *Smetti di guardarlo! Sapiamo che è bello! Ascoltalo!* Arrête de le regarder! On le sait qu'il est beau! Écoute-le!»

Ma tentative de réveiller Massimo a été vaine. Il dormait. Son souffle régulier m'apprenait qu'il ne souffrait plus, qu'il partait doucement vers une terre inconnue, où je n'avais pas la possibilité de le suivre.

La noirceur m'a étonnée. Il se faisait tard. Je me suis levée du fauteuil où j'étais assise. Rien n'avait changé. Rien n'avait bougé. Massimo dormait. Il avait juste un peu plus de difficulté à respirer. Et c'est là que les voix du duo formé par Ashley Judd et la jeune Tayler Hamilton chantant *True Love* – un extrait de la bande musicale du film sur Cole Porter, *De-Lovely* – m'ont surprise.

... Oh, how lucky we are
While I give to you and you give to me
True love, true love
So on and on it will always be
True love, true love

For you and I have a guardian angel
On high, with nothing to do
But to give to you and to give to me
Love forever, true

Mes larmes se sont mises à couler. C'est vrai que nous étions chanceux, Massimo et moi. Je l'ai embrassé une dernière fois.

— *Ciao! Ciao!* Mon Massimo !

Et je suis partie.

*

Lorsque, quelques jours auparavant, Massimo avait dicté ses dernières volontés à son ancienne professeure de danse, il avait nommé Geneviève et son amie productrice exécutrices testamentaires. C'est ainsi que, ce 5 janvier à six heures du matin, le lendemain du jour où je lui avais fait mes adieux, Geneviève m'a confirmé la mort de Massimo. Elle avait passé la nuit à son chevet. Il s'était éteint à l'aube, sans se réveiller, sans avoir souffert. J'étais presque soulagée que ce soit fini. C'était ce qu'il avait voulu. S'en aller doucement. Presque sur la pointe des pieds. Ce n'est donc pas moi qui ai eu à m'occuper de la suite à l'hôpital, du transport du corps vers un établissement funéraire ni des affaires légales de mon ami. J'avais seulement à informer nos amis communs et à vivre mon deuil. Au téléphone, Albert était dévasté, mais une question revenait sans cesse.

— Ce n'est pas toi, l'exécutrice testamentaire de Massimo ? Comment il a pu faire ça ?

— Albert, tout ce que je sais, c'est que Massimo a confié cette charge à ces deux filles. Elles auront à voir au bon déroulement de la succession. C'est tout.

— Oui, mais… C'est qui, ces deux filles-là ? On les connaît pas.

J'ai tenté de lui rafraîchir la mémoire. Geneviève était la sœur de Juliette qui habitait Paris et qu'Albert avait déjà rencontrée chez moi, et Gladys vivait dans le même quartier que Massimo. Ils fumaient souvent des pétards ensemble.

— Il n'avait sûrement pas toute sa tête pour faire ça ! a-t-il insisté.

— Peut-être pas. Peut-être aussi que c'est exactement ce qu'il voulait.

*

Cette conversation s'est poursuivie le lendemain, à la maison, devant un café. Albert n'en démordait pas.

— Ça n'a aucun sens, Olivia. J'en ai parlé avec François et lui aussi est étonné. Tu étais sa plus vieille amie. Vous vous connaissiez depuis… Depuis combien d'années, au fait ?

— Plus de trente ans, je pense.

— Coquelicot, comment il a pu te faire ça ? Pourquoi ce n'est pas toi qui t'occupes de ses affaires ?

— Albert, c'est ce qu'il voulait. On ne va pas à l'encontre des décisions d'un mourant.

— Oui. Si ça porte préjudice à la personne qui le mérite le plus. Tu as tout le temps été là. Durant toute sa vie.

— Bon ! On arrête ça ici, Albert. Je ne sais pas ce qu'il avait en tête. Mais c'est noté, noir sur blanc.

Je ne lui ai pas dit sur le coup que, dans les notes de ce testament olographe, Massimo m'avait légué son piano, même s'il l'avait déjà vendu aux enchères. Je n'ai pas non plus fait mention de deux ou trois autres trucs tout aussi bizarres qu'on m'avait rapportés. La seule chose à considérer, c'est qu'il avait confié la gestion de ses dernières volontés à ces deux filles. *Punto*.

— Est-ce qu'il a laissé un vrai testament chez un notaire ?

— Je ne sais pas. Il va sûrement y avoir une recherche.

Bien sûr que la chose m'avait étonnée au début. Mais j'en étais venue à la conclusion que c'était pour m'éviter toute la paperasse, le choix d'une urne, l'organisation de la crémation et des arrangements pour l'enterrement qu'il avait fait ça. De cette façon, je pouvais me consacrer à mon chagrin. Et j'en avais plein le cœur et la tête. Ça me suffisait amplement.

Les deux filles ont tout organisé tel que Massimo l'avait spécifié. Elles m'ont consultée à plusieurs reprises. Je savais qu'il ne voulait pas être exposé, qu'il ne voulait pas de funérailles religieuses, mais souhaitait être incinéré. Tout cela avait été noté dans ses dernières volontés. Elles se sont occupées de suivre à la lettre ce que désirait Massimo, à une volonté près qui posait un certain problème. Il voulait, si possible, être enterré avec sa maman. Celle-ci avait été mise en terre au cimetière San Michele, à Venise. Il faudrait vérifier si la chose était permise, mais ce serait plus tard. D'ici là, il y avait beaucoup à faire.

D'un commun accord, nous avons cherché un lieu où faire non pas un enterrement traditionnel, mais bien une fête en son honneur. On a évoqué une salle de musée ou un théâtre, ce qui était déjà mieux qu'un salon funéraire. Finalement, le nom d'un restaurant sur le boulevard Saint-Laurent, où j'avais fait mon premier lancement de livre, a été mentionné. Massimo avait aimé l'endroit. Après les renseignements pris auprès du Robin des Bois, nous avons choisi cette option.

On nous a promis que la salle entière nous serait réservée si nous faisions la cérémonie un samedi de onze heures à dix-sept heures, ce qui était assez pratique pour les gens concernés. On nous a également dit qu'on servirait des bouchées et du vin, qu'on pourrait mettre la musique qu'on désirait et qu'on pourrait projeter un diaporama pour rappeler aux amis et collègues des pans de sa vie privée et professionnelle. Je me chargerais des fleurs. J'aurais bien aimé remplir les vases de gerbes de pivoines de mon jardin, mais nous étions en janvier. Je me suis rabattue sur des orchidées et des lys callas blancs.

Une des grandes difficultés lors de la préparation de cette cérémonie a été de trouver une bonne photo de Massimo. Tous les amis ont été sollicités. Nous avons dû admettre que les clichés que nous avions en notre possession ne pouvaient servir pour le portrait que nous voulions placer près de l'urne. Il avait souvent les mains devant son visage, jouant les mystérieux, quand ce n'était pas dans ses cheveux, pour faire le clown ; sur d'autres photos, il grimaçait ou s'adonnait à son jeu préféré : « On m'voit, on m'voit plus. » Sur d'autres encore, il prenait des poses de star hyper dramatiques et un peu ridicules. Par contre, on a utilisé ces photos pour faire un montage. On a trouvé dans ses cartons des photos de son enfance en Italie, avec sa mère, ses oncles et tantes, et de son arrivée au Québec, alors qu'il était un jeune freluquet plein d'hormones. Des diapositives avec ses collègues dans les divers salons de coiffure qu'il avait fréquentés avant de se lancer en cinéma. Lui, également, avec quelques vedettes et d'anciens amants. Et le Massimo du temps de la maison jaune, et de sa petite demeure à Pitigliano. Il faut le dire, toutes ces représentations de notre ami étaient cocasses et sortaient de l'ordinaire.

Finalement, son amie maquilleuse a déniché LA photo, que l'on a insérée dans un cadre d'argent. Elle avait été prise par un photographe de plateau alors que Massimo se trouvait avec son équipe à Vancouver, pendant son dernier tournage. Sur ce cliché en noir et blanc, il porte ses lunettes rondes Armani, un joli chapeau sur sa tête encore chevelue, il arbore un bouc légèrement blanchi et bien taillé au menton et surtout, surtout, il sourit franchement. Ses joues sont rondes et ses yeux brillent de vivacité. Il est magnifique. Il semble heureux. J'ai fait faire plein de copies pour les distribuer à ceux qui m'en demanderaient.

*

Tous les amis sont venus rendre un dernier hommage à Massimo. Même Henri et Thomas, qui sont rentrés exprès de Truro. François, Albert et leur fils Miro, ainsi qu'Allison et Lulu étaient ravis que cette commémoration n'ait pas lieu dans un salon funéraire. Trop conventionnel, trop triste pour Massimo. Une fois de plus, Armand manquait à l'appel.

— Ça va, Armand ? me suis-je informée auprès de Lulu.

— Oui, oui. Ça va. Enfin, si on veut. Je t'en reparle, m'a-t-elle donné comme explication.

Mais ce n'était ni le lieu ni l'heure pour en apprendre davantage.

Le clan italien était présent. Graziella adorait Massimo. Elle était là avec Luigi, ainsi que Giulia, que j'ai trouvée pâlotte. Mais elle a vite repris des couleurs à la vue de Miro. Ils s'étaient rencontrés à plusieurs reprises dans des fêtes et semblaient heureux d'être réunis une fois de plus. On avait évité la cérémonie aux jumeaux.

Comme Bernardo ne connaissait pas tout le monde, Vincent, Marie, Batiste et Raphaëlle m'aidaient à accueillir les gens. De nombreuses personnes avec qui Massimo avait travaillé étaient là. Il y a eu de la musique, du vin, beaucoup de rires aussi – ce qu'aurait apprécié mon ami – et quelques petits laïus ont été prononcés en toute simplicité. Des collègues du milieu du cinéma ont tenu à prendre la parole, dont une femme, perruquière renommée, qui est venue dire qu'elle avait mis je ne sais plus combien d'années à apprendre ce métier alors que Massimo, lui, en avait saisi les rudiments en un temps record.

— Il était doué, a-t-elle conclu, émue. Très doué.

D'autres ont rappelé son humour caustique. Ils ont relaté certains moments hilarants. Mais je crois que l'allocution la plus touchante a été prononcée par Bernardo. D'habitude timide, il a tenu à s'adresser aux personnes présentes. Tout d'abord, il a parlé en français, mais sans s'en rendre compte il a changé pour l'italien. L'alcool ? La peine ? Ou tout ça mélangé ? Nous étions peu à comprendre ce qu'il racontait au sujet de Massimo. Il a d'abord fait mention de sa rencontre avec son nouvel ami dans leur village à Pitigliano, de notre premier échange alors que Massimo et lui s'étaient moqués de moi, de notre mariage. Tout le monde a compris que mon amoureux appréciait beaucoup Massimo et qu'il allait lui manquer énormément. À la fin, la voix cassée par l'émotion, il a réussi à nous faire pleurer.

— C'est fou, a dit François, je ne saisis pas un traître mot d'italien, mais j'ai l'impression d'avoir tout compris.

Mon amoureux s'est précipité vers moi. Un petit garçon qui vient de perdre son meilleur ami.

Notre groupe d'amis, ainsi que mes deux familles, l'italienne et la québécoise, se sont retrouvés à la même table. Ça a été notre tour d'évoquer les fois où... Les fois où Massimo nous avait fait rire aux éclats, nous avait appris quelque chose d'inusité, nous avait coiffés de belle façon, s'était moqué de nous... Avait pesté contre la technologie, avait redemandé nos bons petits plats, avait pleuré d'émotion devant un film...

Et puis, tout doucement, l'heure de se quitter est arrivée. On s'est pris dans nos bras, on s'est répété qu'on ne l'oublierait pas. À tour de rôle, on est allés embrasser l'urne, pour un dernier au revoir.

— Qu'est-ce que vous faites de l'urne ? a demandé Lulu.

— Elle s'en retourne au salon funéraire... en attendant de savoir si Massimo peut être enterré à Venise, dans le caveau de sa maman.

Si c'était le cas, Bernardo et moi pourrions nous en charger lors de notre prochain voyage en Italie. Mais je connaissais suffisamment le système italien pour savoir que les démarches seraient ardues et traîneraient en longueur.

Bernardo et moi n'arrivions pas à partir. On aurait pu rester et partager un repas tous ensemble, mais les réservations étaient déjà complètes. On avait oublié d'envisager cette possibilité dans nos préparatifs de l'hommage.

Quelqu'un a proposé qu'on aille ailleurs. Graziella était prête à ouvrir sa maison. Son réfrigérateur et son garde-manger étant toujours plein, ça ne posait pas de problème. On a décliné l'offre. Il fallait déplacer les voitures, tout le monde était fatigué et préférait rentrer. On a conseillé à chacun d'être prudent sur la route.

J'ai embrassé Vincent. Marie m'a longuement serrée dans ses bras. Elle avait les yeux rougis. Raphaëlle et Batiste ont fait de même. Bernardo a embrassé les siens avant qu'ils franchissent la porte. Les Italiens sont partis sans leur fille, qui allait dormir chez Raphaëlle. J'étais contente de la tournure des événements. J'avais tenté de faire parler Giulia, au cours de l'après-midi, et j'avais senti que quelque chose l'inquiétait, qu'elle avait besoin de se confier. Mais pas à moi. Elle avait choisi la meilleure, celle qui saurait l'écouter et la conseiller, Raffie.

Il n'y avait plus que le personnel dans le restaurant. Les tables avaient été replacées, la musique s'était tue. Des clients commençaient à arriver. L'urne et les fleurs avaient disparu, emportées par Geneviève et Gladys.

Bernardo m'a pris la main. L'a serrée très fort. Je me suis souvenue d'une phrase que j'avais lue récemment : « On reconnaît le bonheur au bruit qu'il fait en partant. » Nous étions seuls au monde, tout à coup. Et maintenant, qu'est-ce que nous allions devenir sans Massimo ?

11

L'hiver m'a paru terriblement long, la vie m'a paru excessivement terne. La période « après Massimo » m'a plongée dans un voyage immobile dans lequel je n'arrivais pas à trouver mon rythme, mon souffle. Je ne faisais que du surplace. Je tournais en rond. Je me sentais momifiée. Je venais de perdre mon essence et rien, absolument rien, ne remplaçait ce manque. Pourtant, ils s'y sont tous mis. Bernardo le premier. Un monolithe à mes côtés. Présent, silencieux, à voir à tous mes besoins. Il m'apportait les déjeuners au lit, me faisait couler des bains, me suggérait de faire des siestes. Il répondait aux appels, rassurait les amis.

« Non, elle n'est pas prête. Oui, elle arrive à dormir. Non, elle ne va pas sombrer. »

Il y veillait. Il faisait les courses, cuisinait, s'occupait de la maison, me berçait parfois comme une enfant. Il m'avait même offert de retourner en Italie, où le printemps arrive plus tôt qu'ici. Mais il savait que sa proposition était inutile. Je ne parvenais pas à bouger, à quitter le fort. Massimo ne me laissait pas d'une semelle. Il occupait mes jours et mes nuits. Je ne voyais pas le moment où je redeviendrais autonome, où j'arriverais à vivre avec un seul Italien à mes côtés. J'avais ce vieux réflexe de vouloir appeler mon ami pour lui demander conseil, pour lui raconter quelque chose, pour savoir ce qu'il faisait, ce qu'il écoutait, ce qu'il mangeait. Et je ne savais même pas où il était.

J'avais beau scruter le ciel, l'horizon, aller faire un tour dans « sa » chambre, je ne rencontrais que le vide. En partant, il avait creusé un trou énorme.

Il me semblait que je n'avais plus de larmes. Mais l'eau ruisselait encore sur mes joues. Il me manquait tellement.

Puis, un dimanche matin très doux pour la saison, ils ont tous débarqué, les bras chargés de denrées, afin d'organiser un « super brunch » pour souligner la fête des Rois. Celle-ci était passée depuis quelque temps, mais comme je n'étais pas assez bien, ils l'avaient décalée. Les Rois, ça semblait un beau prétexte pour qu'on se retrouve à nouveau réunis. J'avais ma tête des mauvais jours. Je me suis quand même forcée à sourire. Ils ont fait comme si tout était normal.

Le clan italien était présent au complet. Même le fils de Bernardo avait fait le voyage depuis Toronto. Tonino n'était pas accompagné, cette fois-ci. Lors des dernières rencontres familiales, il nous avait habitués à de drôles de numéros. Des blondes qui riaient fort et qui ne parlaient pas un mot de français, des filles super sexy, habillées de marques et tellement sûres d'elles qu'elles en étaient arrogantes, des refaites de la tête aux pieds, des bimbos à peine aimables… Son père était chaque fois décontenancé devant ces jeunes filles qui ne ressemblaient pas vraiment à la personnalité de son fils. Pour ma part, j'essayais de rassurer Bernardo. « Tonino ne s'est pas encore trouvé. Ça viendra. » Et aujourd'hui, il était là, seul et drôlement plus décontracté qu'à l'accoutumée. Et gentil, de surcroît. À ça non plus, il ne nous avait pas habitués. Il avait été si dur face à ma présence dans la vie de son père. Je ne savais jamais s'il m'en voulait encore d'avoir pris la place de sa mère. Je n'étais en aucune façon responsable de sa disparition, mais il m'en tenait rigueur.

Lorsque nous avons été seuls, il s'est même excusé sincèrement de n'avoir pu assister à la cérémonie funéraire pour Massimo.

— C'est tellement triste, partir si vite. Je l'aimais beaucoup.

J'avais toujours cru que mes amis gais irritaient profondément ce jeune homme. Il ne s'en était d'ailleurs jamais caché. Est-ce qu'en prenant de l'âge et de la maturité il changeait de tempérament ?

Il avait apporté plein de cadeaux pour ses neveux qu'il n'avait pas vus depuis longtemps. Que des gadgets sophistiqués, appareils qui se branchent pour mieux se recharger. Tous ces écrans qui réclamaient leur attention les tiendraient occupés. Graziella était légèrement choquée. Elle et son mari n'avaient pas les moyens d'offrir pareils cadeaux à leurs enfants. C'est qu'il faisait pas mal d'argent, maintenant, le petit frère exilé à Toronto !

Mon fils, Marie et les enfants étaient là également, et Albert et François s'étaient joints à nos familles. Miro était aussi de la partie, pour le plus grand plaisir de Giulia et Raphaëlle. Ces trois-là se tenaient à l'écart et avaient l'air de comploter sérieusement. Il semblait que la présence de sa cousine et celle du footballeur apportaient un peu de joie à Giulia. Elle paraissait moins préoccupée, elle a même souri, ce qu'on ne l'avait pas vue faire depuis belle lurette. Raphaëlle m'avait fait son rapport quelques semaines auparavant. Oui, Giulia avait un secret. Oui, la situation s'arrangeait. Non, elle n'était pas capable d'en parler encore. Bientôt, elle l'espérait, ce serait du passé. Et non, on ne pouvait rien faire pour le moment. J'étais intriguée, quelque peu inquiète, mais j'avais confiance en Raphaëlle. Je ne devais pas m'en faire. Elle et Miro avaient pris les choses en main et s'occupaient de Giulia. Ils étaient formidables, mes grands. Ils s'écoutaient, s'entraidaient, se respectaient.

Nous avons partagé la galette des Rois. Et cette année, nous avons eu droit à deux monarques. Luca et Enzo ont été proclamés, coup sur coup, souverains pour l'occasion. Ils ont mis un temps fou à choisir leur reine. Pas leur mère, pas leur sœur. Et surtout pas leur grand-mère !

— Ah non ! se sont exclamés en chœur les jumeaux à la suite de la suggestion de Graziella. Pas elle.

— Elle est tout le temps triste, Mamou, a enchaîné Luca.

Aucun filtre, ces deux-là. Son père et Bernardo ont tout essayé pour le faire taire. Les autres aussi ont protesté. Mais la chose n'a pas été possible. Son frère en rajoutait également.

— Oui, elle est plus avec nous, s'est écrié Enzo.

Au lieu de les bâillonner, comme on avait trop souvent l'habitude de le faire, j'ai suggéré qu'on les laisse s'exprimer jusqu'au bout, même si ça risquait de me faire un peu mal.

— Mamou, elle est comme partie en voyage dans le pays des morts, a avancé Luca en s'adressant aux adultes présents.

— T'es encore là, mais t'es plus là. On dirait que t'es partie avec Massimo. Et nous, on a envie que tu sois encore ici, avec nous. On a juste une Mamou et c'est toi.

Un lourd silence s'est abattu sur la table. Tous les regards se sont tournés vers moi. J'ai fait signe aux autres que je pouvais me débrouiller avec ça. Il y a eu alors un mouvement où tout un chacun s'est employé à débarrasser les victuailles restantes, les assiettes et les couverts sales. Toutes les grandes personnes ont disparu, me laissant seule avec les jeunes.

Ils n'avaient pas tort, ces petits. Je n'étais pas vraiment là. Je penchais plus du côté des disparus que du côté des vivants. J'ai donc profité de ce moment pour avouer à Enzo et à Luca qu'ils avaient raison sur toute la ligne.

Pour une fois, ils sont restés sans voix. J'ai pris leur main et les ai rapprochés de moi.

— Vous avez raison, mais vous savez, je ne fais pas exprès pour être comme ça. La perte d'un grand ami comme Massimo, ça laisse un gros trou dans la vie. Et les semaines qui suivent sont difficiles pour tout le monde. Mais je vais faire de mon mieux pour être plus avec vous.

On a alors parlé de la mort des gens qu'on aime. Les plus vieux ont tenté de rassurer les deux plus jeunes.

— Vous vous rappelez quand vous avez perdu Tirelou ? leur a demandé Giulia.

Les jumeaux se souvenaient à quel point le décès de leur lapin nain avait été difficile pour eux.

— Vous pleuriez tout le temps. Ça a pris des jours avant de vous consoler.

— On l'a jamais oublié, a dit Enzo.

— On pense encore à lui, a ajouté son jumeau.

— Pour Mamou, c'est pareil. Ça va prendre du temps avant qu'elle soit consolée, leur a expliqué Raphaëlle.

Batiste s'est souvenu de la perte de leurs chats Sushi et Melo, l'un écrasé par une voiture et l'autre morte des suites d'une maladie rare. Je leur ai rappelé la perte de Maxou et de Rosie, survenue quelques années plus tôt.

— C'est parce que ça t'a fait trop de peine que tu n'as plus de minous dans ta maison ? a demandé Luca.

Je l'ai rassuré.

— Non, mon petit loup, c'est parce que Bernardo et moi, on voyage trop souvent et qu'on ne voudrait pas laisser nos chats tout seuls.

Miro a évoqué pour sa part deux poissons, un chat, un chien et un hamster. Autant d'animaux qui avaient pris le chemin des égouts ou qui avaient été enterrés dans le jardin.

Batiste a repris la parole pour nous donner en cadeau cette jolie maxime, tout à fait à propos : « Les gens riches ont des étiquettes de marque sur leurs vêtements, les gens heureux ont des poils de chats et de chiens sur les leurs. » Instinctivement, tous ont cherché, qui sur leur pull, qui sur leur chemise, qui sur leur tee-shirt, la présence de ces traces qui rendent heureux.

— Si on savait ce qu'il est devenu, Massimo, ça serait plus simple, non ? a demandé Giulia.

— Peut-être, oui. Mais on ne le sait pas. Personne n'est jamais revenu nous dire où il se trouvait, leur ai-je dit.

— Quand on était petits, on nous racontait que, quand on mourait, on s'en allait au ciel, nous a avoué Enzo. Quand le papa de notre père est mort, c'est ça qu'on a pensé.

— Maintenant qu'on n'est plus des bébés, on sait que c'est peut-être pas vrai, tout ça, a renchéri Luca. Alors on va où ?

Je leur ai appris qu'il y a plusieurs religions ou croyances qui essaient d'apporter une sorte de réconfort ou un espoir aux vivants et aux mourants. Sinon ça nous ferait trop peur de penser qu'il n'y a rien, une fois que la vie se termine.

Miro leur a parlé de ses origines. Tous les regards étaient tournés vers lui. Ce géant venu d'une contrée lointaine, adopté par un couple gai, qui pratiquait le football dans des ligues universitaires, parlait avec une grande douceur. Ses larges mains aux doigts fins s'animaient dans l'espace à la manière de papillons fragiles et éphémères. Il cherchait l'expression juste, il tentait d'expliquer la réincarnation aux jumeaux et aux autres, en employant des mots simples.

— Au Tibet, les bouddhistes croient à une philosophie du bonheur. À leur mort, le désir de vivre conduit à une renaissance. Ce n'est pas la destruction complète d'un individu, pas une fin. C'est plutôt la manifestation du passage à une autre existence. L'énergie, la conscience continuent de se manifester dans une autre forme de vie. Je sais, ce n'est pas facile à comprendre, mais c'est un peu ça, la réincarnation.

— Ah oui ? s'est exclamé Enzo. Ça veut dire qu'on pourrait revenir sur terre sous la forme d'un animal, d'un arbre… ou d'une autre personne ?

— Sais-tu quoi, Mamou ? Je pense que Massimo, il va revenir dans le corps d'une grenouille ! a lancé Luca, sûr de lui.

— Oui, cet été, on va le retrouver au bord de la piscine !

— Pourquoi une grenouille ? a demandé Raphaëlle.

Pas du tout étonnés de prononcer les mêmes mots à l'unisson, les jumeaux ont déclaré en chœur :

— Parce que c'est lui qui bénissait la piscine !

Je me suis alors rappelé la séance de bénédiction que nous imposait Massimo quand on ouvrait la piscine, au début de chaque saison chaude ; des vestiges de son enfance catholique. À défaut d'eau bénite, il utilisait du champagne. J'ai essayé d'imaginer Massimo en grenouille. Ça m'a fait rire. J'ai entendu Giulia chuchoter à l'oreille de Raffie.

— C'est les grenouilles qui vont être contentes. Elles vont se sentir enfin en sécurité, loin des jumeaux ! Ils vont les laisser tranquilles au cas où ce serait Massimo.

— Mamou ? Massimo, il est encore là ?

— Je crois que oui. Il est encore avec moi. Avec nous. Ce n'est pas que je ne veuille pas le laisser partir, mais il va toujours rester présent dans nos vies. Si on le relègue au passé, c'est comme si on éteignait sa lumière. Il ne faut jamais l'oublier, il faut le faire revivre chaque fois qu'on en a l'occasion.

Sentant que la conversation sérieuse tirait à sa fin, les parents et les amis sont venus nous rejoindre autour de la table avec des cafés, des thés et des jus pour les enfants. On leur a résumé les explications de Miro.

— Une grenouille? Vous êtes certains, les garçons? a demandé Graziella aux jumeaux.

— C'est drôle, une grenouille. Et Massimo, il nous faisait rire, a déclaré Enzo. Il avait toujours les pattes dans les airs!

Moi aussi, j'avais quelques doutes sur l'animal. Je cherchais pour lui une représentation plus noble, plus élégante. Un renard?

Chacun y est allé de sa suggestion. Albert le voyait comme un paon, François plutôt comme une biche effarouchée, tandis que Batiste préférait un guépard.

— Ah bon! ai-je dit à mon tour. Une biche! C'est pas mal, ça.

— Et s'il revenait comme un magnolia dans le jardin? a proposé Raphaëlle.

— Faudrait le planter, a suggéré Vincent. Je le vois aussi comme un saule pleureur.

— C'est vrai qu'il était mélancolique, a ajouté Marie.

— On ne prendra pas de chances, on va planter les deux!

Ce petit exercice nous a permis de nous attendrir et de rire à gorge déployée. C'était étonnant, la façon qu'avait chacun de l'imaginer. Ours mal léché, marmotte qui ne parvient pas à se réveiller, cygne dansant ou encore chat qui s'étire au soleil, petit singe rigolo, coucou qui arrive et repart aussitôt… Toute la création y est passée.

Bernardo a finalement conclu que Massimo, à sa manière, était une star.

— Une étoile. C'est beau, ça, chéri. On la choisira ce soir.

J'ai regardé mon clan et je me suis sentie follement bien, tout à coup. Le chagrin avait quitté mes épaules. La disparition de mon ami ne me pesait plus autant. Ensemble, on le faisait revivre. Je parvenais à rire en pensant à lui.

J'ai croisé les yeux de Giulia. Elle aussi me semblait plus légère, moins inquiète.

Elle m'a rendu mon sourire.

— C'est bien qu'on soit tous ensemble, leur ai-je dit. Ensemble, on est plus forts.

Me rappelant la phrase de Wajdi Mouawad que m'avait envoyée Batiste, je me suis tournée vers lui pour le prendre à témoin.

— « Maintenant que nous sommes ensemble, ça va mieux ! » Hein, Batiste ?

Il m'a répondu par un sourire complice. Giulia a attiré notre attention.

— J'aimerais vous demander quelque chose.

Tous les regards se sont tournés vers elle. Elle a commencé à nous parler, d'abord avec une voix douce, puis avec plus d'aplomb.

— C'est vrai qu'être ensemble, ça nous donne de la force. C'est pour ça que… ça se pourrait que j'aie besoin de votre participation, prochainement.

J'ai surpris Miro et Raphaëlle qui hochaient la tête.

— Pour faire quoi ? se sont enquis les jumeaux.

— J'ai surtout besoin des adultes, a-t-elle précisé.

Puis, devant l'air rempli de curiosité et de questionnements de sa mère, elle a ajouté aussitôt qu'elle ne pouvait en dire davantage. Mais qu'on serait avertis quand le moment serait venu.

— J'aurai besoin de votre présence autour de moi.

Je sentais que ses parents, ma famille et les amis étaient intrigués. On aurait voulu savoir ce qui arrivait à Giulia. Mais devant sa détermination et son calme, tout le monde a promis d'être présent… et de respecter son secret d'ici là.

— Nous, on est les Rois… a déclaré Luca.

— Et on ne peut jamais rien faire, a terminé Enzo.

Raphaëlle les a rassurés.

— Aujourd'hui, vous avez trouvé la réincarnation de Massimo. C'est énorme, ça !

Les garçons ont arrêté de trépigner et ont arboré un sourire de satisfaction. Je leur ai dit que je ne savais pas si ça arriverait, pour la grenouille. J'ai fait un clin d'œil à Miro.

— C'est pas nous qui décidons, mais je suis convaincue que Massimo est encore avec nous.

Pour appuyer mes dires, j'ai posé mon doigt sur ma tête, puis sur mon cœur.

— Il est ici et ici. Et il est dans vos têtes sous la forme d'une grenouille. En fait, il est là où on veut bien le trouver, et peut-être qu'il va prendre tous les traits qu'on veut bien lui donner.

— C'est vrai qu'à lui tout seul Massimo était un cirque au complet, a déclaré François. À la fois M. Loyal et lion rugissant à ses heures.

Ce jour-là, j'ai su quels seraient les personnages de l'histoire destinée à Enzo et Luca : deux petits rois-grenouilles qui habitaient un cirque. Ou alors… Avec ces deux-là, ce n'étaient pas les sujets qui manquaient.

*

Massimo s'est manifesté quelques jours plus tard. Non pas sous la forme d'un batracien bénisseur de piscine, mais bien par l'intermédiaire de la voix d'une femme au téléphone. Elle s'est présentée comme étant une notaire et m'a conviée à son bureau de Montréal. Mon ami disparu me faisait signe : la recherche testamentaire m'avait désignée comme héritière. Dans les faits, nous étions deux inscrites sur le testament, la mère de Massimo et moi, mais comme cette dernière était décédée quelques années plus tôt, il ne restait que moi.

Tout au long du trajet vers le cabinet, j'essayais de réaliser ce qui m'arrivait. Jamais Massimo ne m'avait parlé de cette disposition testamentaire à mon égard. J'étais surtout contente qu'il ait mis ses papiers en ordre avant de partir. Les semaines avant sa mort, il était tellement dans le déni que je l'avais un peu poussé pour qu'il règle ses affaires. Non pas que je voulais hériter de quoi que ce soit, mais je ne voulais pas que ce soit l'État qui récupère le peu d'argent qu'il avait réussi à mettre de côté. Je lui avais même suggéré d'en faire don à la SPCA, lui qui adorait les chats, ou à qui il voudrait. Mais pas à l'État. Il m'avait répété de ne pas m'en faire, que tout était en règle. Mais vu les ajouts qu'il avait dictés à Gina le jour où il avait décidé de partir, j'avais eu de sérieux doutes…

Massimo m'avait laissé tant de souvenirs que, même si je n'avais pas figuré sur son testament, je me serais trouvée riche de la longue amitié que nous avions partagée. Mais j'étais profondément touchée qu'il ait pensé à me léguer ses avoirs plusieurs années auparavant.

La notaire s'est excusée pour les délais assez longs de la recherche testamentaire puis m'a expliqué les tenants et les aboutissants de ce legs. J'étais ravie de constater que nous ne nous étions pas trompées sur les dispositions concernant sa mort. Il voulait vraiment être incinéré, ne désirait pas de cérémonie religieuse, et il voulait que son urne se trouve auprès du corps de sa mère. Chose qui ne serait pas facile à obtenir, mais j'y mettrais l'énergie nécessaire. Le fait de m'exprimer en italien et d'être mariée à un Italien faciliterait peut-être les démarches, mais j'en doutais fort. Elle m'a fait signer quelques papiers, m'en a remis d'autres et m'a recommandé de prendre mon temps pour vérifier le tout. J'avais plus de trois mois pour accepter ou refuser les dispositions du défunt.

— Refuser ? lui ai-je demandé, étonnée. On peut refuser un testament ?

— Certainement. Si la personne croule sous les dettes et vous entraîne dans une descente aux enfers financière, si vous réalisez qu'hériter est pire que ne rien avoir… Si ce testament est hyper compliqué… ce qui n'est pas le cas présentement… Devenir héritier, c'est parfois un pensez-y-bien.

J'ai songé qu'effectivement Massimo croulait sous les dettes avant sa mort, même s'il avait vendu sa maison. Il ne resterait probablement pas grand-chose. J'allais mettre tous les documents entre les mains du comptable de Bernardo ; il pourrait sûrement m'être de bon conseil. Puis Gladys et Geneviève sont arrivées au bureau de la notaire pour me rendre tous les papiers qu'elles avaient mis de côté. C'est à ce moment que j'ai appris que le testament olographe n'était pas légal puisque la médecin qui avait agi à titre de signataire avait seulement noté la chose dans le dossier médical. De toute façon, ce testament était nul et non avenu puisqu'il existait déjà un testament en bonne et due forme faisant de moi sa seule héritière. D'après la notaire, je n'étais donc pas tenue de réaliser les demandes de Massimo concernant ses amis les plus proches.

Mais je savais que j'allais honorer cette liste qu'il avait pris la peine de transmettre comme étant ses dernières volontés, à quelques heures de sa mort. Je savais aussi que je fouillerais dans ses avoirs, histoire de rassembler des souvenirs que j'offrirais à ses collègues et amis afin qu'ils n'oublient pas mon presque frère.

Les filles avaient fait un travail préliminaire très complet. Elles m'ont remis les clés de l'appartement – j'en possédais déjà une – et tous les comptes à payer qu'elles n'avaient pas eu le temps de régler. Il y en avait beaucoup : loyer, électricité, téléphone fixe et cellulaire, assurances, impôts non payés. Je n'étais pas au bout de mes peines. Mais le fait de savoir que j'avais encore le choix de refuser cet héritage me rassurait quelque peu. Je devais également aller à la banque avec une d'elles pour la passation des pouvoirs.

Cette grosse journée m'a totalement épuisée. Et dire que j'allais devoir, si j'acceptais l'héritage, m'occuper de vider tous les cartons qui se trouvaient dans l'appartement de Massimo, de photographier chaque objet et de remballer le tout pour la vente ou pour des dons ! Ce conseil m'avait été donné par la notaire. Ainsi, tout serait fait dans la légalité si jamais un membre éloigné de la famille venait réclamer son dû. Ce qu'elle pensait peu probable, et moi aussi. Mais la tâche qui m'attendait était colossale. J'étais fatiguée à l'avance. On venait à peine de terminer ce déménagement, et voilà qu'il fallait le faire à nouveau ! Mais je n'allais pas me plaindre. Si Massimo voulait que ses biens me reviennent, c'est qu'il m'en jugeait digne. J'allais assumer ce rôle, sauf si cela me mettait dans le pétrin financièrement. C'est Albert qui allait être heureux d'apprendre ça !

*

— Qu'est-ce que je t'avais dit, Coquelicot ? Ça ne se pouvait pas qu'il t'ait oubliée. C'était toi, son amie la plus proche. Je suis content pour toi. Tu sais ce que tu vas faire de tout ça ?

— Euh… Non, pas encore. Pour l'instant, j'essaie de me dépatouiller avec les papiers, les comptes, les assurances, les impôts à payer. J'ai rendez-vous avec le comptable la semaine prochaine. On va regarder ça ensemble et je vais prendre ma décision s'il y a plus de dettes que d'avoirs.

Le plus urgent, pour moi, c'était de récupérer rapidement l'urne de Massimo. Je ne voulais pas que mon ami reste seul et abandonné dans son coin. Puis il faudrait s'occuper de placer Rocco et Bijou dans une nouvelle famille. Dans le testament olographe, Massimo voulait que Gladys hérite de Bijou. Il n'avait fait aucune mention de Rocco, ce qui m'étonnait beaucoup. J'avais déjà fait le tour des gens qui pourraient l'adopter. Geneviève possédait déjà un vieux chat pas facile de caractère, chez mon fils il y avait Lola. Pas sûre que ces deux-là pourraient s'entendre. Gina voyageait sans cesse, tout comme nous…

— As-tu demandé à Allison? Il me semble que c'est son genre de recueillir des chats perdus.

Albert avait raison. J'allais le lui proposer.

— Après, on va s'attaquer à l'appartement.

— Tu vas tout garder? m'a-t-il demandé.

— Es-tu fou? Ma maison est déjà pleine. Et l'Art déco, ça n'ira pas très bien à Knowlton, ni dans celle de Pitigliano. Non, je crois que je vais…

— Ah! C'est vrai, tu hérites aussi de la maison en Toscane!

— Oui. Mais elle est toute petite. Jolie, mais minuscule. Ce qui va être bien, c'est qu'on ne sera plus obligés de vivre chez le frère de Bernardo qui est de plus en plus bougon depuis la mort de sa femme. Les séjours italiens vont être plus paisibles et pas mal plus joyeux. Et puis, on pourra louer cette maisonnette lorsqu'on n'y sera pas.

— Hum! Belle idée de vacances… Tu me donnes le goût! Qu'est-ce que tu disais que tu allais faire avec ses meubles et ses objets d'art?

— Les vendre, probablement. Les donner aux plus offrants. Je vais prendre des photos et les proposer aux proches. Sinon je vais tout envoyer à la Maison des Encans. C'est là que Massimo s'est procuré ses antiquités, je trouve juste que ça passe à nouveau par là. Mais il y aura des cadeaux pour tous les amis. Est-ce que quelque chose t'intéresse ?

Albert avait toujours été attiré par la table et les chaises du studio de Massimo. Il devait d'abord en parler avec son chum.

Nous discutions en attendant Bernardo. Il terminait de se brosser les dents et nous étions sur le point de nous mettre en route, tous les trois. Direction Montréal, pour une mission toute particulière. Giulia, par l'intermédiaire de Miro et de Raphaëlle, nous conviait à remplir notre promesse. Le fils d'Albert et ma petite-fille nous avaient envoyé un message dans lequel ils nous demandaient à tous de venir faire acte de présence auprès de Giulia. Aucune question ne devait être posée. Ils exigeaient notre confiance absolue. Nous savions seulement que Giulia avait besoin de notre aide. Lorsqu'il a été temps de mettre nos manteaux, Bernardo s'est précipité pour aller démarrer la voiture. Je l'ai vu ranger quelque chose dans le coffre ; quand j'ai voulu savoir ce que c'était, il a mis son doigt sur mes lèvres pour que je me taise. Ses yeux souriaient.

Bernardo nous a déposés devant l'entrée d'un grand hôtel, le temps qu'il aille stationner la voiture. La consigne en provenance de Miro, Raphaëlle et Giulia était claire. Nous devions tous nous asseoir sur les banquettes, les fauteuils libres du hall. Ça n'avait pas d'importance si nous nous retrouvions parmi d'autres clients. Nous ne devions pas communiquer entre nous. Lorsque Albert et moi sommes arrivés, j'ai remarqué une bande de gars assez costauds vêtus de complets chics parmi lesquels se trouvait Miro. Il a fait comme s'il ne nous reconnaissait pas, ni son père, ni moi. Graziella, nerveuse, s'appuyait contre son mari sur la banquette sur laquelle nous allions prendre place. Ses yeux réclamaient des explications, mais je m'en tenais aux instructions. Cette petite nous avait demandé de lui faire confiance sur toute la ligne, nous n'allions pas faire avorter son projet. Je savais seulement par Raphaëlle que nous ferions une différence dans la vie de Giulia si nous exécutions le plan jusqu'au bout. Il ne m'en fallait pas plus pour me convaincre de jouer mon rôle à la perfection.

Bernardo est arrivé en même temps que Batiste, Raffie et un garçon qui serrait sa main, et qui ont joué le jeu, eux aussi. Ils semblaient tout à fait calmes, ce qui a rassuré tout le monde étant donné qu'ils avaient l'air au courant de la situation. Ils sont restés debout près d'un présentoir, feignant de s'intéresser aux brochures touristiques. J'ai supposé que le garçon qui couvait d'un regard tendre ma Raphaëlle devait être Antoine, son amoureux. Imposant, les traits doux, attentionné, ce jeune homme avait fière allure.

Finalement, Giulia est entrée. Elle paraissait fébrile. Nous avons tous fait comme si elle nous était étrangère. Elle marchait d'un pas énergique. Elle s'est approchée du bar, a enlevé son manteau qu'elle a déposé sur un tabouret. Elle portait une robe hyper sexy que je ne lui connaissais pas et arborait un maquillage particulièrement appuyé. Jamais je ne l'avais vue comme ça. Elle n'était plus notre petite Giulia qui venait tout juste d'avoir seize ans, mais une femme sensuelle qui s'apprêtait vraisemblablement à faire une drôle de rencontre. Sa mère a ouvert des yeux étonnés et a étouffé un sanglot. Son mari l'a entourée de son bras pour qu'elle se calme. Il ne fallait pas qu'elle intervienne. On a tous retenu notre souffle et attendu la suite.

Un homme est arrivé et s'est dirigé vers Giulia. Elle s'est précipitée vers lui en se plaçant en plein centre des banquettes. Elle lui a souri. L'homme devait bien avoir au moins quarante ans. Il avait des cheveux épars qui avaient subi une teinture trop noire pour avoir l'air vraie. Giulia s'est montrée un peu aguicheuse. Il l'a trouvée très belle et lui a dit à quel point il était content qu'elle ait accepté son invitation.

L'homme, trop concentré sur Giulia, ne tenait absolument pas compte de notre présence. Il devait nous prendre pour des clients de l'hôtel.

— Tu n'as pas peur, j'espère ? lui a-t-il demandé.

— Non. De toute façon, est-ce que j'avais le choix ?

L'homme a paru nerveux.

— Euh… Oui. Non, en fait.

Il s'est mis à parler tout bas.

— Peut-être que je ne les aurais pas mises sur le Web, les photos… Mais c'est ta faute aussi. Y me semble que tu voulais qu'on se voie en personne et qu'on… aille plus loin. J'ai réservé la plus belle chambre et on aura du champagne. Euh… Ben, du mousseux.

Il lui a tendu la main.

— Tu viens ?

Et avec un sourire malsain, il lui a susurré qu'il avait souvent songé à tout ce qu'ils feraient ensemble.

— Euh… Juste avant qu'on monte à la chambre, je… je voudrais te présenter des gens.

— Quoi ? De quoi tu parles ?

L'équipe complète des Carabins de Montréal, dont faisait partie Miro, s'est levée d'un bond et s'est placée derrière Giulia. Un mur, une palissade de jeunes hommes protecteurs.

— Mes amis, a-t-elle dit simplement.

— Qu'est-ce que tu veux… a-t-il bégayé.

Les gars possédaient tous une stature monumentale qui imposait le respect. Et une certaine crainte. Ils fixaient l'homme sans parler.

— Je te présente aussi mes parents.

Graziella, qui commençait à saisir à quel jeu sa fille l'avait conviée, et surtout par quoi elle avait dû passer, se leva à son tour en prenant le bras de Luigi et se plaça devant les garçons. Elle avait tout de la mère louve qui ne s'en laisserait pas imposer.

L'homme était estomaqué. Giulia ne lui a pas donné le temps de réagir.

— Mes cousins, mes grands-parents et leurs amis.

Nous nous sommes levés chaque fois que nous étions appelés et nous avons entouré notre petite. Nous venions de comprendre que la vie de Giulia avait été en danger et que, par notre seule présence, nous l'avions aidée à se sortir de cette situation critique. J'ai vu Miro s'emparer de son cellulaire et discuter avec quelqu'un. Lorsqu'il a terminé son appel, il a fait signe à Giulia de poursuivre.

— Mais c'est quoi, ce bordel? Je t'avais dit d'être discrète... Je...

— Tous ces gens m'aiment vraiment, eux. Voilà pourquoi ils sont venus me soutenir. Ton chantage s'arrête ici, Pablo. D'ailleurs, laisse-moi te présenter l'inspecteur Tanguay, qui va se faire un plaisir de t'escorter vers la sortie.

L'homme affolé s'est tourné d'un bond vers la porte et a tenté de fuir. Mais à quelques pas se trouvaient deux policiers en uniforme. Venant de l'entrée principale, l'inspecteur en question, vêtu d'une veste de cuir et encadré par deux autres agents, s'est dirigé vers l'homme d'un pas pesant. Il s'est adressé à lui d'une voix ferme.

— Monsieur Paul Patenaude, Pablo pour les intimes, vous êtes en état d'arrestation pour avoir incité cette mineure à vous suivre dans un hôtel. Nous allons vous lire vos droits…

— Elle m'avait dit qu'elle avait… Ma maudite, tu vas me payer ça ! C'est toutes des allumeuses, ces filles-là ! J'ai rien fait… J'ai…

Les deux policiers lui ont passé les menottes derrière le dos et l'ont accompagné vers la sortie.

Nous venions d'assister à une arrestation en bonne et due forme. L'inspecteur s'est approché de Giulia, qui a soupiré un bon coup.

— Jeune fille, je n'étais pas d'accord avec cette façon de faire, mais devant ta détermination à piéger l'individu qu'on vient d'arrêter, j'ai cédé. Au fait, j'aurais besoin de l'enregistrement.

Giulia lui a tendu son cellulaire.

— Je comprends maintenant pourquoi tu voulais inviter des gens, a poursuivi l'inspecteur Tanguay. C'est beaucoup d'amour, ça ! Si toutes les familles agissaient comme ça, des pervers dans son genre, il y en aurait pas mal moins.

Il a fait signe aux deux agents qui se tenaient à l'écart de s'approcher.

— On va consigner les coordonnées de tout le monde. Vous êtes des témoins importants pour la suite du dossier. On vous contactera si on doit aller en procès, mais avec ce qu'on possède déjà sur lui il va sûrement avouer d'ici la fin de la journée. Et toi, Giulia, j'aimerais que tu m'accompagnes au poste pour signer ta déposition. Ce n'est déjà pas ma manière de procéder habituelle… En tout cas, votre fille est vraiment courageuse. Tes parents peuvent t'accompagner si tu le souhaites.

Giulia, qui avait repris un peu d'aplomb et des couleurs sur les joues, lui a dit que ça ne serait pas nécessaire. Miro viendrait avec elle. Graziella a embrassé sa fille tendrement.

Nous reprenions notre souffle après ce qui venait de se passer. C'est à ce moment que le groupe de grands gaillards qui accompagnait Giulia s'est mis à scander en chœur son prénom, à la manière de sportifs venant de gagner un match.

— Giulia! Giulia! Giulia!

Ce qui a eu l'heur de détendre l'atmosphère et nous a tous bien fait rire. Les gens qui circulaient autour de nous semblaient ravis de cette ovation, sans savoir pourquoi elle avait lieu. Il y a eu quelques larmes également.

Une fois que Giulia et Miro ont été partis, et que les footballeurs ont pris congé après avoir décliné leur identité, Raphaëlle s'est empressée de nous raconter dans quelle aventure Giulia s'était trouvée. En clavardant sur des sites, sa cousine avait commencé une conversation avec l'homme qu'on venait d'arrêter. Ils avaient fait connaissance, il était plutôt gentil et surtout il la complimentait constamment sur ses charmes. Il faut croire qu'elle en avait besoin. Je n'oubliais pas que cette petite avait été ronde toute son enfance et que son nouveau corps d'adolescente réclamait peut-être d'être admiré un tant soit peu. Étant particulièrement timide, Giulia n'avait pas eu beaucoup d'amoureux. Aucun, en fait. Elle se trouvait bien isolée et ne voyait pas le danger dans ses conversations virtuelles. Mais l'homme s'était enthousiasmé et en avait exigé plus. Une photo en sous-vêtements, puis une autre les seins nus, et finalement une vidéo d'elle complètement nue. Il lui promettait monts et merveilles, et entière discrétion. Il se disait amoureux fou d'elle, déclarait qu'elle avait un corps de mannequin, qu'il pourrait l'aider à faire carrière. Giulia avait voulu le croire. Depuis, il la tourmentait chaque jour pour qu'ils se voient et la menaçait, si elle n'acceptait pas cette rencontre, de publier les photos sur le Web. C'en serait fini de sa réputation. Tout le monde la verrait comme une allumeuse, ce qu'elle n'était absolument pas. C'est pour cette raison qu'elle semblait triste et désemparée ces dernières semaines. Elle avait fait appel à Miro et à Raphaëlle, qui l'avaient encouragée à prévenir la police. Les enquêteurs avaient déjà l'homme dans le collimateur, mais ne possédaient pas de preuves pour l'incriminer. Grâce à l'inspecteur Tanguay, qui avait décidé de faire confiance à ce trio formidable, l'homme allait être accusé de détenir de la porno juvénile, d'en faire la publication et d'inciter une mineure à la débauche.

Nous avons tous poussé un soupir de soulagement. Cette aventure aurait pu tourner au drame. On était ravis d'avoir répondu à l'appel de Giulia. Graziella était volubile, riait, pleurait, et s'est inquiétée des vidéos qui pourraient paraître sur le Web. Raphaëlle l'a rassurée. On pouvait faire disparaître ces traces. L'inspecteur avait promis de s'en occuper rapidement. Elle n'avait plus à s'inquiéter.

Son enfant était maintenant une femme déterminée à gérer sa vie. Et en bonne mère, elle était prête à l'accepter. Je me suis fait la réflexion que cette petite serait encore plus bombardée d'affection et d'attention à l'avenir. Graziella voulait offrir un soutien psychologique à Giulia si elle le désirait. Pour ma part, j'avais envie de proposer à Giulia, lorsqu'elle serait prête à raconter son histoire, de le faire à quatre mains. Ce serait une façon d'aider d'autres jeunes filles à éviter de tomber dans ce genre de piège. Mais nous n'en étions pas encore là.

On s'apprêtait à quitter les lieux lorsque Raphaëlle nous a présenté Antoine, son copain. Il nous a embrassés à tour de rôle. Il faisait partie des Carabins, tout comme Miro. Gentil, mais costaud. Quand est venu mon tour de me soulever sur le bout des pieds pour qu'il atteigne ma joue, je lui ai spécifié à l'oreille que, s'il faisait du mal à ma petite-fille, il aurait affaire à moi. Il m'a regardée avec de grands yeux étonnés, puis a souri à pleines dents. Mon message était passé.

Au moment de franchir la porte avec mon amoureux, j'ai réalisé que le manteau de Bernardo était resté sur la banquette. Je suis allée le récupérer. C'est alors que j'ai senti un objet long et dur à l'intérieur. J'ai ouvert les pans pour découvrir un bâton de baseball. J'ai levé les yeux vers lui. Il s'est approché et m'a regardée, penaud, mais souriant.

— Je me doutais qu'il y avait *qualche cosa* pas *cattolico nella storia*. S'il avait fait quelque chose à Giulia, je lui aurais éclaté la cervelle. *Gli avrei esploso il cervello*, a-t-il répété.

J'ai croisé le regard de Graziella. C'était donc vrai, cette histoire de batte de baseball! Pour sa défense, il a déclaré:

— Je ne suis pas une moule mouillée, moi!

Graziella et moi avons pouffé de rire.

— Poule. On dit «poule mouillée». Allez, viens-t'en, ma belle moule mouillée!

Bernardo était vraiment un papa et un grand-papa poule, ou moule, c'est selon, prêt à tout pour protéger sa couvée.

Ensemble, c'est tout!

12

Mars se montrait enfin le bout du nez et apportait dans ses bagages un peu de chaleur. L'hiver avait été rude, oscillant entre froids polaires insupportables et changements draconiens au thermomètre. Ce fut un hiver de tous les possibles : glaces, pluies, réchauffements soudains, bordées de neige importantes, températures frisant les moins 40 degrés Celsius et lendemains où l'on sent le printemps poindre alors que l'hiver est loin d'être fini. Pelletage intensif et vilains rhumes au menu. On en terminait un et un autre se pointait.

Bernardo et moi avons dû garder le lit à cause de la fièvre, obligés à prendre des médicaments et surtout notre mal en patience. Je déteste être malade. Je deviens de mauvaise humeur, je ne suis pas facile à soigner, car j'en veux à la terre entière de perdre mes moyens de la sorte et de me retrouver traînant les pieds des jours durant, alors que j'ai la tête comme une pastèque. Mais il y a pire, je sais ! Tout le monde y est passé. Ces maudits rhumes ont fait bien des victimes autour de nous. Les petits les ont refilés aux grands, qui les ont donnés aux plus vieux. Les maisons étaient transformées en sanatoriums où ça toussait allègrement. Et sirops, cataplasmes, suppositoires, aspirines, médicaments de toutes sortes accompagnés de probiotiques, pompes d'asthme pour certains, tisanes de thym et de gingembre pour d'autres, recettes de grands-mères et visites à la pharmacie pour trouver le remède miracle pour tout le monde. Ça sentait la maladie et le baume du tigre depuis trop longtemps. Vivement qu'on ouvre les fenêtres pour changer l'air ambiant !

On s'en est tous sortis, mais elles furent longues, ces périodes de rhume et de grippe qui nous ont laissés sur le carreau, et on a mis du temps à retrouver notre énergie. Sans compter le départ de Massimo, qui faisait encore si mal. J'avais besoin d'un peu de chaleur... Je pense qu'en vieillissant je supporte de moins en moins l'hiver. Non pas que je sois attirée par la Floride, mais du soleil pour les vieux os, il me semble que ça ferait le plus grand bien. Mais c'était derrière nous. Enfin ! On était passés à travers l'hiver de force. C'est un but à saveur québécoise, ça. S'en sortir vivant. Drôle de saison où la lutte fait partie des gestes du quotidien. Pelleter, frissonner, être transis comme des « cretons », se battre contre les engelures, enfiler des couches pour ne pas mourir de froid. Pelleter à nouveau, installer les crampons sous les bottes, manquer de se casser la margoulette, avoir les lèvres gercées et les joues gelées, les pieds glacés. Pelleter encore. Et tomber malade ! Brrrr !

Il y a ceux qui apprécient cette saison. Je n'en fais pas partie. Je ne fais pas de ski alpin ni de fond, peu de raquettes et pas de patin à glace – je me suis tellement gelé les orteils enfant que j'ai renoncé à ce sport, à vie. Et aujourd'hui, je ne crois pas que j'aurais l'équilibre nécessaire, à moins d'utiliser de petites chaises comme les débutants et les nouveaux arrivants. À part quelques marches lorsqu'il y a chute de neige et que la température est supportable, je « m'embarricade » et je soupire jusqu'à la saison nouvelle. À moi les pieds au bord du poêle, les séances de tricot, lecture et écriture. Une enfilade de séries Netflix jusqu'à pas d'heure, des grogs chauds, des plats mijotés réconfortants. Lorsque la sève commence à couler, moi, je revis.

La maladie a fait en sorte que Bernardo et moi avons dû retarder le déballage et le remballage des objets de Massimo. J'ai payé pour conserver son appartement un peu plus longtemps, le temps qu'on liquide ses choses.

Le comptable m'avait rassurée. Je pouvais tout à fait accepter le testament de Massimo. Une fois tous les comptes payés, il ne resterait pas énormément d'argent, mais quand même une belle petite somme. En plus de la vente des meubles et des objets de valeur qui viendrait gonfler le montant. Sans oublier la maison de Pitigliano. Je ne savais pas encore à quoi servirait cet héritage, mais j'avais le temps. Pour le moment, j'en étais à me consoler de la perte de mon Massimo, et je ne voyais pas le jour où j'y arriverais. Il avait laissé tous ses avoirs derrière lui, mais avait creusé un espace terriblement vide en moi.

Je me suis retrouvée devant la maison de mon amie Lulu en ce début de printemps. On aurait enfin toute une journée ensemble. Elle s'était offerte pour venir m'aider à me dépatouiller avec le bordel dans l'appartement de Massimo. Comme il y avait belle lurette que nous nous étions vues, j'avais hâte de venir aux nouvelles. J'étais un peu inquiète à son sujet. Les dernières fois où nous nous étions croisées, je l'avais sentie préoccupée, distante. À chacune de ses visites, qu'elle effectuait sans Armand – il y avait toujours une bonne raison pour expliquer son absence –, elle était restée assez mystérieuse sur les motifs de son comportement étrange. Elle m'avait servi tous les clichés habituels en minimisant son état : « Il n'y a rien de grave. » « Non, non, tout va bien. » « Je suis fatiguée, c'est tout. » « Ça va, ça va. » « Je t'en parlerai plus tard. » … Ce qu'elle n'avait jamais fait.

C'était ma Lulu, ça. Quand elle ne voulait pas parler de quelque chose la concernant, c'est qu'elle n'était pas prête. Trente-cinq ans d'amitié, ça sert au moins à respecter cela, à avoir la patience qu'il faut pour attendre, mais également à ne pas laisser tomber en restant à l'écoute et, si nécessaire, en insistant quelque peu. J'étais bien décidée cette journée-là à en apprendre davantage.

Elle m'avait demandé de venir la chercher chez elle. Elle m'a accueillie dans le stationnement; elle était occupée à baisser le toit de sa petite Beetle.

— Tu enlèves la capote? Il ne fait pas trop froid pour ça? ai-je dit en l'embrassant.

— Pas du tout, a-t-elle affirmé avec aplomb. Bon! C'est limite côté température, mais ça fonctionne. Je ne sais pas pour toi, mais moi, j'ai besoin de m'aérer l'esprit.

— C'est comme tu veux.

— Ne t'inquiète pas, m'a-t-elle rassurée. Je fournis bonnets, foulards et couvertures.

— On prend donc ta voiture, si j'ai bien compris.

— *Yes, ma'm!*

Et elle s'est installée au volant de sa décapotable. Elle a enfilé sa tuque, son écharpe et ses gants, puis elle a placé un plaid chaud sur ses genoux, tout en m'invitant à faire de même.

— Allez, allez! On n'a pas toute la journée!

J'ai freiné son empressement en me dirigeant vers la maison.

— Je vais quand même aller embrasser Armand. Ça fait tellement longtemps que je ne l'ai pas vu!

— Il est pas là, a-t-elle répondu d'un ton sec.

— Ah bon! Il est parti où?

J'ai jeté un œil autour et découvert la voiture d'Armand.

— Viens-t'en, Olivia, a-t-elle ordonné. On n'a pas toute la vie! Allez, allez.

J'ai obtempéré, je me suis assise sur le siège du passager et j'ai exécuté ses ordres : bonnet, gants, écharpe et couverture sur les genoux. Puis j'ai saisi sa main et je l'ai obligée à me regarder.

— Lulu ? Je te connais, il y a quelque chose qui ne va pas. Il est où, Armand ? Qu'est-ce qui se passe ? Vous êtes séparés ?

Elle a éclaté de rire.

— Séparés ? Non, non. Es-tu folle ? Armand, qui était le roi de l'indépendance, eh bien, il ne peut plus se passer de moi, maintenant !

Puis elle a démarré la voiture. Je savais qu'il était temps de l'obliger à me parler. J'ai pris la clé et l'ai retirée du contact. Puis je lui ai demandé le plus doucement possible, pour ne pas la heurter, ce qui se passait réellement.

À ma grande surprise, elle a éclaté en sanglots. Elle martelait de rage le volant avec une main, s'essuyait les yeux avec l'autre. Puis, quand les pleurs ont diminué, elle a raconté.

— Je ne sais pas par quel bout commencer. Armand… Armand est malade.

— Malade ?

— Aujourd'hui, une préposée est venue le chercher pour la journée et l'a emmené dans un institut où on lui fait passer des examens cognitifs.

Je l'ai dévisagée, étonnée.

— Pourquoi ?

— Parce que Armand souffre d'alzheimer. C'est assez avancé. Ça m'a pris pas mal de temps avant de m'avouer que c'était ça. Je le trouvais absent, des fois il cherchait des noms, mais on fait tous ça, même à quarante ans ! Puis il ne se rappelait plus des mots courants. À d'autres moments, il entrait dans une période de grand silence où il semblait complètement perdu. Il cherchait sans arrêt les choses. Ne trouvait plus rien. On allait faire des marches ensemble et il avait l'air de découvrir le lieu. Il me demandait pourquoi on n'était jamais venus ici.

Elle m'a expliqué de long en large la situation. Armand ne se rappelait pas qu'il venait de souper, ni ce qu'il venait de manger. Il souffrait d'énormément d'anxiété lorsqu'il devait choisir un vêtement.

— Tu le connais, m'a-t-elle dit. Armand s'habillait avec ce qu'il trouvait dans sa garde-robe. Il ne faisait jamais attention à ça. Il est incapable de se souvenir des corvées qu'il était habitué de faire. Changer une ampoule, sortir les poubelles, réparer un truc, c'est devenu une montagne. Il se lève souvent la nuit, descend et ouvre des portes, des tiroirs à la recherche de quelque chose. Quand je lui demande ce que c'est, il est incapable de répondre. Parfois, il m'accuse de lui avoir volé des trucs. En fait, il les a changés de place et ne se rappelle plus où c'est rendu.

Dans ces moments-là, ils viraient la maison à l'envers et elle fouillait tant qu'elle n'avait pas trouvé ce qu'il cherchait. Mais encore là, Armand la soupçonnait toujours d'avoir déplacé l'objet en question, alors qu'elle n'y était pour rien.

Un jour, elle l'avait découvert en pleurs dans son atelier. Il était en train de terminer la fabrication d'une table et il ne connaissait absolument pas l'usage de l'instrument qu'il tenait dans ses mains. Ponçage ? Rabotage ?

— Au début, j'avais mis ça sur le compte de la fatigue. Ça arrive à tout le monde, ce genre d'oubli. Un peu comme la fois où il lui a fallu deux heures pour rentrer à la maison. Il m'avait avoué qu'il était dans la lune et s'était trompé de chemin. Je l'ai cru. Jusque-là, ça pouvait aller. Mais le jour où il est entré dans une grande colère en me demandant qui j'étais et qu'est-ce que je faisais chez lui… Là, j'ai su que c'était grave. On a consulté.

Elle m'a expliqué que depuis quelques mois elle ne pouvait plus le laisser seul. Elle était au bord de l'épuisement. C'était difficile, mais elle tenait le coup. Elle était dévastée. Les larmes ont repris. Elle s'est mouchée bruyamment, a soupiré un bon coup.

— Il est trop perdu sans moi, tu comprends. Des journées comme aujourd'hui, j'ai du temps pour moi. C'est pour ça qu'on va rouler en décapotable, histoire de prendre tout l'air qu'on peut. Même si le printemps n'est pas encore arrivé officiellement et qu'il ne fait pas chaud, chaud.

D'un geste vif, elle a récupéré sa clé, poussé le bouton du chauffage au maximum, vérifié que j'étais bien couverte, et démarré.

Je ne savais pas quoi ajouter à tout ça. Et je le lui ai dit. Puis je suis restée silencieuse, à penser rapidement à tout ce qu'elle venait de m'avouer. Je me contentais de la regarder respirer à grandes goulées. Je savais qu'il était inutile de la prendre en pitié, elle ne me le pardonnerait pas. Plus tard dans la journée, j'essaierais de passer en revue avec elle les services qui s'offraient à eux. Ceux venant de la médecine, des aides familiales et de nous, ses amis.

L'important, pour le moment, c'était que Lulu semblait heureuse de cette balade. Elle riait même de la situation et, lorsque nous dépassions des voitures, les passagers, le pouce levé, nous faisaient signe qu'ils appréciaient notre audace. Nous passions pour deux folles qui n'en pouvaient plus d'attendre le beau temps. Alors j'ai ri de bon cœur avec mon amie qui avait besoin de vivre et de parler d'autre chose, au moins durant une journée.

Lulu roulait vite. Malgré la panoplie d'accessoires pour nous protéger du froid, on grelottait un peu. Je ne savais pas si c'était le vent ou la nouvelle situation d'Armand qui nous glaçait le sang.

*

Lulu m'a été d'un grand secours. Je lui ai suggéré à plusieurs reprises qu'on remette à plus tard notre activité à l'appartement de Massimo, compte tenu de ce qu'elle vivait. Elle m'a répété qu'au contraire ça lui ferait le plus grand bien. Elle était solide, cette fille. Je n'en avais jamais douté, mais là, je le réalisais vraiment. Elle avait déjà traversé quelques deuils, des chicanes mémorables avec Armand, un cancer, et maintenant la maladie d'Alzheimer de son chum.

On y a passé la journée. On a extirpé de toutes les boîtes les objets précieux de Massimo. Petite routine qu'on a exécutée à l'unisson, avec une facilité déconcertante. Déballer le carton, enlever le papier protecteur, déposer l'objet sur une table, le photographier, l'inscrire dans un cahier, le remballer et le déposer à nouveau dans le carton. Avant de l'empiler avec les autres, on a pris soin de noter le contenu sur le dessus de chaque boîte. C'était sans fin. Il y en avait, il y en avait tellement! Je mettais de côté les choses que j'avais envie de garder précieusement en souvenir de Massimo. Il y en avait peu. Et comme je devrais vendre le reste ou le donner à mes amis, je questionnais Lulu pour savoir si les objets pouvaient lui plaire. Elle en a pris quelques-uns, mais la plupart du temps elle suggérait que tel ou tel accessoire ferait l'affaire de Thomas ou d'Henri, ou encore d'Albert ou François. J'ai également préparé des souvenirs pour les collègues de cinéma de Massimo. De jolies théières, des épingles sculptées pour les cheveux, des boîtes à thé en provenance de Chine, où il était allé tourner.

Quand il a été temps de s'attaquer à la cuisine et à la salle de bain, on a tout laissé dans les emballages, à part la housse et les draps de lin que mon ami et moi avions confectionnés ensemble. De la vaisselle, des couverts, des casseroles, j'en avais pour les fins et les fous. J'ai aussi gardé les draps et les serviettes. Ce serait pour Miro, qui ne possédait pas grand-chose. J'ai pensé à Graziella et à Luigi. Je n'ai oublié ni Raphaëlle ni Batiste. Pour ce dernier, j'ai mis de côté quelques pantalons, des tricots, un fort beau manteau que j'étais convaincue qu'il adorerait. Quant à ma petite-fille, je lui ai gardé deux tableaux que Massimo avait dessinés lui-même. Une aquarelle particulièrement réussie d'une jeune fille aux cheveux noirs m'a fait penser à Giulia. Je la lui ai mise de côté. Par contre, j'ai gardé les dessins des chats et une esquisse qu'il avait faite de moi. Et comme Tonino regrettait si amèrement sa disparition, je lui ai même réservé une sculpture.

Lorsqu'on en a eu fini avec tous les cartons, on s'est attaquées aux miroirs – ils étaient légion – et aux meubles. Je les ai tous photographiés, listés et remballés dans leur papier à bulles.

— Oli, ça, tu vas les vendre ? m'a demandé Lulu.

— Je n'ai pas le choix. À moins que tu veuilles en garder un ou deux… Le Magnolia aurait pu s'appeler Le Palais des glaces !

— Un miroir ? Es-tu folle ? Même de Massimo, jamais ! Dorénavant, il n'y en aura plus dans la maison.

Elle m'a raconté d'une voix où l'on décelait une immense fatigue que, la semaine précédente, elle avait entendu hurler dans la salle de bain, alors qu'elle était en train de lire. Elle était arrivée en courant et avait trouvé Armand devant le miroir, complètement pani-qué. Il voulait savoir qui était ce vieux en face de lui…

On s'est arrêtées pour le lunch. On mourait de faim. Le grand air en décapotable, sûrement ! Le café voisin nous a fourni des sandwiches et des bouteilles d'eau minérale. Entre deux bouchées, on a continué de parler d'Armand.

— C'est tellement triste, tellement effrayant, cette maudite maladie, lui ai-je dit. Qu'est-ce que tu vas faire ?

— Qu'est-ce que tu veux que je fasse, Oli ? L'abandonner comme ça ? Je ne pourrai jamais. Je refuse de le placer, même si à un moment donné ça va devenir nécessaire. Pour l'instant, j'assume. Je vais en savoir davantage sur son état en fin de journée.

Le diagnostic médical était déjà tombé, et Armand suivait une thérapie pour ralentir les effets. Ce jour-là, une équipe de spécialistes devait calculer jusqu'à quel point la maladie avait évolué, et surtout comment Armand arrivait à se débrouiller sans aide. À la suite de cette évaluation, une travailleuse sociale allait pouvoir leur indiquer les aides possibles auxquelles son chum et elle avaient droit. Ça allait de la popote mobile au ménage, en passant par des heures de répit pour l'aidante naturelle que Lulu était devenue.

— Tu sais, a-t-elle ajouté, c'est comme si ces malades étaient perdus dans l'espace, ils sont en errance à l'intérieur d'eux-mêmes. La mémoire à long terme ne semble pas atteinte, mais celle à court terme, c'est la catastrophe. Une fille que je connais m'a raconté que sa vieille maman pleure sans arrêt parce qu'elle ne comprend pas que ses parents ne viennent pas la voir alors qu'ils sont morts depuis belle lurette. Dans sa tête, elle a douze ans.

— Ça ressemble à quoi, les examens qu'il passe aujourd'hui ? lui ai-je demandé.

— C'est tout simple, mais pour lui ce sera l'enfer. Par exemple, ils vont lui faire dessiner un cercle qui représente une horloge. Il devra ajouter les aiguilles pour indiquer l'heure demandée. On va lui faire déplacer des objets et, par la suite, il devra essayer de se rappeler où il les a déposés. Il va devoir se rappeler son adresse, la date de son anniversaire et celle d'aujourd'hui. Pourvu qu'on ne lui demande pas notre date d'anniversaire de mariage. Même quand il n'était pas malade, il ne s'en souvenait pas. Il devra mettre la table et…

Elle a éclaté de rire malgré elle.

— Il va devoir cuisiner un pâté chinois!

— Pourquoi un pâté chinois?

— Parce qu'il paraît que tous les Québécois savent faire ça. Mais ce que les spécialistes ne savent pas, c'est qu'Armand n'a jamais cuisiné de sa vie! C'est à peine s'il sait faire bouillir de l'eau.

On a ri à s'étouffer devant le ridicule de la situation. J'essayais d'imaginer Armand devant son plat de pâté chinois. Il allait sûrement ressembler à notre Thérèse nationale dans *La Petite Vie* et mélanger tous les ingrédients et les étages. Pourtant, c'est simple : steak, blé d'Inde, patates.

— Il y a quelques années, Armand voulait faire un voyage et il m'a demandé de lui suggérer un endroit où il n'était jamais allé. Je lui ai dit: «La cuisine, chéri! Ça, c'est une contrée qui t'est totalement inconnue et où tu n'as jamais mis les pieds!»

On a ri de nouveau. Ça nous faisait du bien. Puis Lulu a réalisé que les blagues, les rires, ce serait chose du passé avec Armand.

— Ce doit être d'autant plus terrible pour une personne brillante, habile et sensible comme lui, ai-je dit.

— Il n'a pas vraiment réalisé ce qui lui arrivait.

Je n'osais m'imaginer ce qui se passerait ce jour-là. Au moment du café, elle m'a avoué quelque chose qui m'a brisé le cœur.

— Je n'avais jamais pensé que je finirais mes jours de cette façon. À partir de maintenant, je ne joue qu'un rôle secondaire, un rôle de soutien auprès de lui. Dans les deux sens du terme. Il ne pourra plus travailler, ni conduire, ni s'occuper de lui. Je vais devoir tout faire pour lui. À la limite, je vais me contenter de faire de la figuration dans sa vie, parce qu'il ne me reconnaîtra même pas. Il va toujours se demander qui je suis. Je vais devenir son ombre. Le plus dur, c'est de savoir que, dorénavant, je ne pourrai plus jamais interpréter le rôle principal dans ma propre vie. Puisque je n'aurai plus de vie à moi.

Je l'ai prise dans mes bras, l'ai serrée très fort. J'ai essayé de la rassurer.

— Lulu, il faut que tu saches que je serai toujours là pour toi. Pour quoi que ce soit. Il n'est plus question que tu gardes tout ça pour toi.

Je l'ai forcée à me regarder. Je voulais être sûre qu'elle comprenait ce que je m'apprêtais à lui dire.

— Je serai toujours là pour t'écouter. T'écouter pleurer ou me parler d'Armand. T'écouter me dire à quel point c'est dur. T'écouter te plaindre parce que ce qui t'attend est terrible.

Elle a secoué la tête pour me signifier qu'elle avait bien compris le message. J'ai jeté un dernier coup d'œil sur la pièce principale, qui ressemblait plus à un garde-meubles qu'à un appartement. Massimo y était de moins en moins. J'ai éteint les lumières et nous sommes sorties.

Lulu m'a reconduite à ma voiture qui se trouvait chez elle. J'ai tenté de m'inviter à souper à condition de cuisiner le repas. Elle a refusé. Armand serait de retour bientôt et, les jours d'examens, il était passablement fatigué et perturbé. Une personne de plus à tenter d'identifier, même s'il me connaissait depuis longtemps, risquerait de le déstabiliser davantage. Elle m'a promis de me donner des nouvelles.

Au volant de ma voiture, j'ai pu laisser couler mes larmes. Je m'étais retenue de le faire devant ma Lulu. Elle en avait suffisamment sur les épaules. En la quittant, je l'avais sentie un peu plus détendue. Peut-être pas rassurée complètement, mais j'avais cru déceler chez elle l'assurance qu'elle n'était pas toute seule et qu'elle pouvait compter sur moi.

Compter sur moi! Je voulais bien, mais comment? Qu'est-ce que je pouvais faire, à part recueillir sa peine et la soulager une journée ou deux, de temps en temps?

Je me faisais la réflexion, en reprenant la route, que la vie était terriblement cruelle parfois. Un homme brillant, drôle comme tout, allait devenir un enfant perdu qui cherche son chemin à travers des dédales mystérieux, incapable de reconnaître les gens qui l'aiment.

Était-ce à dire qu'en plus de perdre nos morceaux petit à petit – nos yeux, nos membres, notre mobilité, nos dents, nos cheveux, notre vitalité – nous allions également nous perdre nous-mêmes dans le labyrinthe de nos cerveaux, sans jamais retrouver notre route?

Comme la vieillesse était impitoyable! C'était quoi déjà, la recette du dalaï-lama pour vivre longtemps et de belle façon? «Manger la moitié, marcher le double, rire le triple et aimer sans mesure.» Je me suis promis de me battre. De lutter jusqu'à mon dernier souffle. La vie ne me prendrait pas tout. Pas tout de suite, en tout cas.

«Bonne chance, ma belle!» m'a susurré mon petit juge.

Au moins, celui-là, il était toujours en pleine forme. Il n'en manquait pas une!

Vivement les bras de Bernardo pour l'*aimer sans mesure*. Vivement sa solidité, ses yeux amoureux, sa tendresse. Et pourquoi pas son batte de baseball menaçant pour faire fuir le temps qui passe, le faire déguerpir en emportant son bagage de frayeurs qui nous attendent?

13

Je n'ai pas beaucoup dormi cette nuit-là, ni la suivante, ni l'autre d'après. J'ai tourné et tourné en cherchant le sommeil qui s'obstinait à ne pas venir me rejoindre. Heureusement pour lui, mon amoureux dormait du sommeil du juste. Légers ronflements rassurants. Chaque fois que je fermais les yeux, croyant m'abandonner enfin aux bras de Morphée, les images d'Armand aux prises avec ses pertes de mémoire revenaient à la surface. Lorsque je réussissais à m'assoupir, je les voyais, lui et Lulu, empêtrés dans des milliers de petits papiers jaunes sur lesquels étaient notées des informations. Il y en avait partout, sur les meubles, sur leurs vêtements, dans la cuisine, dans la chambre, sur les portes... Certains de ces Post-it tourbillonnaient dans l'espace. Lulu m'avait expliqué qu'Armand s'était mis à tout écrire, de peur d'oublier. À d'autres moments, dans ces nuits sans sommeil, je les voyais prisonniers d'un labyrinthe dont on ne sort jamais. Quelqu'un criait : « C'est moi, c'est Lulu ! C'est moi, Lulu ! » Ces rêves me comprimaient la poitrine. J'étouffais. J'avais mal pour elle, je craignais le pire pour lui.

Comment cette maudite maladie était-elle possible ? La science connaît assez bien les maladies qui attaquent le corps, mais si peu celles qui atteignent le cerveau... Et quels ravages ! J'avais senti mon amie Lulu tellement désemparée. On le serait à moins ! Et elle me l'avait répété : jamais, au grand jamais, elle ne se résoudrait à placer son amoureux.

« Quoi, m'avait-elle dit, le placer dans un mouroir ? Le regarder devenir encore plus perdu ? » Ce n'était pas envisageable pour elle. Je la comprenais. Moi non plus, je ne voudrais pas de cette solution pour Bernardo, si jamais… Mais comment allaient-ils réussir à vivre avec *ça* ? Est-ce qu'une qualité de vie est possible dans ces conditions ?

Alors que j'étais toujours endormie devant mon bol de café, Bernardo a constaté les ravages de ma plus récente nuit blanche sur mon visage blafard.

— Ça va, *bella* ? Tu as l'air…

En vieillissant, les plis du visage, c'est pire quand on est fatigué.

— Oui, je sais, j'ai l'air… d'une vieille affaire ! Pas dormi du tout.

— Rien de grave ?

— Non, non, lui ai-je répondu. Tout va bien, tout va bien.

Puis je me suis vue imitant mot pour mot mon amie Lulu qui voulait minimiser sa situation. Je n'allais pas jouer ce jeu à mon tour.

— En fait, non, ça va pas. C'est Armand qui ne va pas bien. Pas bien du tout. Il souffre d'alzheimer.

Bernardo a failli s'étouffer avec sa tranche de pain grillée.

— Quoi ?

— Lulu nous a bien caché ça. Il a passé de nouveaux tests l'autre jour, c'est pour ça qu'elle a pu venir m'aider. En temps normal, elle ne peut pas le quitter d'une semelle. Il est tellement perdu. Et les résultats des tests sont arrivés hier : catastrophiques. Elle est démolie.

— *Penso che dovrà metterlo in un ospi…*

Je n'ai pas laissé Bernardo finir sa phrase.

— Le placer ? Jamais. Pas après tout ce qu'ils ont vécu ensemble.

Il s'est inquiété de ce qu'ils allaient faire.

— Elle ne le sait pas. Moi non plus, d'ailleurs.

Nous sommes restés silencieux un instant. Les oiseaux qui avaient envahi la terrasse après les gros froids s'en donnaient à cœur joie autour des mangeoires. Nous avons continué à les observer plutôt que d'aborder ce sujet épineux.

Qu'adviendrait-il si l'un de nous tombait malade ? Nous avions quelques fois parlé de nos vieux jours, mais aucune décision n'avait été à l'ordre du jour. Nous avions le temps… nous semblait-il. Mais l'avions-nous vraiment, ce temps des jours heureux ?

— Qu'est-ce que tu vas faire aujourd'hui ? ai-je demandé à Bernardo.

— Tu as besoin de moi ?

— Non. C'était pour savoir.

Il avait décidé de ranger les accessoires d'hiver dans le cabanon.

— Garde quand même une pelle et nos grattoirs de pare-brise, lui ai-je conseillé. On est juste en mars. On a déjà vu des tempêtes en avril.

Le sachant occupé pour la journée, je suis allée faire un tour chez Allison. D'abord, je voulais vérifier si elle souhaitait acheter des meubles ou des objets de décoration ayant appartenu à Massimo avant que je mette tout dans les mains d'antiquaires. Puis j'ai pensé que, puisqu'elle avait un carnet passablement fourni de connaissances et d'organismes, elle pourrait m'aider à trouver des ressources pour Lulu et Armand. Dans un texto, elle m'a affirmé avoir bien reçu les photos que je lui avais fait parvenir et m'a invitée à prendre le café.

— Il y a de belles choses, m'a-t-elle dit en m'accueillant avec une tasse fumante.

Un deuxième café ne serait pas superflu pour me tenir éveillée.

— Mais je crois que je vais devoir passer mon tour, a-t-elle ajouté.

— Si c'est une question de liquidités, tu n'es pas obligée de régler...

— Non, non, m'a-t-elle interrompue. On pense petit, dorénavant.

— Petit ? ai-je répété, intriguée.

— Bon ! Aussi bien te mettre au courant... J'essaie de trouver une solution pour maman. On ne pourra pas continuer à partager le même espace longtemps, ou alors l'une de nous deux va y rester.

À ce moment, une espèce de râle a retenti dans la cuisine, aussitôt suivi du bruit d'une cloche qu'on fait teinter nerveusement. Allison a soupiré, a déposé sa tasse sur le comptoir.

— C'est maman. Je vais aller voir de quoi elle a besoin.

— Je peux la saluer ? lui ai-je demandé.

Allison a eu une hésitation, puis m'a fait signe de la suivre. Elle m'a expliqué qu'elle avait donné sa chambre à sa mère, car c'était plus pratique, et qu'elle avait aménagé ses pénates dans la chambre d'amis, au deuxième.

J'avais eu l'occasion de rencontrer Reine à quelques reprises, mais là, je ne l'ai pas reconnue. L'Iiiireine que je connaissais, dynamique et pleine d'énergie, n'avait rien à voir avec cette petite dame tassée sur elle-même qui n'arrivait pas à se lever de sa chaise toute seule. Elle m'a fait un sourire de travers. On sentait encore des traces de paralysie sur sa joue, et son bras gauche semblait bouger avec difficulté. Rocco était confortablement installé sur ses genoux.

Allison a pris un mouchoir dans sa poche et a essuyé délicatement la salive qui s'échappait de la bouche de sa maman; cette dernière ne parvenait pas à l'empêcher de couler. Elle m'a indiqué que sa mère avait fait des progrès formidables depuis l'arrivée de Rocco dans leur vie. Il passait tout son temps sur ses genoux, ce qui encourageait sa maman à utiliser sa main encore endormie et à faire des efforts pour le caresser.

Reine s'est mise à gesticuler et a tenté de me parler. Malgré la meilleure volonté du monde, je n'arrivais à comprendre qu'un mot sur deux de ce qu'elle essayait de me dire. Allison, plus habituée à son langage, est venue à notre secours en traduisant les propos de sa mère.

— Maman est contente de te voir, mais elle est triste que tu la voies comme ça.

— Je suis contente de voir que vous allez beaucoup mieux, Reine. Rocco vous a adoptée?

Elle m'a fait un signe affirmatif de la tête et a ajouté un sourire de guingois.

— Tu m'excuseras, je dois l'amener aux toilettes, m'a signifié Allison.

Elle a soulevé sa mère du fauteuil où elle se trouvait et l'a fait marcher vers la salle de bain, ce qui a pris un certain temps. Le parcours était laborieux, mais Allison l'encourageait à ne pas lâcher. À aucun moment elle n'a montré la moindre impatience. Je ne lui connaissais pas ce trait de caractère, elle, toujours prompte à réagir, à faire avancer les choses au pas de charge. Je me suis éclipsée pour les laisser tranquilles.

Allison est finalement venue me rejoindre dans la cuisine, où elle nous a préparé un petit lunch. Rien de compliqué: une salade, un peu de jambon blanc et un verre de vin.

Rocco a débarqué dans la pièce, sûrement alléché par les odeurs de bouffe. Allison lui a tendu un bout de fromage. En guise de salutations, il s'est collé contre mes jambes puis il est reparti aussitôt reprendre du service auprès de sa nouvelle maîtresse.

— Je ne t'ai pas raconté la dernière de ma mère, m'a dit Allison, un grand sourire aux lèvres. Figure-toi qu'une de mes amies est venue souper avec son chum la semaine dernière. Après le repas, pas mal arrosé, je les ai gardés à dormir pour qu'ils ne prennent pas la route. Ils ont dû se contenter du divan du salon. Je ne sais pas si c'est l'air de la campagne mélangé à la grande quantité de vin… toujours est-il qu'ils s'en sont donné à cœur joie une partie de la nuit. C'était assez bruyant, merci !

Elle a poursuivi son anecdote en me racontant que Reine, qui n'avait pas beaucoup dormi, était convaincue que l'un d'entre eux avait été malade.

— «Tous ces cris !», qu'elle m'a dit.

Allison a répondu à sa mère que personne n'avait été malade, mais que ses amis avaient plutôt fait l'amour avec pas mal d'enthousiasme.

— Tu aurais dû la voir ! Rouge comme une pivoine, elle m'a avoué : «Oh ! Mon Dieu ! C'était ça. J'avais oublié.»

Nous avons ri un bon coup.

— Sinon, ça va ? Tu t'en sors ?

Au lieu de répondre à ma question, elle m'a plutôt demandé comment je trouvais sa mère.

— Tu veux la vérité ?

Elle m'a fait signe que oui.

— C'est fou ce qu'elle a perdu en taille et en énergie. J'ai failli ne pas la reconnaître.

— Moi non plus, je ne la reconnais pas, certains jours. Mais elle va tellement mieux qu'après l'AVC. Elle fait des efforts surhumains, elle bataille pour s'en sortir. Elle va y arriver.

— Et votre vie à deux ?

— Hum ! Mettons qu'on n'est pas le couple idéal. Mais on s'arrange. Il y a des jours plus difficiles que d'autres.

J'ai vu ses yeux s'embuer.

— Pour la première fois de ma vie, j'ai ma maman pour moi toute seule. Durant notre enfance, elle n'en a toujours eu que pour Maggie, sa préférée. Là, elle me découvre, elle m'apprécie, elle a besoin de moi, elle m'aime. Je crois avoir une solution pour la loger, qui va demander du temps, mais comme maman n'est pas encore prête, ça va être parfait.

Elle m'a raconté qu'elle avait poursuivi ses recherches sur Internet pour trouver une minimaison. Ce phénomène avait pris de l'expansion depuis quelques années. Les *tiny houses* étaient nées aux États-Unis, mais avaient rapidement trouvé une clientèle intéressée au Canada anglais et maintenant au Québec.

Ce type d'habitation répondait aux besoins de plusieurs groupes d'individus. Il y avait ceux qui désiraient habiter un plus petit espace, par souci d'écologie ou compte tenu de leurs moyens. Il y avait ceux qui cherchaient une façon d'accueillir leurs amis de passage sans pour autant qu'ils envahissent leur maison et ceux finalement qui, comme elle, étaient en quête de solutions multigénérationnelles. De cette façon, amis et parents demeuraient à portée de la maison familiale sans y habiter puisque ces minidemeures possédaient l'essentiel : un salon, une chambre à l'étage, une minicuisine et une salle de bain minuscule, mais complète. Ajoutés à cela l'eau courante, le branchement aux eaux usées, le chauffage et l'électricité.

— Il y en a de tous les modèles, de toutes les dimensions et, bien sûr, à tous les prix. Par contre, m'a-t-elle précisé, il faut posséder un terrain. Et dans le cas de maman, il me faut mettre la main sur une maisonnette d'un seul étage pour éviter qu'elle ait à grimper à la mezzanine pour se rendre à la chambre. Trop rock'n'roll pour son âge. Mais j'en ai trouvé.

— Et... ?

Pour toute réponse, elle a allongé le bras et pris un énorme dossier sur le comptoir où nous étions attablées.

— Tout est là. Regarde, ça vaut la peine. Ça va peut-être t'intéresser pour loger ta smala italienne.

Tandis qu'elle préparait la vinaigrette, je me suis mise à feuilleter le fruit de ses recherches.

Il y avait des exemples de maisons de tous les styles. Certaines, sur roues, super mignonnes, ressemblaient à des roulottes de romanichels, d'autres à des chalets hyper confortables qu'il ferait bon de trouver sous les sapins ou près d'une rivière. Il y avait des maisons minimalistes, et d'autres plus grandes, possédant deux chambres et, au lieu d'un coin-repas, une véritable salle à manger. Le prix était proportionnel à la dimension, il va sans dire. On pouvait agrémenter certaines d'entre elles d'une terrasse à l'étage ou au sol, d'un porche ou d'une tonnelle, et même d'un foyer.

— Y en a qui ne sont pas données ! ai-je fait remarquer à Allison.

— Si tu as les moyens, il n'y a pas de limites. Sauf les restrictions des municipalités.

À la suite des descriptifs de demeures, j'ai trouvé tous les papiers requis pour l'installation d'une de ces *tiny houses*. Allison m'a informée qu'elle était allée à l'hôtel de ville pour savoir d'abord si ce type d'habitation était permis. Notre municipalité acceptait ces petites maisons, à condition qu'elles ne soient pas sur roues et qu'elles ne possèdent qu'un étage.

— Jusque-là, pour ce dont j'ai besoin, ça va. Dans les coûts, on doit calculer la fondation permanente. Les branchements à l'eau et aux égouts de la ville sont acceptés, mais à tes frais. Et bonjour la démolition du terrain pour se rendre à la rue et le réaménagement paysager ensuite ! L'électricité peut être branchée à partir de la maison principale et, si on demeure loin du village, comme moi, on peut aussi se brancher à son puits et au même champ d'épuration si la propriété n'a pas plus de cinq chambres en tout. Les taxes vont augmenter, naturellement. Il reste à trouver une maison déjà construite qu'on livre sur place, ou un modèle en kit. On te fournit tout le matériel et les plans. Si j'étais encore avec Jules, lui et ses copains pourraient construire ça en un clin d'œil, mais je vais devoir engager un entrepreneur et des ouvriers. D'autres frais.

Elle nous a servi de jolies assiettes et on a pris le temps de déguster les premières bouchées avant de revenir au sujet du jour. La bouche pleine, elle m'a dit qu'il y avait un hic. Un gros hic.

— Une fois tous les montants calculés, je pensais m'en sortir sans être obligée de vendre mon corps !

C'était la solution que nous proposions à la blague lorsque les sous venaient à manquer. Mais il fallait être lucides : à notre âge, personne ne serait preneur…

— Bon ! Tout ça n'est pas donné, mais je peux encore gruger dans mes maigres placements. Et maman a sa pension. On devrait y arriver. Et quand il sera temps de mettre la propriété en vente, cette petite demeure deviendrait un plus pour les nouveaux acheteurs. Pour vivre en mode multigénérationnel ou pour les amis de passage, ou pour servir d'atelier.

— C'est quoi, le hic ?

Allison a soupiré.

— Le terrain. D'après l'ingénieur de la ville, il faut que ma propriété possède une surface de cinq mille mètres carrés minimum. Ce qui n'est pas le cas. Il en manque une parcelle. Presque rien. Une bande linéaire de terrain ferait l'affaire. Je ne suis même pas obligée de l'entretenir, il faut juste que j'en sois propriétaire et que ça apparaisse sur le cadastre de ma propriété, et on peut construire.

— Et tu vas le prendre où, ce bout de terrain manquant ?

— Chez le voisin.

Elle a fait un sourire un peu pincé.

— Ça, c'est s'il accepte de me le vendre. Et ça n'est pas gagné. Il est pas causant-causant, c'est un « taiseux », comme disait ma grand-mère. Il est riche comme Crésus et n'en a rien à foutre de la voisine dans le besoin. La demande est faite, j'attends sa réponse. Et il est pas pressé.

— Et ta mère accepte cette solution ?

Allison a éclaté d'un grand rire.

— Ça m'a étonnée moi-même ! Elle a trouvé ça joli comme tout. Elle a parlé de planter des arbustes, des fleurs et, pourquoi pas, un minipotager. Je pense qu'elle a accepté parce que ce n'est pas pour tout de suite. Elle m'a vue aux prises avec les catalogues, les permis, la banque, et maintenant le voisin.

— C'est bien aussi parce que ça va lui donner le temps de reprendre des forces.

— Et moi d'en perdre. Je ne fais rien d'autre, peux-tu croire ça ?

Je le croyais volontiers. Les cernes qui se glissaient sous ses yeux en disaient long sur sa fatigue.

— Pas d'écriture ?

— Es-tu folle ? Pas le temps ! À moins que j'écrive sur une femme qui tue son voisin pour récupérer un bout de terrain...

Elle a balayé la blague de sa main.

— De toute façon, je n'ai pas la tête à ça. J'aide ma petite maman à redevenir autonome. Si ça m'arrivait, un accident vasculaire cérébral, je voudrais que quelqu'un m'aide à redevenir une femme normale, indépendante, fière.

Une fois de plus, ses yeux se sont noyés dans les larmes.

Elle m'impressionnait. Elle ne baisserait pas les bras et elle avait raison. Tout comme Lulu, qui n'était pas prête à jeter l'éponge, elle allait se battre et tenter de vaincre ce qui me semblait insurmontable.

J'ai songé, en quittant la maison d'Allison, que vieillir, ça demandait tous les courages. Ce serait si facile d'abdiquer à la moindre difficulté, de s'asseoir et de ne plus bouger. Et les raisons pour que nous abandonnions étaient légion. Trop vieux, trop fatigués, trop compliqués, trop usés, plus envie, restons assis !

J'ai roulé jusque chez moi avec cette phrase en tête, que je me répétais en boucle : « Pourtant, notre vie n'est pas finie tant qu'elle n'est pas finie ! »

*

Ma tournée s'est poursuivie le jour suivant chez Albert. Lui, par contre, était tenté par une table en loupe d'érable que possédait Massimo. Nous avons regardé les photos que j'avais prises et il m'a expliqué l'origine de ce bois précieux qui était apparu, en menuiserie, au XIXe siècle.

— Ce sont ces nœuds sur l'arbre, qui ont été causés par les piqûres d'insectes ou par des blessures, qui forment les dessins de la loupe. C'est unique. Cette table m'a toujours fait envie.

On s'est mis d'accord sur un prix et je lui ai proposé de la déménager, ainsi que les chaises qui l'accompagnaient, en même temps que les petits meubles et objets que je comptais récupérer.

— Au fait, es-tu au courant que la maison jaune, qui n'est plus jaune, est de nouveau à vendre ?

— Non ! T'es sérieux ? Il me semble que ça ne fait pas si longtemps que les deux designers l'ont achetée…

— C'était en quelle année, Coquelicot ?

— Euh… Attends… 2003, je crois.

— Ben ça fait presque seize ans ! Le temps passe, hein ?

Seize ans ! Ça faisait vraiment tant d'années que je possédais ma maison ? Effectivement, le temps passait à la vitesse de l'éclair.

— Qu'est-ce que tu dirais qu'on aille la voir ?

J'ai ouvert de grands yeux, étonnée.

— Pour quoi faire ? J'ai une maison que j'aime…

— Tu n'es pas curieuse ? Tu n'as même pas envie de voir de quoi elle a l'air ? Eh bien, moi, j'y vais.

— Écoute, Albert. Je te connais. La dernière fois que tu m'as incitée à visiter une maison, parce qu'on passait souvent devant et qu'on était curieux de voir l'intérieur, c'est là que j'ai vendu la maison jaune et que j'ai acheté l'actuelle. Tu peux comprendre que je me méfie un peu de tes invitations !

— Ha ! Ha ! Que tu es moumoune ! Je ne t'ai jamais forcée à rien. On a vu ensemble ta maison, tu l'as trouvée plus adaptée à ta vie. Plus petite, un terrain nécessitant moins d'entretien…

Il a pris un ton moqueur pour me rappeler la suite.

— Tu m'as même déclaré, les yeux pleins d'eau, qu'en entrant dans cette demeure tu avais eu la sensation que deux immenses bras t'entouraient et te berçaient !

Pour toute réponse, je lui ai tiré la langue.

— J'ai raison ou pas ?

— C'est agent immobilier que tu aurais dû faire, pas prof !

— Olivia, tu t'es toujours plainte que la maison jaune demandait trop de travail, coûtait trop cher en réparations. La nouvelle t'est apparue comme la meilleure solution à l'époque. *Come on !* Aujourd'hui, que je sache, tu n'as pas envie de déménager ? Bon ! Il est où, le problème ? On va juste voir ce qu'ils ont fait de la maison et du terrain, c'est tout. Dis oui! Je suis sûr que tu en meurs d'envie.

Il n'avait pas tort.

C'est ainsi qu'Albert et moi, on s'est retrouvés devant mon ancienne maison avec une courtière immobilière. Je ne suis pas du genre nostalgique, ce qui fait que je n'étais ni émue ni fébrile. La dame qui nous présentait la propriété à vendre devait bien se douter que nous étions là par simple curiosité, mais elle n'avait d'autre choix que de nous guider dans notre visite. Mon ancienne maison se présentait maintenant en blanc et noir. Je m'étais laissé dire que c'étaient les couleurs fétiches de tous les décorateurs. Elle m'apparaissait plus imposante et plus moderne de la sorte. Les propriétaires avaient fait creuser un étang dans le bois, à quelques pas de la tombe de Bouboulina. La pierre indiquant sa présence était toujours là. J'ai été rassurée. Ils avaient également fait construire un petit chalet que nous visiterions plus tard. Maison d'invités? Atelier?

Beaucoup de choses étaient restées les mêmes, et plusieurs autres avaient changé. Nous avons enfilé les pièces, observé le jardin. Ah! Tiens! La piscine n'avait plus sa couleur méditerranéenne si jolie. Par contre, l'idée de peindre les planchers en blanc était géniale. Sans le savoir, j'avais fait de même dans ma maison actuelle.

Albert s'amusait à visiter, attirait mon attention sur un détail, sur une nouveauté. Je ne savais pas encore pourquoi je l'avais écouté, pourquoi je l'avais suivi, ce matin-là, pour revoir cette maison qui avait été mienne il y avait de cela belle lurette. J'étais là, pour la deuxième fois, dans la maison alors qu'elle était à vendre. Les souvenirs sont remontés à la surface.

La première fois, c'était lorsque Albert avait insisté pour que je laisse tout ce que j'avais en plan, que je saute dans ma voiture et que j'arrive dare-dare à la campagne, parce qu'il avait, comme il le clamait haut et fort dans le téléphone, trouvé la maison de mes rêves. Et il avait eu raison. J'étais alors célibataire, je n'avais que Bouboulina comme compagne et je n'en pouvais plus de la ville. C'est à ce moment que j'avais, comme Massimo le disait lui-même, trahi notre amitié en me sauvant dans les Cantons-de-l'Est et en l'abandonnant, « seul comme un chien », à Montréal. C'est ainsi qu'avaient commencé mes aventures avec cette fameuse maison jaune, qu'avaient débuté tous mes ennuis avec les divers corps de métiers auxquels j'avais eu recours, les problèmes de réparations qui étaient allés jusqu'à une poursuite en cour pour un vice caché, mais également tous les moments de bonheur, les grandes joies avec ma famille et mes amis.

Sans que je m'en rende vraiment compte, petit à petit, la visite me donnait des envies, des idées. Autant je me méfiais à notre arrivée sur les lieux, autant je trouvais maintenant que cette démarche avait peut-être sa raison d'être. Je me suis rappelé qu'il n'y avait pas si longtemps Lulu avait évoqué le souhait que j'avais fait à propos de la maison jaune qui nous servirait à tous de refuge lorsque nous serions vieux. Chacun avait aussitôt réclamé sa chambre, son coin privé, imaginé sa décoration, ses couleurs. Nous avions tous été d'accord que la maison jaune serait la solution idéale pour nos vieux jours. Il suffirait d'installer un petit ascenseur, d'ajouter une salle de bain et d'effectuer d'autres rénovations du genre. Les idées avaient fusé aussi facilement que le vin coulait dans nos gorges. On se connaissait suffisamment bien, on s'appréciait également beaucoup, on se respectait. Pourquoi on ne pourrait pas vivre dans un même lieu agréable, pratique, bucolique, à défaut de se retrouver dans un CHSLLC-machin, ce truc immonde dont personne ne veut ?

Si j'avais suivi Albert dans la maison jaune qui se cherchait à nouveau un propriétaire, est-ce que c'était pour imaginer une solution à la situation de Lulu et Armand? À celle d'Allison et de sa maman? À la nôtre, à Bernardo et moi, d'ici quelques années?

*

Je suis revenue sur terre une fois de retour à la maison. Albert m'avait raccompagnée et avait accepté de partager notre repas du soir, puisque François devait travailler tard à l'usine. Il mettait au point un nouveau logiciel et ça lui demandait beaucoup de temps. Je n'en finissais plus d'admirer ma maison actuelle, sa cuisine récemment aménagée, son look de bord de mer, ses accents de couleur... Ce cocon me plaisait encore.

Nous avons discuté de tout et de rien autour de la table. Bernardo a confié à Albert à quel point il admirait le travail d'accompagnement qu'avait fait Miro auprès de Giulia.

— Si Miro ne lui avait pas conseillé de porter plainte à la police, va savoir où elle serait aujourd'hui! Je ne sais plus qui a proposé que ses amis et sa famille soient présents mais c'est formidable.

— Au fait, il est ravi de tout ce que tu lui as donné, Olivia. Ça va lui servir.

— Il est vraiment bien, mon filleul. Il ira loin, ce garçon.

— Ben, en parlant de ça...

— Quoi? lui ai-je demandé.

— Miro vient d'accepter la proposition d'une université californienne pour aller y étudier et faire partie de l'équipe de football!

— Wow! C'est génial! me suis-je exclamée.

— Oui, sauf qu'il va être loin de vous, hein, Albert? a ajouté Bernardo.

— Oui…

Il a semblé hésiter.

— Mais peut-être pas tant que ça.

— Comment ça ?

Albert m'a servi son plus grand sourire.

— On avait dit qu'on n'annoncerait rien tout de suite, mais… bon ! Puisqu'on en est là. N'ébruitez pas la nouvelle, mais François travaille pour se trouver une job là-bas. Il a entendu dire à travers les branches que ses patrons cherchent un « bollé » dans son genre pour démarrer et mettre sur pied une, voire deux usines en Californie. Mon chum a le profil idéal.

— Vous allez vous installer aux États-Unis ?

— Doucement, doucement, Olivia. Calme tes ardeurs. C'est ce que François me répète chaque jour depuis que l'idée est dans l'air. Il y a loin de la coupe aux lèvres. Il doit d'abord avoir la job, on doit vendre la maison et…

— Et quoi ?

— Et se marier !

— Vous allez vous marier ? me suis-je écriée, follement enthousiaste.

— Oui ! s'est esclaffé Albert. Tu aurais dû voir la tête de notre notaire quand on lui a dit qu'on allait devoir devancer notre projet de mariage. À la base, on voulait le faire pour nos trente ans de vie commune, dans un an et demi. On lui a dit qu'on avait pas le choix pour les *green cards* américaines. On a bien ri lorsqu'elle nous a avoué que c'était la première fois qu'elle rencontrait un couple gai qui se mariait obligé !

Nous aussi, on a beaucoup rigolé. Je me suis levée de table et je suis allée embrasser mon ami Albert.

— Mon snoreau ! Tu comptais nous le dire quand ?

— Quand les choses auraient été plus avancées. Malgré que ça va pas mal vite.

— Et avec tout ça, tu prends le temps d'acheter des meubles qui ont appartenu à Massimo et de m'emmener visiter une maison !

— Quelle maison vous avez visitée ? a demandé négligemment Bernardo.

— La maison jaune, ai-je répondu trop vite.

Mais il était trop tard pour me reprendre. Il m'a regardée, totalement étonné.

— Pourquoi la maison jaune ? Tu ne comptes pas…

— Parce qu'elle est à vendre, a expliqué Albert, sentant le malaise. J'avais envie de voir ce que les propriétaires en avaient fait.

Bernardo est revenu à la charge.

— Olivia, dis-moi que tu n'as pas envie de cette maison à nouveau ? Elle est énorme. Tu ne trouves pas qu'on en a suffisamment comme ça ? Je te rappelle que tu viens d'hériter de celle de Pitigliano !

Impatient, il nous a répété qu'on avait tous beaucoup trop de possessions.

— On croule littéralement sous les biens. On ne sait même plus où les mettre. *Accumuliamo, accumuliamo !* On accumule et puis, après, on étouffe. *Possediamo troppe cose !*

Il s'est levé brusquement avec les assiettes sales et s'est dirigé vers la cuisine.

Albert est resté estomaqué devant cette riposte intempestive de la part de Bernardo, toujours si calme.

— Qu'est-ce qu'il vient de dire, l'Italien ?

— Qu'on possède trop de choses.

— Et depuis quand ça le dérange ?

— C'est depuis qu'on a fait, défait et refait les cartons de Massimo, lui ai-je chuchoté. Il ne peut plus voir une boîte à remplir. Moi non plus, remarque. Il a envie de tout bazarder.

Je lui ai avoué que, moi aussi, ça m'avait angoissée, ce déménagement. Tant que ce que nous possédons est rangé, chaque meuble, chaque objet ayant sa place dans nos maisons, on ne se rend pas compte. Mais quand venait le temps de les empaqueter, de les entasser, c'était une autre histoire. Je lui ai raconté l'appartement de Massimo encombré de meubles, de miroirs, de tableaux, d'objets de décoration. Une immense maison qu'on avait tenté de faire entrer dans un petit appartement. Après les séances d'emballage, en rentrant chez moi, je me serais débarrassée de tout tellement j'étouffais.

— Qu'est-ce que tu vas faire de tout ce dont tu as hérité ?

— Après avoir distribué les cadeaux de Massimo à la famille et aux amis, déménagé ce qu'on désire conserver en souvenir et donné tout le reste, soit aux antiquaires, soit à la Maison des Encans, on devra faire une méchante vente de garage. Le principe est le même qu'avec nos placards : si on ajoute quelque chose, pour balancer, il faut enlever quelque chose.

— Je suis partant pour cette vente. Nous aussi, on va devoir faire un gros ménage. Pis, s'est-il informé tout bas, qu'est-ce que ça t'a fait de revoir la maison jaune ?

— Une agréable surprise.

J'ai hésité un peu avant de lui livrer le fond de ma pensée. Mais au point où on en était avec les révélations, aussi bien me jeter à l'eau. J'ai quand même pris la peine de vérifier que Bernardo avait quitté la cuisine avant de poursuivre.

— Je me suis dit que… Tu te rappelles le plan fou qu'on avait fait pour nos vieux jours ?

— Pour *vos* vieux jours, a-t-il précisé. François et moi, on est pas mal plus jeunes que le reste de la gang.

— Oui, oui, je sais, je sais. Mais tu t'en souviens ?

— Et comment !

Il m'a regardée longuement.

— Tu… Olivia, tu ne penses pas sérieusement racheter cette maison et en faire un foyer ?

14

J'ai finalement rendu la clé à la concierge. Et j'ai refermé la porte sur un pan de la vie de Massimo. Cette porte-là, du moins. Ça nous avait pris tout ce temps pour distribuer et liquider l'entièreté des biens de mon ami. Bernardo déprimait chaque fois que nous devions nous rendre dans ce lieu froid, poussiéreux et surchargé. Il en avait des brûlures d'estomac. Nous avons souvent parlé de nos vies trop encombrées qui lui pesaient, semblait-il, de plus en plus. J'essayais de comprendre son malaise. Heureusement, Batiste, Giulia et Raphaëlle étaient venus à la rescousse. Je ne voyais pas le jour où l'on finirait ce déménagement. Batiste connaissait plein d'organismes dans le besoin ; ça nous a aidés à nous débarrasser du surplus.

Je quittais cet appartement sans trop de regret. L'âme de mon ami n'y avait jamais séjourné. Il n'y avait eu, dans cet espace qui n'avait pas été complètement aménagé, que ses avoirs, pas son être. Ça faisait toute la différence.

Il y avait eu un premier transport vers la Maison des Encans, et un autre vers la campagne. Je n'avais récupéré que quelques objets : deux tables d'appoint Art déco et deux fauteuils en osier que j'aimais particulièrement. Les assises étaient parées de coussins rayés fabriqués par Massimo. Ils prendraient place dans le gazebo. J'avais aménagé cet espace, qui faisait office de salon d'été, quelques années auparavant : un petit pavillon, décoré aux couleurs du Maroc, adjacent à la piscine, dans lequel j'avais installé un divan-lit qui servait de lieu de lecture les jours de pluie ou d'endroit pour faire la sieste. Bernardo m'y conviait quelquefois. Des rideaux rayés, aux teintes de la maison, nous assuraient une discrétion absolue. On y avait passé de doux moments. Raphaëlle y dormait parfois avec son chien. Le chant persistant des grenouilles la ravissait. Lorsque j'avais envie d'écrire, je m'y installais aussi, et ce cocon m'était favorable pour trouver l'inspiration. J'avais emporté également les meubles achetés par Albert qui prendraient bientôt, si tout se déroulait bien, le chemin de la Californie.

J'allais enfin avoir du temps pour me consacrer à mon nouveau projet : trouver une solution pour nos vieux jours. La situation de Lulu et celle d'Allison me tracassaient au plus haut point. S'ajoutait à cela la nouvelle lubie de Bernardo, qui était convaincu qu'on serait tellement plus heureux dans plus petit… Il passait son temps à dire qu'il était sûr qu'on allait mourir étouffés par tout ce que nous possédions. *« Moriremo suffocati sotto tutto quello che possediamo. »*

Bien sûr que j'avais imaginé reprendre la maison jaune et en faire un foyer, comme l'avait soupçonné Albert, affolé à l'idée que je me lance dans une telle entreprise. Mais pour ce que j'avais en tête, mon ancienne maison nécessiterait trop de changements, trop d'ajustements. Et les propriétaires demandaient une somme que je ne pouvais me permettre de débourser.

J'ai lu et consulté tout ce qui existait sur les maisons de retraite. Surtout celles d'un nouveau genre. Celles qui ne s'apparentaient pas à ce qui existait jusque-là et qui donnait la chair de poule à quiconque se voyait obligé d'y loger pour y finir sa vie.

J'ai d'abord écumé les sites de logements dits adaptés-pour-personnes-âgées-qui-ne-veulent-pas-finir-leurs-jours-dans-des-mouroirs. J'y ai vu de tout. Du pire… et du pire! À part une ou deux trouvailles. J'ai découvert qu'en France, dans plusieurs villages et même dans les grands centres, on trouvait de plus en plus de gens qui se regroupaient pour vivre en communauté. Mais un projet particulier m'a interpellée sérieusement: une anti-maison de retraite, une maison citoyenne. Un groupe de femmes de Montreuil avait lancé en 1999 un projet fou qui semblait tenir de l'utopie: une résidence autogérée pour femmes de plus de soixante ans, La Maison des Babayagas, qui empruntait son nom aux sorcières mangeuses d'enfants des contes russes. Pour changer le regard que porte la société sur la vieillesse et pour contrer l'isolement, une «vieille dame indigne» avait réussi à mettre sur pied, avec l'aide de deux de ses amies, cette maison de retraite nouveau genre qui allait permettre à des femmes attachées à leur indépendance de vieillir ensemble et en toute liberté. Comme avait dit sa fondatrice, la militante et féministe Thérèse Clerc, malheureusement décédée depuis: «On veut nous faire croire que la vieillesse est une pathologie. Pour changer notre regard sur celle-ci, il faut apprendre à vieillir autrement.» Cette femme, qui avait vu la vie de ses parents âgés se dégrader et avait dû affronter seule l'organisation d'un quotidien très lourd, s'était fait la promesse d'épargner cette charge à ses propres enfants. Elle avait mis plus de douze ans avant d'obtenir le permis pour construire sa «petite commune», malgré les embûches administratives et politiques qui s'étaient enchaînées.

Je ne me voyais pas entreprendre un chantier d'une telle envergure ni m'engager dans une telle bataille avec ma municipalité. Il y aurait trop de personnes à satisfaire puisque ce genre de projet devait être soutenu par plusieurs paliers municipaux et gouvernementaux. Mais l'idée de base était formidable et avait tout pour me séduire : un immeuble comportant des studios loués, non pas seulement à des femmes veuves ou célibataires comme en France, mais à mes amis qui voulaient « casser maison », se retrouver dans plus petit, réduire les charges et les travaux et, surtout, cohabiter puisqu'ils s'entendaient depuis toujours.

Je n'en dormais plus. Je la voulais, cette maison, et je l'aurais, quoi qu'il m'en coûte.

J'ai consulté des agences immobilières à la recherche d'un terrain, j'ai passé un temps fou à la municipalité pour poser toutes les questions pertinentes et inhérentes au projet, et j'ai affolé mon amoureux qui ne comprenait pas que je me lance dans une telle croisade.

Nous avons enfin abordé le sujet épineux de nos vieux jours. Bernardo ne se sentait pas vieux, mais un brin fatigué. Entre l'Italie où il avait son travail saisonnier, ses voyages et l'entretien de la maison, il trouvait que ça faisait beaucoup. Bien sûr qu'il espérait vivre dans plus petit, bien sûr qu'il était exténué de tondre la pelouse l'été et de pelleter les entrées durant la saison froide. Et que dire des hivers de plus en plus difficiles à supporter ! Il aspirait à un peu de calme, un peu de paix. Il adorait cuisiner, mais il n'en pouvait plus de voir la maison se remplir des enfants et des petits-enfants qui avaient envie de campagne pour se la couler douce et qui ne levaient pas le petit doigt pour aider, à part quelques-uns. Il n'aimait pas non plus me voir faire les courses, remplir le réfrigérateur aussitôt vidé, défaire et refaire les lits. Laver et sécher la literie et les serviettes pour la piscine. Entretenir l'immense jardin, nettoyer la piscine, désherber, planter.

— Tu comprends de quoi je parle ? m'a-t-il demandé. *È la stessa cosa per ti, no ?*

Force était d'avouer que c'était la même chose pour moi. Je rêvais souvent d'un appartement avec terrasse sur laquelle j'installerais un bac de fines herbes et quelques-uns de fleurs. C'est tout. Garder mon énergie pour lire, écrire, voyager et prendre du temps avec mon amoureux. *Prima che sia troppo tardi !* Avant qu'il ne soit trop tard. Nous n'étions pas malades, seulement fatigués. Alors pourquoi ne pas changer notre façon de vivre nos vieux jours ?

Je lui avais parlé du projet de cette maison différente et avoué que mon but premier n'était pas de déménager, mais que, à cause de la situation intenable dans laquelle se trouvaient Lulu et Allison, le sujet m'était apparu important, voire urgent.

— Il faut les aider. Il faut faire quelque chose, lui ai-je dit. Et dans quelques années, la question va aussi se poser pour nous. On va faire quoi, à ce moment-là ? Je suis convaincue que tu ne veux pas, pas plus que moi, obliger nos enfants à nous garder chez eux ou à nous placer.

— Où tu vas trouver l'argent ?

— Ce serait formidable si celui de Massimo servait à ça. Pas entièrement, mais du moins en garantie. Je ne perds rien à essayer.

Il m'a regardée longuement. Ses yeux cherchaient les miens. J'ai su à l'instant qu'il me trouvait déraisonnable, certes, mais comprenait l'urgence et la détermination qui m'habitaient. J'avais son feu vert.

Je n'en serais pas à mon premier projet fou ! Et cette folie allait me tenir en vie.

*

Avant que tout le monde disparaisse dans la nature, et surtout parce que j'avais envie de voir mes amis ailleurs qu'au salon funéraire – en vieillissant, c'est là qu'on risquait de se fréquenter le plus souvent –, j'ai convié Albert et François, Henri et Thomas pour fêter à l'avance la belle saison qui ne saurait tarder. Lulu était aussi présente, accompagnée d'Armand qui semblait mieux depuis qu'il avait une nouvelle médication. Tout au long du repas, tantôt il est resté enfermé dans son monde, tantôt il a participé aux conversations comme si de rien n'était. Je n'en finissais plus d'observer ses belles mains d'ébéniste. Tout ce talent gâché par la maladie ! Lulu m'avait dit que maintenant son chum ne touchait plus du tout à ses outils.

Allison avait emmené sa maman qui, elle aussi, prenait des forces. Elle s'entraînait tous les jours à retrouver son équilibre perdu, et il ne restait presque plus de traces de son accident vasculaire cérébral. Rocco y avait été pour beaucoup. Elle se déplaçait avec une canne, car elle éprouvait encore un peu d'insécurité.

Pour ce souper, on a fait bombance une fois de plus. Bernardo s'était surpassé aux fourneaux. Et le vin n'était pas absent, bien au contraire. C'était bon d'être tous réunis autour d'une table. Mes amis étaient en grande forme. Ils avaient presque tous des nouvelles à annoncer.

Albert et François nous ont mis au courant des avancées de leur projet familial. Miro commencerait l'université à l'automne, mais devrait se rendre plus tôt en Californie pour participer à un camp d'été intensif et préparatoire à la saison de football.

— Miro et moi, on part la semaine prochaine pour qu'il puisse faire son choix de cours et pour lui trouver un appartement, nous a appris François. Moi, je vais rencontrer les patrons pour le projet d'usine. Les choses sont bien enclenchées. Au plus tard, on ira rejoindre Miro à l'automne, si tout se passe comme on l'espère. C'est quelque chose, déménager dans un autre pays !

— Et vous quittez définitivement le Québec ? leur a demandé Henri.

— Non, non, on a encore notre famille ici… et nos amis, a ajouté Albert en nous faisant un clin d'œil. On viendra régulièrement. On se cherche d'ailleurs un pied-à-terre pas loin du village. Si jamais vous entendez parler de quelque chose, faites-nous signe.

Bernardo m'a regardée du coin de l'œil et m'a souri. J'attendais avant de dévoiler mon secret.

Allison nous a annoncé qu'elle avait reçu une proposition très particulière.

— Sexuelle ? s'est informé Thomas, pour amuser la galerie.

— Non, pas vraiment. J'ai mis ça de côté pour un temps, le sexuel. Et je ne m'en porte pas plus mal. Mais je n'ai pas ton jeune âge, mon beau pit.

Elle a résumé ses démarches pour installer une minimaison sur son terrain, terrain qui n'était pas assez grand pour satisfaire aux exigences de la municipalité. Sans compter tout ce qu'il fallait démolir sur ledit terrain pour avoir les commodités d'usage et reconstruire par la suite. Elle avait donc fait appel à son voisin bourru pour qu'il lui en cède une parcelle et avait longuement attendu sa réponse.

— Peux-tu croire, m'a-t-elle dit, que M. Sourire m'est revenu avec une proposition ? Au lieu de me vendre cette partie de lot dont j'ai besoin, il me propose plutôt d'acheter ma propriété en entier. Il n'aime pas beaucoup les voisins, il veut la paix.

— As-tu pris ta décision ? lui ai-je demandé.

— Pas encore. C'est un pensez-y-bien. D'un côté, ça me ferait de l'argent pour vivre. J'arrêterais de m'angoisser chaque mois pour boucler le budget. Je pourrais faire autre chose que travailler. Je pourrais voyager avec maman. Mais de l'autre côté, on vivrait où ?

J'ai laissé un long silence planer au-dessus de la table. Bernardo m'a fait un signe de tête signifiant qu'il était temps de leur proposer mon idée de projet.

— C'est simple, ai-je dit à Allison et à sa mère. Vous viendriez dans L'Autre Maison.

— Quelle maison ? C'est quoi, ça ?

Tous les regards étaient tournés vers moi. J'ai pris le temps de savourer mon effet en buvant une gorgée de vin.

— Quelle maison ? a répété Lulu.

— L'Autre Maison, c'est une maison que j'ai l'intention de faire construire pour que l'on puisse tous loger à la même enseigne. Vous vous rappelez, c'est une idée qu'on avait eue lors d'un souper sur la terrasse de la maison jaune ?

— Tu ne vas quand même pas l'acheter ? a demandé Albert.

Je l'ai rassuré. Il n'en était pas question, mais j'y avais songé un temps. Je leur ai dit que je ne me verrais pas à la tête d'une bande de délinquants prêts à se chamailler pour obtenir la plus belle chambre ou la salle de bain la plus confortable.

— La maison à construire serait pour Lulu et Armand, Allison et Reine, François et Albert qui se cherchent un endroit. Et moi et Bernardo, quand viendra le temps, et vous aussi, Henri et Thomas, si le cœur vous en dit.

Il y a eu d'abord une suspension dans le temps – plus personne ne semblait respirer –, et puis tout a explosé d'un coup. Les rires, les cris, les questions, les commentaires. Ça m'a pris toute mon énergie pour calmer les ardeurs de chacun. Ils voulaient tout savoir.

Bernardo s'est imposé dans le vacarme.

— *Silenzio! Silenzio! Per favore lasciala parlare.*

En riant, Albert a dit qu'on devrait peut-être m'écouter.

Et je leur ai tout raconté. D'abord mon idée d'installer plusieurs minimaisons sur un terrain, et la ville qui s'opposait à ce genre d'habitation.

— Wow! Ça aurait été comme un camp de romanichels! s'est exclamé Henri. Tous les soirs, on aurait fait un feu de camp, et les filles auraient dansé pour nous!

— Tu rigoles, mais c'est pas bête comme solution, s'est objectée Lulu.

— Effectivement. Une petite communauté qui fait venir le médecin pour tout le monde en même temps, même chose pour les soins à domicile. Il y aurait eu une rotation pour les courses, la pharmacie… Ailleurs, peut-être, mais pas dans cette municipalité-ci!

Puis je leur ai parlé de mes recherches et du projet. De l'achat imminent d'un terrain avec vue sur le lac, à quelques pas du village, déniché avec l'aide de la courtière qui nous avait fait visiter la maison jaune, à Albert et à moi, des discussions interminables avec la municipalité, de l'obtention des multiples permis pour construire. Et de la banque, qui jusquelà posait problème. Mais on allait y arriver, j'en étais convaincue.

— Ça n'aurait rien à voir avec une maison de retraite. C'est pour ça que je l'appelle « L'Autre Maison » pour le moment. Elle pourrait aussi s'appeler « La Maison Massimo », puisque l'héritage qu'il m'a laissé paiera une bonne partie du terrain. L'argent que j'ai eu pour la location de ma maison lors du tournage va également servir à garantir ce financement. Je veux faire construire un petit immeuble qui comprendra plusieurs studios, dont quatre communicants avec vue sur le jardin ou sur le lac. Ça serait l'idéal pour Lulu et Armand, pour Allison et Reine, par exemple, et il y aurait deux autres appartements un peu plus spacieux avec terrasse, au dernier étage.

Je les ai rassurés : pour respecter l'intimité de chacun, chaque studio serait insonorisé, et il y aurait un ascenseur. On ne rajeunissait pas. J'ai continué mon exposé.

— On installerait, au premier, des aires communes et des services pour tous. Une grande cuisine et sa salle à manger lorsque quelqu'un d'entre nous voudrait recevoir plusieurs personnes à la fois, puisque l'espace des studios ne le permettrait pas. Il y aurait une salle de lavage attenante, un coin biblio, une salle d'entraînement et deux chambres d'appoint pour nos invités. Sans oublier des aires de rangement pour loger nos bicyclettes, nos skis, nos outils de jardinage. Chacun pourrait décorer ses quartiers à son goût.

— T'es complètement folle ! m'a lancé Lulu.

— Je sais. C'est ce que tu m'as dit quand j'ai fait l'acquisition de la maison jaune. Et j'y suis arrivée.

— T'es encore plus sautée, après toutes ces années. Mais quelle idée de génie !

— L'idée n'est pas de moi…

Je leur ai parlé de La Maison des Babayagas et des modifications que je voulais y apporter.

— On ne vivra pas en commune, ne vous inquiétez pas. Chacun aura son chez-soi. On n'aura pas de tâches obligatoires, mais l'aide de tous sera appréciée et permettra de diminuer le prix des loyers. S'il le faut, on engagera quelqu'un pour tondre la pelouse et déneiger.

À cette remarque, Bernardo a émis un grand soupir de soulagement, aussitôt suivi par les commentaires de chacun sur le sujet. Eux non plus n'en pouvaient plus de ces corvées.

Je leur ai appris que j'avais fait la rencontre d'une femme incroyable : Clémentine. À la fois architecte, décoratrice et peintre en trompe-l'œil – elle avait travaillé aux décors de l'opéra de Bruxelles, ainsi que

chez des clients fortunés en Californie et à Boston –,
elle était particulièrement enthousiaste par rapport au
projet. Elle avait déjà commencé à élaborer les plans
de L'Autre Maison.

— Ça coûte cher, ce genre de spécialiste, nous a
informé Albert.

— D'habitude, oui! Mais Clem et moi, on s'est
entendues pour faire un échange de bons procédés.
Elle aussi cherche un lieu pour se loger avec sa maman,
qui est une femme incroyable. À quatre-vingt-quatre
ans, Camille lit au moins trois romans par semaine,
épluche tous les journaux français, parle politique et
est une *fan* de tennis.

— Ça pourrait me faire une amie… a avancé timi-
dement Reine.

On s'est tournés vers la mère d'Allison et on a
souri à cette idée. J'ai cru déceler, chez cette dernière,
un relâchement des épaules, une détente du moins.
Est-ce qu'Allison envisagerait de vendre sa propriété
et pencherait du côté des studios communicants? Pour
l'instant, elle était tout ouïe.

Henri m'a proposé son aide pour l'aménagement
intérieur, et Thomas pour celui de l'extérieur. La chance
d'avoir un couple d'amis dont l'un est décorateur et
l'autre paysagiste!

— Ta Clémentine, je sais qui elle est, m'a précisé
Henri. J'ai entendu parler d'elle et de son travail. J'ai
vu ce qu'elle avait fait chez une connaissance. Elle n'a
pas un atelier dans le village?

J'ai acquiescé. Il nous a confié qu'il la trouvait
vraiment talentueuse, pleine d'idées, et a ajouté qu'elle
était «très… française».

— Qu'est-ce que tu veux dire? ai-je demandé,
curieuse.

— Très… persuasive, mettons. Si tu as besoin de faire
admettre une idée qui ne passe pas à la municipalité

ou à la banque, c'est le genre à avoir le vocabulaire approprié et tous les arguments du monde. Elle est aussi assez convaincante avec les ouvriers. Elle ne s'en laisse pas imposer. Elle sait ce qu'elle veut et finit par l'avoir. Après ça, ils mangent tous dans sa main. C'est un plus sur un chantier, ce genre de fille!

— Et on sait comment ça se passe avec les machos du village, nous a rappelé Albert. Vous ne serez pas trop de deux pour vous faire entendre. Et respecter.

Bernardo s'était levé de table pendant que je mettais mes amis au courant de mon projet. Il est revenu les bras chargés des plans de L'Autre Maison. On l'a aidé à déplacer les assiettes à dessert pour qu'il puisse étaler les larges feuilles sur la table, et tout le monde s'est avancé, son verre de grappa à la main, pour mieux comprendre cette maison que je voulais si différente des autres. À les voir aussi curieux et enthousiastes, je savais qu'ils s'y intéressaient vraiment. Je montrais du doigt les espaces précis, donnais des renseignements supplémentaires.

— Est-ce qu'il y aura une piscine? s'est informé Thomas.

Ils ont tous acclamé la suggestion et se sont mis à scander en chœur: «Une piscine! Une piscine!»

— WÔ! On se calme le bolo! Moi aussi, j'aimerais ça. Mais je n'arrive même pas encore à avoir le prêt de construction pour la maison! Si quelqu'un trouve un mécène pour financer la piscine, tant mieux. On va d'abord essayer de voir si c'est faisable, cette idée de fous, et surtout si vous voulez y habiter. Je ne crois pas que je m'embarquerais dans une pareille aventure si on n'était pas tous ensemble.

— C'est quoi, le plus gros problème, pour l'instant? s'est informé François.

— Les banquiers. À leur avis, je n'ai pas les reins assez solides. Ils mettent en doute la rentabilité du projet. Peux-tu croire que l'un d'entre eux m'a demandé ce que je ferais pour trouver de nouveaux locataires quand les premiers occupants seraient tous morts et enterrés ? Après nous, le déluge ! Je lui ai signalé qu'il devrait faire ses devoirs : notre région réunit le plus grand nombre de personnes âgées dans toute la province ! Le quart des habitants ont plus de soixante-cinq ans ! Encore là, il n'était pas sûr que ça allait faire pencher la balance en faveur du projet. Oh ! Et puis, je suis une femme… Ça ne change pas, ça !

J'ai pris Albert à témoin, puisqu'il m'avait grandement aidée à faire exécuter les transformations et les réparations sur la maison jaune.

— Tu te souviens comment on a dû se battre pour arriver à nos fins avec la maison jaune ? Ben c'est pareil aujourd'hui.

Il a rappelé qu'à l'époque il s'était même fait passer pour mon mari afin de me procurer une certaine crédibilité que je ne semblais pas avoir, puisque dans ma vie il n'y avait pas « d'homme de la maison » !

— Et si tous les locataires investissaient ? a demandé abruptement Allison. Peut-être pas tout de suite, parce qu'il faut d'abord mettre nos maisons en vente… mais un jour, on pourrait…

Tous les invités réfléchissaient en même temps à cette proposition.

— Parfois, le marché de la vente est lent… a mentionné Bernardo. Je présume que personne ne va vouloir vendre sa propriété à rabais. Si on doit attendre les transactions de chacun, cette maison verra le jour quand on sera tous complètement tatas.

Cette fois-ci, tous les membres du groupe ont corrigé en chœur l'expression que venait d'utiliser mon amoureux.

— Gagas ! Complètement *gagas* !

C'est à ce moment qu'Armand, qui était demeuré assis jusque-là, s'est levé d'un bond. Inquiet de sa réaction, on a tenté de le faire se rasseoir sur sa chaise, de le calmer. Mais il s'est défendu avec force pour rester debout. Il n'avait rien perdu de la conversation.

— Bon! Quand est-ce qu'on s'installe dans L'Autre Maison? a-t-il demandé.

*

Maintenant que j'avais l'aval de mes amis, je pouvais poursuivre mes démarches. Mais tout restait en suspens. Je ne pouvais pas faire l'acquisition du terrain tant que je n'avais pas l'accord pour le prêt à la banque, et chaque jour j'avais peur qu'un autre acheteur débarque avec son chéquier. Et malgré la proposition des principaux intéressés, c'est-à-dire les futurs locataires, qui étaient prêts à investir dans le projet de construction, les bonzes argentés s'y opposaient encore. J'ai avancé l'idée que les futurs propriétaires mettent leur maison en garantie jusqu'à la vente. «Oui, la suggestion n'est pas inintéressante... il faut voir, étudier cette possibilité...» Ils avaient toujours des hésitations.

Après cette réponse négative de la part de trois institutions bancaires, le projet était au point mort. Malgré tout ce que Bernardo et moi possédions, notre «parc immobilier» – soit notre propriété actuelle et celle de Pitigliano – ne faisait pas le poids dans la balance. Et on ne pouvait pas aller de l'avant puisque personne dans notre groupe n'avait envie de vendre sa propriété s'il n'avait pas la garantie que le projet verrait le jour, ce que je comprenais, bien entendu.

Entre-temps, nous avons assisté au mariage «forcé» d'Albert et François. Ça a été une belle cérémonie qui s'est passée chez eux, lors d'une journée chaude à souhait. Tout le groupe y était. De la part d'Albert, émotif comme personne, on s'attendait bien à quelques larmes. Mais c'est François qui nous a surpris. Lui, assez timide et discret, montrant rarement ses émotions, en a laissé couler quelques-unes à son tour. Ce qui a lancé le bal. Allison a pleuré comme une Madeleine. Le mariage a fait remonter à la surface certaines douleurs encore très présentes liées à son divorce, somme toute assez récent. Elle nous a rappelé tous les détails de son propre mariage, qui avait eu lieu dans le jardin de la maison jaune. C'est d'ailleurs au moment d'attraper le bouquet que Marie avait crevé les eaux et que Raphaëlle avait failli naître sur la pelouse! Comment oublier cette journée? Et Iiiireine l'a accompagnée en se mouchant bruyamment parce qu'elle, les mariages, ça la faisait toujours pleurer.

C'était très touchant de voir Miro faire office de célébrant. Elle est bien, cette nouvelle avenue qui permet à des proches de se substituer à l'Église et aux maires, notaires ou autres greffiers afin de célébrer une union. En s'adressant à l'assemblée, il a dit à ses parents toute sa fierté de célébrer ce mariage «obligé» – c'était devenu notre gag préféré –, puisque la vie allait les réunir à nouveau. En Californie, cette fois-là.

— La seule chose qui n'est pas obligée, ici, c'est l'amour, a-t-il dit, la voix enrouée. On a pas manqué de grand-chose, surtout pas d'amour!

Et c'était reparti de plus belle. À ce moment-là, tout le monde a pleuré.

Au cours de la journée, on n'a pas que sangloté, on s'est également affolés. C'est Lulu, en panique, qui nous a alertés.

— Armand? Où est Armand?

Nous avions pourtant tous eu l'œil sur lui, laissant un peu de répit à Lulu. On l'a cherché partout. Partout! Le terrain a été écumé, puis la forêt avoisinante, puis on a frappé aux portes des voisins, jusqu'à ce qu'Henri nous appelle à grands cris : il l'avait trouvé. En se rendant à la salle de bain, il avait eu l'idée de jeter un œil dans la chambre principale. Armand s'était tout simplement endormi dans le lit. Plus de peur que de mal, mais une belle frousse quand même.

J'ai remarqué que Bernardo n'était pas très présent tout au long de la journée. Il a passé son temps au téléphone. Il s'éloignait du groupe et discutait avec quelqu'un. Je l'ai interrogé du regard. Il m'a fait un geste d'apaisement me signifiant que tout était sous contrôle. C'était Tonino, son fils, qui avait besoin de lui. Et comme il n'appelait que rarement, je n'allais pas empêcher cet échange.

*

Nous avons également organisé, même si le projet de maison était toujours à l'étude, une gigantesque vente-débarras communautaire. Bernardo rayonnait chaque fois qu'un acheteur partait avec une pièce de mobilier ou de décoration. Albert et François tentaient par la même occasion de simplifier leur déménagement vers la Californie, et Allison, qui avait pris la décision de vendre sa propriété à son voisin – quoi qu'il arrive avec L'Autre Maison –, se séparait, elle aussi, d'une partie de ses avoirs. Elle vendait surtout ce qui lui rappelait son Jules, avec un soulagement qui faisait plaisir à voir. Et bien sûr, on avait droit à l'anecdote qui accompagnait l'objet ou le meuble en question. Certaines de ces histoires nous ont fait rire aux larmes. Les deux meilleures vendeuses durant ce week-end ont été Reine et Camille, la maman de Clémentine, qui s'entendaient comme larrons en foire. Elles étaient persuasives au possible, et légèrement menteuses : elles faisaient croire n'importe quoi aux clients potentiels sur la provenance de l'objet convoité, et ce, avec un aplomb formidable. Ces deux vieilles dames indignes ont fait notre bonheur.

J'étais certaine qu'une si belle gang arriverait à ses fins. Tous les éléments étaient réunis pour faire de la future maison un succès assuré.

*

Dix fois, j'ai failli baisser les bras ; dix fois, j'ai failli renoncer entièrement au projet. Bernardo m'encourageait à tenir bon.

— *Il cielo non ha detto la sua ultima parola*, me répétait-il.

Tout était encore possible puisque le ciel n'avait pas dit son dernier mot. Je voulais bien le croire, mais j'achetais quand même des billets de loterie pour aider la chance.

Pour me soutenir, Clémentine m'emmenait revoir le terrain, et l'enthousiasme revenait de plus belle. Elle élaborait de nouvelles idées qui diminueraient les coûts, me rappelait également tous les avantages de ce projet. Et je repartais au front. J'allais voir d'autres institutions, je cherchais des solutions. Je m'acharnais, mais, certains jours, j'étais prête à tout laisser tomber. Trop fatiguée, trop vieille.

C'est dans ces moments-là que le petit juge reprenait du service. Il me savait anéantie, alors il en profitait.

« Alors, comment tu te sens, ma vieille ?

— Pourquoi tu veux savoir ça ?

— Parce que tu m'intéresses. Tu oublies trop souvent qu'on est colocs. On partage le même cerveau, non ? »

J'ai préféré me taire.

« Bon ! Je vois ce que c'est. Madame ne réussit pas dans ses démarches et madame ne digère toujours pas ses soixante-dix ans. Chaque année est spéciale et précieuse, ma p'tite. On ne peut la vivre qu'une fois. Et tu sembles oublier que c'est un privilège qui n'est pas donné à tout le monde. Je parle peut-être à travers mon chapeau, mais il faut dire que je suis encore très jeune, moi ! C'est vrai. J'ai encore toute la vigueur de notre jeunesse. Ça carbure à plein régime, là-dedans. C'est le corps en général qui ne suit pas. Toi, c'est les genoux qui font défaut, hein ? Et les articulations des mains, certains matins… Hum ! Et toutes ces petites lignes sur ton visage… C'est comme un livre écrit en braille. Ça raconte ta vie ! Chagrins, déceptions, frustrations, grandes joies ! Dire que beaucoup de femmes effacent d'un coup de bistouri ou comblent de Botox ce parcours de vie ! Tellement dommage… »

Je n'en pouvais plus de ce babillage qui me prenait la tête.

« Bon ! Où est-ce que tu veux en venir, maudit fatigant ?

— Je veux juste te dire, petite idiote, que soixante-dix ans ce n'est pas pire que quarante ou soixante ans ! Et que ta vie n'est pas terminée tant qu'elle n'est pas terminée ! C'est toi qui l'as dit, l'autre jour. Je ne suis pas sourd de la feuille, moi, et j'ai pas la vue qui baisse. Et je n'ai surtout pas perdu la mémoire. Je me rappelle la fille de cinquante ans qui avait quitté la ville un beau jour avec son chat sous le bras. Elle débarquait à la campagne, célibataire et bien décidée à réaliser son rêve : posséder une maison qui lui ressemble et, pourquoi pas, trouver l'amour. Elle avait décidé que même à cinquante ans tout était encore possible. Elle a dû attacher sa tuque avec de la broche, mais malgré les embûches, les décep-tions, les batailles, elle y est arrivée ! Elle les a eus, sa fameuse maison jaune et son extraordinaire amoureux. Cette fille-là, c'est toi, Olivia… »

Il m'a laissé du temps pour que ses propos fassent leur chemin.

«Pourquoi tu ne réussirais pas, à soixante-dix ans, à répéter l'exploit? Qui a dit qu'on ne peut être heureux plus d'une fois?»

Puis il m'a chuchoté à l'oreille: «Tu as la vie devant toi, fillette. À toi d'en faire ce que tu veux. Quand on naît, on signe un contrat avec la mort. On va tous mourir un jour. Mais on peut être en train de faire quelque chose qu'on aime passionnément quand ça arrivera!»

*

Et au moment où je ne m'y attendais plus, le signe du ciel annoncé par mon amoureux a débarqué dans nos vies sous les traits de… Tonino. Ce serait lui, notre sauveur. Il était prêt à investir la totalité de la somme requise. On le rembourserait quand tous les locataires auraient récupéré l'argent de la vente de leurs propriétés.

Je n'en croyais pas mes oreilles. Bernardo, lui, souriait, ravi. Il était à la fois fier de son fils et tellement heureux pour moi. Il était donc dans la confidence! Pourtant, Tonino n'avait jamais semblé m'aimer. Il m'avait fait la gueule toutes ces années, avait été désagréable au possible, nous avait ignorés tous les deux, puisque je faisais partie de la vie de Bernardo. Il avait fait en sorte de nous punir. Qu'est-ce qui s'était passé? Qu'est-ce qui faisait qu'il était prêt aujourd'hui à soutenir financièrement mon projet?

Je n'ai pas eu toutes les réponses ce jour-là, mais suffisamment pour crier au miracle.

Tonino, as de la finance à Toronto, avait été mis au courant par Bernardo; ce dernier cherchait des conseils auprès d'un spécialiste et ne demandait que des suggestions à son fils. Que pouvait-on faire pour obtenir ce fameux financement? Tonino avait fait bouger ses contacts, mais, comme rien n'allait assez vite, il avait eu l'idée de nous aider lui-même. Étant donné que nous avions l'argent requis pour l'achat du terrain, lui s'occuperait d'avancer la somme nécessaire à la construction de la maison. Il nous laisserait carte blanche. Il nous faisait assez confiance pour ne pas intervenir dans les plans, les décisions, l'aménagement. Il avait simplement demandé à son père de lui envoyer les plans du projet, non pas pour en vérifier la faisabilité et les éventuels dépassements de coûts, mais pour s'intéresser davantage à mon rêve. Il y voyait un potentiel énorme pour d'autres villes, d'autres gens.

J'ai souri à Bernardo, qui avait fait tout cela à mon insu. Il jubilait.

Nous avons ouvert une bouteille de prosecco, fixé une date pour passer chez le notaire. Tonino avait déjà préparé à cet effet une lettre qui spécifiait bien que Bernardo et moi étions les seuls propriétaires de L'Autre Maison, qu'il n'en était que le gestionnaire temporaire et que nous referions les papiers officiels lorsqu'il aurait été remboursé.

— Merci. Merci de tout cœur, Tonino. Je t'en serai toujours reconnaissante, lui ai-je dit.

— Non, c'est à moi de te remercier, Olivia. C'est toi qui es prise avec…

Le fils de Bernardo a entonné, d'une voix beaucoup plus harmonieuse que celle de son père et sur le ton de la moquerie, la chanson que ce dernier avait l'habitude de me chanter quand il arrivait à la maison : *C'est moi, c'est l'Italien… Ouvre-moi, ouvre-moi la portaaa!* Puis il a éclaté d'un grand rire. J'ai eu, avec le fils, la même réaction que j'avais chaque fois avec le père : je me suis esclaffée et je lui ai sauté au cou. Il en a profité pour ajouter à mon oreille :

— Je te serai toujours reconnaissant d'avoir rendu mon père si heureux.

Épilogue

Il faisait un soleil radieux. Nous étions tous réunis sur le terrain en bordure du lac. Les arbres laissaient entendre leur bruissement de feuilles, les rayons s'attardaient sur nos joues déjà en feu. Nous avions tenu à être tous présents, même ceux que le projet ne concernait que de loin. Les principaux intéressés, Lulu et Armand, Allison et Reine, François et Albert, Clémentine et sa maman Camille, et bien sûr Bernardo, Tonino et moi ; nos deux familles, l'italienne et la québécoise, leurs enfants ainsi qu'Henri et Thomas, qui avaient une part dans l'aventure, étaient là. Le seul inconnu, qui demeurait à l'écart du groupe, un beau jeune homme aux cheveux roux, au regard doux et qui n'avait d'yeux que pour Tonino, nous intriguait. Ce dernier a fini par nous présenter son amoureux.

— Depuis quand il est gai, lui ? a demandé Henri à l'oreille d'Albert.

— Depuis toujours, a répondu mon ami tout bas. Il n'y avait que lui qui ne le savait pas. Il nous a assez fait chier quand il est arrivé dans la vie d'Olivia ! Tu ne te rappelles pas ? Je suis content qu'il ait compris quelle était sa vraie nature.

— Il a changé, vous ne pouvez pas vous imaginer, leur ai-je dit discrètement.

Des bouteilles de prosecco, attachées au quai, flottaient dans l'eau fraîche. Un énorme panier à pique-nique débordant de victuailles – Graziella n'avait pu s'en empêcher – nous attendait sur des tréteaux qu'on avait installés dans l'herbe. Mais pour l'instant, nous assistions à la première pelletée de terre de L'Autre Maison. Les travaux devaient commencer le lendemain. Batiste, Miro, Raffie, son amoureux Antoine et Giulia tenaient, aux deux bouts de l'espace où s'établirait notre future demeure, un long ruban qu'on s'apprêtait à couper. Les jumeaux tenaient les ciseaux.

On a oublié les discours, on a coupé le ruban et on a fait sauter les bouchons de mousseux. On a levé nos verres à la santé de Massimo; les jumeaux, à la santé de la grenouille!

Je projetais de mettre une partie des cendres de mon ami disparu dans L'Autre Maison puisqu'il était un des donateurs. Une petite urne avait été commandée à cet effet. Pour l'instant, l'autre était encore chez moi, en attendant son déménagement vers Venise. Ce qui n'allait pas tarder.

Je me suis éloignée un peu du groupe. J'étais submergée par l'émotion et je ne voulais pas entacher le plaisir de mes amis. « Ça y est, me suis-je dit, on y est arrivés. Ensemble. » Je sentais très fort la présence de Massimo et tout l'amour des miens.

J'avais la conviction que le bonheur était passé par ici et qu'il s'apprêtait, de nouveau, à s'installer à demeure.

Remerciements

Tout d'abord, merci à M. de m'avoir supportée durant ces longs mois. Je t'aime.

Merci à Marie-Eve Gélinas, mon adorable éditrice, qui a su, une fois de plus, m'accompagner de formidable façon au fil de ces pages. Sans elle, je n'y serais pas arrivée.

Merci à Johanne Guay, qui m'a donné du temps.

Toute ma tendresse à Maryse Esquerre, ma première lectrice assidue et enthousiaste. Merci, merci, merci! Merci également à Emmanuel Masciotra pour la vérification des passages en italien.

Merci à Clémence DesRochers pour l'emprunt de «Le bonheur est passé par ici», extrait de la chanson *Pour le moment* (Clémence DesRochers et Marc Larochelle, éd. Galoche).

Merci à Katherine Pancol pour cette phrase si belle: «On reconnaît le bonheur au bruit qu'il fait en partant», extraite de *Les Yeux jaunes des crocodiles* (éd. Albin Michel).

Toute mon admiration à Élisabeth Eudes-Pascal, qui a su illustrer de si jolie façon les quatre «Bonheurs» d'Olivia Lamoureux.

Et surtout un immense merci à mes fidèles lectrices et lecteurs, qui, au cours des ans, ont partagé avec moi les aventures d'Olivia et de la fameuse maison jaune, dans la trilogie du bonheur. Ce dénouement souhaité, ce point d'orgue, est spécialement pour eux.

Et puis, merci la vie de m'avoir permis de raconter, une fois de plus.